大崎アイル
Illustration
kodamazon
2
The Master Swordsman's Story
Starts with the Zero Ability to Attack.
攻撃力ゼロから始める剣聖譚
幼馴染の皇女に捨てられ魔法学園に入学したら、
魔王と契約することになった

「たっぷりと
殺《あい》し合いましょう？
ユージン」

魔王《エリー》が赤い唇を舐める。
己の首元に汗が伝うのを感じた。
……かつて
南の大陸を支配してた伝説の魔王が
本気で相手をしてくれるらしい。
堕天の王《まおう》エリーニュスが、
禍々しい黒槍をゆったりと構える。
俺は紅く燃える剣の柄を強く握った。

「エリー先輩、召喚しまーす」

黄金の魔法陣が現れる。
そして、その中から
神々しく現れたのは……
さっきまでの
威厳のある姿とは違い、
普段よくみる、
だらしない部屋着に着替えた
魔王《エリー》の姿だった。

「ユージン！
あっち向いてて！」

「待って、ユージンくん見ちゃダメ!!」
俺の目に飛び込んできたのは、
眩い肌色だった。
――スミレとサラがなぜか、
スライムに服を脱がされていた。

INDEX

The Master Swordsman's Story Starts with the Zero Ability to Attack.

攻撃力ゼロから始める剣聖譚 2

～幼馴染の皇女に捨てられ魔法学園に入学したら、魔王と契約することになった～

大崎アイル

OVERLAP

イラスト／kodamazon

プロローグ／聖国の聖女候補

◇生徒会長サラの視点◇

――カルディア聖国の聖女候補。

それは南の大陸における大国カルディア聖国の最高指導者『八人の聖女』の後継者を意味する。聖女候補の数は小国の人口をゆうに超え、聖都では石を投げれば聖女候補に当たると言われている。

その中で、たった八席しかない聖女様の席を奪い合う競争は熾烈《しれつ》だ。

もっとも聖女候補同士での、直接的な争いは意外に少ない。理由は簡単で、聖女となるときに最終試験として、過去全てを見通すことができる運命の女神様《イリア》が選別を行うためだ。

競争相手を陥れるような卑怯《ひきょう》な行いは全て、白日の下に晒《さら》される。

聖女候補には、常に高潔さと品格が求められる。

――私、サラ・イグレシア・ローディスもその一人だった。

残念ながら私は本国での聖女様競争の本流から外れてしまった。

そんな私に聖女オリアンヌ様はおっしゃった。

「サラ。貴女《あなた》にリュケイオン魔法学園への留学を命じます」

「…………拝命いたします」

聖女様の命令は絶対だ。私は本国を離れ、辺境にある迷宮《ダンジョン》都市という場所へと送られた。

でも、仕方がない。私は修道女《シスター》でありながら回復魔法が苦手だった。

かわりに得意なのは剣を振るうこと。正直、修道女《シスター》で回復魔法が扱えないのは悪い意味で珍しい。聖女候補としての私は落第だった。

「リュケイオン魔法学園は、貴女に良い出会いと経験をもたらすでしょう。精進しなさい」

「…………はい、聖女様」

正直、気は進まなかったが、私は聖女オリアンヌ様の指示により南の大陸における最高学府リュケイオン魔法学園へ留学することになった。

◇

（……す、凄《すご》い人たちばかりね）

南の大陸中の才能が集まると言われているリュケイオン魔法学園。

その噂《うわさ》に偽りはなかった。

『神聖同盟』の同盟国の大神官の子供や、神殿騎士団長の後継者候補。

『蒼海連邦《そうかい》』に所属する数多《あまた》の国家の王子や王女、そして大貴族の子供たち。

大陸最大の国家『グレンフレア帝国』からは、貴族の子供や帝国軍の多数の幹部候補生。

希少な才能を持つ者は『英雄科』という特別クラスに集められている。

私は新入生の入園式で、そのレベルの高さに驚いた。色んな生徒たちの様子を観察している中で気づく。

(……あそこにいる彼はもしかして)

特に目立っているわけではない一人の男子生徒。

誰とも群れることなく、ぽつんと一人で暗い顔で佇《たたず》んでいる。

しかしその顔に覚えがあった。

グレンフレア帝国の現皇帝の片腕と言われる『帝の剣《インペリアルソード》』――帝国最強の戦士の子息。

てっきり『英雄科』に入っているのかと思えば、意外にも『普通科』に所属していた。

聖女様から仮想敵国であるグレンフレア帝国の人材は可能な限り調査せよ、と内命を受けている。

私はなるべく自然を装って彼に話しかけた。

「はじめまして、私は『神聖同盟』カルディア聖国出身のサラ・イグレシア・ローディスと申します。あなたは？」

「……ユージン・サンタフィールド。帝国出身だ」

男子生徒は暗い声で答えた。

(サンタフィールド！　間違いない。彼が帝国最強の剣士の息子)

私は言葉巧みに、彼と同じ探索隊《パーティー》を組むことに成功した。もっとも出会った頃のユージンは、本当に覇気がなくて。正直つまらない男だと感じていた。

……けれど、それが勘違いであることにすぐに気づかされた。


「魔物の群れです！　ユージン！」

「…………ああ、そうだな」

天頂の塔《バベル》の五階層。そこで私たちは灰狼《グレイウルフ》の群れに襲われた。

カルディア聖国では、戦闘技能に長《た》けた修道女として修行していた私は剣技に自信があった。またたく間に三匹の灰狼《グレイウルフ》を斬った私は、少し得意げな顔で振り向いた。

そこには十匹以上の灰狼《グレイウルフ》を倒したユージンがつまらなそうな顔で立っていた。

「も、もうそんなに倒したんですか、ユージン」

「いや……武器が壊れた。今日の探索はここまでにしよう」

汗一つかいていない彼が手に持っているのはただの『木の棒』。剣ですらなかった。

「どうしてちゃんとした武器を持たないのですか？」

「……剣士になることは諦めたんだ」

寂しそうに彼は言った。その横顔にドキリとする。

（……こんなに強いのに。一体何があったのでしょう？）

気がつくと、国からの使命とは別の理由でユージンのことを知りたくなっていた。

彼が幼馴染《おさななじみ》に捨てられた話を聞いたのは少し後になってからだった。

「酷《ひど》い幼馴染ね！　落ち込んでいるユージンにそんなことを言うなんて！」

話を聞いた私は、本当に腹がたったものだ。

「仕方ないさ。あいつは皇帝を目指すんだ。俺みたいな才《アビリティ》無しは切り捨てるのが正解だよ」

ユージンは暗い顔で答えた。

「大丈夫！　私も本国じゃ、修道女なのに回復魔法より剣が得意な変わり者って浮いてたから！　私たち似た者同士ね！」

そう言って励ますと、少しだけユージンは笑ってくれた。

幸いにも本国からも帝の剣《インペリアルソード》の子息と、より親しくなるように指示があった。

特に聖女オリアンヌ様からは、「可能な限り、どのような手を使っても彼と親しくなりなさい」という変わった指示だった。

その頃には、ユージンが帝国における『選定の義』で、攻撃力ゼロの魔法剣士というハズレ能力の持ち主と判定されたという情報も聖国に入ってきていたので、随分と不思議な命令だった。

　オリアンヌ様以外の聖女様は、そこまでユージンに固執しなくてもいいのでは？　とおっしゃっていたが、オリアンヌ様だけは引き続きユージンと親しくするよう命じてきた。

　そして、聖女オリアンヌ様からの助言でユージンと相棒の契約を結んではどうか、と言われた。私はその提案に飛びついた。

「ねぇ、ユージン。私と正式に相棒の契約を結ばない？」

「俺と……？　サラならもっといい相手がいるんじゃないか？」

「いいの！　私はユージンと組みたいのだから」

　それは私の本心だった。

「……そうか」

　この頃のユージンは、まだ元気がなかった。

　だから私の誘いにもなかなか乗ってくれなかった。

　それでもなんとか説得をして、応じてもらった。それが嬉《うれ》しかった。

「な、なぁサラ。本当にするのか？」

「そ、そうよ。契約にはこれ《キス》が必要なの」

　古い契約の儀式。最近では契約のためにいちいちそんなことをしないのだけど、「これがカルディア聖国の流儀だから」と押し切った。

場所は学園内にある小さな女神教会。

運命の女神イリア様の彫像のそばで、私とユージンは契約《キス》をした。

もっとも『攻撃力ゼロの剣士』と『回復魔法が苦手な修道女《シスター》』といううちぐはぐなコンビ。

迷宮《ダンジョン》探索はあまり捗《はかど》らず、「帝の剣《インペリアルソード》の息子や、聖女候補といえど、大したことはないな」などと揶揄《やゆ》されることも少なくなかった。

それでも私は楽しかった。

他の聖女候補と常に比較され、寝ている時でさえ品行方正を強要される本国に居る時よりずっとのびのびと生活ができた。

修道院では異性との関わりは厳しく制限されているけど、リュケイオン魔法学園での恋愛は自由だ。

私は密《ひそ》かに「ユージンが幼馴染との失恋の傷が癒えたら、私に告白してくれないかしら？」なんてことを考えていた。そんな時だった。


「……報告は以上です、聖女様」

リュケイオン魔法学園の女子寮の一室。

防音魔法がしっかりしているため、本国と通信魔法を使っても盗聴される心配は少ない。

私は七日に一回の定例報告を終えた。

画面の向こうから、カルディア聖国の最高指導者『八人の聖女』様がこちらを見ている。

いつも緊張する時間だ。だが、これで終わり、と思った時。

「サラ。貴女に贈り物があります」

魔法で映し出された画面の向こうから、一人の聖女様がおっしゃった。そして、突然部屋の中に魔法陣が浮かび上がり一本の白い剣が転送されてきた。

「これは……？」

「我が国の宝剣『クルタナ』です。別名、『慈悲の剣』ともいいます。これを授けましょう」

「……っ!?　これがあの……伝説の？」

カルディア聖国に伝わる宝剣『クルタナ』。数百年前に『天災指定』である厄災の巨獣の一体を屠《ほふ》ったという伝説の武器。このようなものを私に……？　よく見ると画面の向こうでは、他の聖女様たちですら戸惑っている様子だ。

「貴女は回復魔法が苦手でしたね。この宝剣があればそれを補えるでしょう。そして今すぐ『英雄科』へ転籍をなさい」

「おお、それは名案ですね」

「確かに聖女候補であるサラが『普通科』では物足りませんからね」

「蒼海連邦や帝国に侮られるのも面白くない」

「そ、そんなっ……！」

運命の巫女様《みこさま》の言葉に、周りの聖女たちも追随する。焦ったのは私だけ。

そんなことになったらユージンとのパーティーを続けられない！

通常『普通科』と『英雄科』ではパーティーを組まないから。

「どうしましたか？　サラ」

「あの……それは……決定でしょうか？」

「不服なの？　サラ」

通信魔法ごしに聖女様たちの目がこちらを威圧した。

「……いえ、ご配慮感謝いたします」

結局、私は言葉を飲み込んだ。こうして宝剣を得た私は『聖騎士《パラディン》』となり、英雄科へ転籍することになった。

英雄科の先生のアドバイスや国からの指示に逆らえず、ユージンとの二人パーティーは解消することになってしまった。

……本当はユージンとのパーティーを続けたかったのだけど。

「ユージン……ごめんなさい」

「いいよ、普通科から英雄科にいけるなんて名誉なことじゃないか」

その頃のユージンは少しだけ元気になっていて、私の転科を祝ってくれた。

「もし階層主《ボス》に挑戦する気になったら私を呼んでね！　絶対！」

「わかったよ、サラ」

ユージンは少し寂しそうに私に言った。

(私と離れるのが悲しいのね……、私もよ！　でもいつかきっと迎えに行くから！)

後ろ髪を引かれながらも、私は聖女候補としての務めを優先した。

私の活躍が評価され、生徒会執行部へ誘われた。テレシアさんを始め、同郷の人と一緒に参加し、運良く生徒会長に選ばれた。リュケイオン魔法学園の生徒会長ともなれば、聖女となるための大きな実績になる。本国からも大いに褒められた。

それでもユージンと離れ離れなのは、ずっと寂しかった。

でも、ユージンもきっと同じ気持ちのはず。

(待ってて、ユージン！)

百階層を突破して、A級探索者となり。生徒会長の仕事が一区切りつけば、改めてユージンとパーティーを再結成するつもりだった。

肝心のユージンは、元気がないままだったけど。

でも、いつかユージンがやる気を出した時にその隣に居るのは私だと信じていた。

（…………なのに……そんな）

ユージンが、他の女とパーティーを組んでしまった映像を私は中継装置《サテライトシステム》から呆然《ぼうぜん》と見続けた。

一章／ユージンは、魔王と話す

「もう〜、遅いじゃない！　ユージン」

「悪かったよ、エリー」

俺が第七の封印牢《ふういんろう》にやってくると、ニコニコとした魔王《エリー》に出迎えられた。

黒い翼がパタパタと羽ばたき、機嫌はすこぶるよさそうだ。

一方、俺としては定期的な生物部の仕事だが、……今日は少し気が重い。

魔王《エリー》と契約して以来、初めて顔を合わせるからだ。

「ほら、こっちにいらっしゃい。私のユージン」

「誰が……」

反論しようとしたが、その言葉には逆らえぬ魔力があった。結局、俺はエリーの隣に大人しく座った。するとぐいと、肩を引き寄せられ押し倒される。

俺は為《な》す術《すべ》もなくベッドに寝転ばされて、その上にエリーが跨《また》がった。肉食獣のように俺を見下ろすその視線は、いつにも増して妖艶だ。

普段ならここで俺の服を剝ぎ取るか、魔王《エリー》が勝手に脱ぎだすのだが……。

なぜか今日はまだ何もしてこない。押し倒されただけだ。

「ねぇ、ユージン……。この前の契約で、私と繋がってどうだった？　気持ちよかった？」

「へ、変な言い方するなよ」

思い出して、またおかしな気分になる。

エリーの言う通り、あの時は奇妙な全能感に酔いしれた。……けど。

「いや、それよりもその後に体力というか生命力を吸い取られたような……」

「ああ、それは魔王《わたし》の瘴気《しょうき》と天使の霊気《エーテル》がいっぺんにユージンに流れ込んだから、精神が混乱したのよ。そのあと結界魔法を使って防いだでしょ？」

「ああ、あの時は助かったよ。ありがとう、エリー」

「あら？　そう？」

俺の言葉に、ニマニマと笑うエリー。小動物をいたぶるような愛らしい笑顔だ。

「それで……、俺は契約の代価として何を支払えばいい？　言っておくが、ここから出せというのは俺の実力からして不可能だからな」

俺の一番伝えておきたかったことを口にする。

おそらく……魔王《エリー》の望みは、封印の破壊。そして、この地下牢からの脱出だ。俺個人としては、魔王《エリー》に対してそこまでの忌避感はない。

これまでいろいろと個人的な話を聞いてもらったし、相談をしたこともある。

若干ではあるが、好意もある。が、あくまで彼女はかつて南の大陸を支配していた魔王エリーニュス。その封印を解き、さらに自由の身にするなどもってのほかだ。

だけど……、先の神獣との戦いでエリーの力を借りずに勝つことは不可能だった。いや、勝ったとは言えない。

神獣ケルベロスになんとか、力を認めてもらっただけだ。

エリーに「私を逃がすのを手伝いなさい」と言われて、俺はそれを断ることができるのか……？　そもそも悪魔との契約は絶対遵守。なら俺は……

「ん～……、ま、今はいいわ。別にお願いとかないし」

「…………え？」

俺の逡巡《しゅんじゅん》をよそに、魔王《エリー》はあっさりと言った。

「いやいや、対価もなく力を貸したりしないだろ!?　それにエリーはいつも言ってただろ？　ここから出せって」

「うん、だって退屈だったもの」

「だったら……」

「ユージンがちっとも迷宮《ダンジョン》に挑戦しないから。でも、これからは違うでしょ？」

「…………」

エリーの言葉に俺は押し黙る。

「ユージンはこれから、地上の民が『天頂の塔《バベル》』とか呼んでる迷宮《ダンジョン》に挑むんでしょ？

じゃあ、私が導いてあげなきゃ。ふふ、楽しくなってきたわ」

クスクスと屈託なく、本当に楽しそうに魔王エリーニュスは笑っている。

その様子は、まるで天使のようだった。

「でも、じゃあ俺は何を返せばいい？　力を借りっぱなしじゃ……」

俺がつぶやくと、エリーはきょとんとこちらを見つめた。

「何言ってるのよ、ユージン」

「何って……」

「私はとっくにユージンから貰《もら》ってるじゃない」

「貰ってる？」何の話だ。まさか……。

「俺の魂をエリーに奪われてた……？」

「あほ」ぺし、っと頭を叩《たた》かれた。

「ユージン、あなた私のこと何だと思ってるのよ？」

「魔王だろ？」

南の大陸の住人なら誰もが知っている存在。伝説の魔王エリーニュスだ。

「そうよ、魔王。でも、私は悪魔じゃないの。魂なんて要るわけないでしょ」

「しかし、他に思いつかないんだけど」

「ユージンってしっかりしてるのに、天然ボケよね……。あなた毎週私の所に来て何をしていると思ってるの？」

「そりゃあ」

それをそのまま口に出すのははばかられた。

――魔王へ精気を捧《ささ》げる生贄《えさ》
それが俺の生物部の仕事だ。ユーサー学園長から直々に指名された役割。俺にしかできない仕事として強制された代わりに、学園費用は免除されている。

エリーは、世間話をするかのように語っていく。

「七日に一度は、私に抱かれにきてくれるじゃない。むしろ、今までただでユージンの身体《からだ》を弄んだことに若干の罪悪感を感じてたのよねー」

「え……？　弄ばれてたのか？」

衝撃の事実だった。改めて俺はエリーの容姿を眺める。

長く美しい髪。

真っ白い肌に、真紅の唇。

人形よりも均整がとれている、完璧な体形《プロポーション》。

初めて会った時こそ、相手は魔王と知って恐怖したものだが。

見慣れた今ですら、その美しさには息を呑《の》むことがある。

「どうしたの、ユージン？　今さら私に見惚《みと》れてるの？」

「いやいや、まさか」

乾いた声で誤魔化す。

「じゃあ、俺はもう対価を支払ってるってことなんだな？　追加の支払いは必要ないと」

「ええ、でも……」

ここでエリーは、自分の唇をぺろりと舐《な》めた。

「今日はいつもより、たくさん貰ってもいいわね♡」

「…………」

ごくり、とつばを飲み込む。エリーの言葉通り。

――今日の行為は、いつもよりも激しかった。

◇

（……身体が重い……眠い）

地下牢を出て、俺はゆっくりと寮への帰路を進んだ。

早く自分の部屋に戻ってベッドに倒れ込みたい。

ちなみに、エリーは自分のベッドでグースカ寝ている。

俺も一緒に寝てしまいたかったのだけど……、眠ったまま結界を張るのは、手間なんだよな。そんなことを考えていると。

「あっ!!」

遠くから声が聞こえた。そして、パタパタと足音が近づいてくる。

「ユージンくんだ！　おーい！」

「す、スミレ……？」

相棒のスミレと出会った。

「あれー？　どうしたの。何だか疲れた顔してるよ？」

「あ、あぁ……いや、そんなことないよ」

スミレの言葉に一度頷《うなず》き、そして誤魔化した。別に何も悪いことはしてないのだが……。

スミレに『何を』していたのか、聞かれるのを避けた。

「ふーん？」

「スミレはどうしたんだ？　今日はレオナと約束してるんじゃなかったっけ？」

さりげなく話題をずらす。

「うん、これから会いに行く所。でね、さっき学園長さんと面談があったんだけど、ユージンくんに会ったら学園長室にくるように伝えて、って言われたよ」

「ユーサー学園長が？」

何だろうか。ちなみに、スミレは定期的にユーサー学園長との面談が義務付けられている。

以前、「普段、学園長とどんな話をするんだ?」と聞いたことがある。

スミレの話では「友達はできた?」とか「授業は難し過ぎない?」とか「食堂のメニューに不満ない?」とからしい。親戚の叔父さんか?

そんな質問のために、貴重な面談時間作ってるのか!? と驚いた。

別に自分で直接、話さなくてもよかろうに。

どうしても炎の神人族《イフリート》と直接、話したいんだそうだ。

つくづく学者肌な人だ。とても都市国家の王様とは思えない。

「わかった。ありがとう、行ってみるよ」

正直、早く休みたいが学園長が呼んでいたならさっさと用件を聞いてこよう。

俺よりも遥《はる》かに時間が貴重なはずだから。俺も学園長に話しておきたいことがいくつかあった。俺が学園長室に向かおうと足を向けると。

「ん?……待って、ユージンくん」「なに?」

スミレに服の裾をひっぱられた。

「服に何か付いてるよ。これって羽かな?」

「…………ぁー、うん」

どうやら肩に載っていたらしい。スミレが指でつまんでいるのは、『黒い羽』だった。

エリーの翼から抜け落ちたのだろう。

「は、羽だね。いつ付いたんだろうな……はは」

「真っ黒な羽だね。カラスのかな？」

「からす？」

「えっとね、前の世界にいた真っ黒い鳥なんだけど」

「……鳥の羽じゃないよ」

俺は真剣な声で答えた。エリー……、というか天使族は全てらしいのだが。

自分の翼にとても誇りを持っている。それは堕天使でも同じらしい。

エリーに一度、鳥の羽っぽいと言ったら、本気でキレられた。あれは怖かった……。

「その羽はこっちで処分しておくよ。貸して」

「はーい」

俺はスミレから羽を受け取る。その時、スミレが怪訝《けげん》な顔をした。

「スミレ？」

「んー………、ユージンくんの身体からこの羽と同じ匂いがする」

「えっ!?」

自分では気づかなかった。けど、炎の神人族《イフリート》のスミレは感覚が常人より鋭敏だ。俺でも気づかないような些細《ささい》なことに、気づくことがある。

「もしかしてユージンくんが面倒を見てるっていう生物部の珍しい生き物の羽かな？　よく見るとその黒い羽、とっても綺麗《きれい》」

「そ、そんな所だよ」

さっきからスミレの感覚が鋭過ぎる。

「今度、その珍しい生き物見たいなー」

「だ、駄目だって。封印の地下牢《ちかろう》は危険だから」

「そっかぁ～」

スミレが残念そうに唇を尖《とが》らせた。もしかすると炎の神人族《イフリート》のスミレなら、大丈夫な可能性もあるが。俺はスミレをエリーに会わせてはならないような気がした。

「じゃあ、私はレオナちゃんの所に遊びに行ってくるね」

そう言ってスミレは、たたたっと走っていった。

（はぁ……、焦った）

別に、何も焦る必要はないのだが焦った。

スキップするように駆けているスミレの後ろ姿を見送った。

（さて、じゃあユーサー学園長に会いに行くか）

改めて俺は学園長室へ向かった。

◇

リュケイオン魔法学園の学園長室は、職員室の隣にある。が、そこに学園長が居ることはほぼない。だいたい、自分の研究室に籠もっていることがほとんどだ。

が、今日は居るようで部屋の中から気配がする。

俺は年季の入った重そうな分厚いドアをノックした。

「ユージンです。スミレからの伝言を受け、参上しました」

「入っていいぞ」

声が返ってきた。

「失礼します」

俺は断りを入れ、ドアを開く。

部屋の中には眼鏡をかけ、よくわからない文字の表紙の魔導書を目を細めて眺めているユーサー学園長が椅子に腰掛けていた。

ユーサー学園長の前にある机には、見たこともないような魔道具《マジックアイテム》が山のように積み上がっている。

だけでなく、学園長室全体に様々な魔道具《マジックアイテム》や魔導書が転がっている。適当に扱われているが、どれも数百万G以上の価値のある品々のはずだ。

一度、うっかりその辺に転がっている魔法の壺《つぼ》を蹴って割ってしまったことがある。後でそれが中から無限に水が湧いてくる魔法がかかった魔法の壺とわかった。

末端価格で約五百万Gの魔道具《マジックアイテム》だった。

焦った俺は慌てて学園長に詫《わ》び、どうすればいいか聞いたのだが。

「ああ、壊れたのか。適当に棄《す》てておいてくれ」と事もなげに言われた。

学園長は、感覚がおかしい。俺は魔道具《マジックアイテム》には触れないように、学園長の机の前にある来客用の一人用のソファーに座った。

魔導書を読み終わるまで待たされるかと思ったが、学園長はすぐに本を閉じた。

「つまらん本だった」

「何の魔導書なんですか？」

「興味あるか？　ユージン」

学園長がぽいっと、魔導書を投げてよこした。

「うわ」

慌ててそれを受け取る。真っ黒な表紙に、奇妙な手触りの本。

そして、何より手に「ぬるり」と嫌な感触がした。な、なんだこれ!?

「なんですか？　この本」

「『ネクロノミコン』というタイトルの魔導書の写本だが、駄目だな。情報の欠落がひどい。ほしければやるぞ」

「……この本、呪われてませんか？」

さっきから本を持っている手を守っている結界魔法が、ぼろぼろと崩れている。

俺は何度も結界魔法を張り直した。どう考えてもまともな魔導書ではない。

「ああ、そうだな。呪われてるな」

「……お返ししますね」

俺はそっと近くの本棚にその魔導書を置いた。呪われた本なんて寄越《よこ》すなよ……。

「それで、ご用件は？」

小さく嘆息して、俺は問うた。すると、学園長は俺の顔を見てニヤリと笑った。

「ほう？　なぜ呼び出されたか、わかっていないのか？」

その言葉にぎくりとする。……勿論《もちろん》、心当たりはあった。そして、自分から相談するつもりでもあった。が、どう報告するか自分の中でも言葉にまとまっていない。下手すると犯罪者として、投獄される可能性もあると思っている。

というか、やっぱ駄目だよなぁ……、アレは。俺の心を読んだように、学園長が口を開く。

「ユージン、魔王エリーニュスと契約したな？」

「…………」

俺は言葉に詰まった。どうやら迷宮《ダンジョン》都市の王様の目は、全てを見通しているらしい。

二章／ユージンは、学園長と語る

「ユージン、魔王エリーニュスと契約したな？」

ユーサー学園長にずばりと指摘された。俺を見る眼光が鋭い。

さっきまでつまらなそうに本を読んでいた時とまったく違う射貫《いぬ》くような視線。

「……え、えっと、それは色々理由がありまして……」

俺が言い淀《よど》んでいると。

「ふっ……、そう怯《おび》えるな。責めてはいない。だが、『神聖同盟』の盟主カルディア聖国には知られないほうがいいだろうな。かの国の民は魔王エリーニュスを毛嫌いしている」

「そう……ですね」

有名な話だ。

『神聖同盟』連合国内で、魔王を信仰していることがばれると即『死刑』だ。

魔王なんて信仰するやつなんていないわけない、と言いたい所だが実は南の大陸には魔王信仰が根付いている。

理由は、千年前の魔王エリーニュスの統治方針で、当時の魔王の政策は『怠惰』。

可能なかぎり怠け、自分勝手に生きればいいというのが当時の魔王《エリー》の統治方針であったらしい。人族を虐殺したりもせず、魔王としては異例のかなり『ぬるい』統治だったそうだ。

ただし、逆らう者には容赦しなかったそうだが。

歴史書に書かれているし、俺は魔王《エリー》本人からも聞いた。

ちなみに、南の大陸でもっとも広く信仰されている聖神様の教えは『秩序』と『精進』。

要するに真逆だ。しかし、それが息苦しいという人々から密《ひそ》かに魔王《エリー》は信仰されている。

あとは魔王エリーニュスが『この世のものとは思えぬ美しさである』という伝説も関係しているのだろう。そして、そっちは直接確認済みだ。

あの美貌なら……信仰されるのは理解できる気がする。

俺は魔王《エリー》を信仰しているわけではないが、契約していることがバレたらただでは済まないだろう。カルディア聖国の異端審問官の取り調べは、執念深く残虐なことで有名だ。

……大丈夫かな？　その表情が出たのだろう。

「そう悲観する必要はない。諸外国には魔王エリーニュスは、封印によって眠りについていることになっている。彼女が目を覚ましていることを知ってるのは、私とユージンだけだ」

「隠すのは……迷宮《ダンジョン》都市の住民に無用な不安を与えないため、ですね」

「うむ、魔王が起きていると知っていいことはないからな。それに大地下牢の封印は厳重だ。逃げられる心配はないさ」

「……本当ですか？」

地下の封印の厳重さは知っているが、それでも魔王を身近に知っている身としては心配が勝る。魔王《エリー》って、常に何かを企《たくら》んでいるような気がするんだよな。

「なぁに、この都市の治安の責任者は私だ。ユージンが気に病むことはない」

ユーサー学園長は、いつも通りの自信に満ちた表情でにやりと笑った。

「もしかすると魔王と一緒に地下の封印牢にぶちこまれるかも、と思ってました」

「はっはっは！　面白いことを言うな。まぁ、ユージンが魔王エリーニュスに操られていたら、それも検討したかもしれないが視た所その心配もなさそうだ」

そう言うユーサー学園長の瞳が、銀色に輝く。

——賢者の真眼
学園長の持つ魔眼。

あれに視《み》られると、どんな隠し事もできないと言われている。スミレが異世界人であることをいち早く見抜いたのも、ユーサー学園長の魔眼の力なのだろう。

「私の用件は終わりだ。魔王と契約したユージンに異常がないか、直接確認しておきたかった。問題はなさそうだ。もっとも、魔王はユージンを気に入っているから命にかかわるようなことはしないと思っていたがな」

その言葉に俺は、はっとなった。

「……心配してくださったんですか？」

「当たり前だろう？　学園の生徒は私の家族も同然だ」

「ありがとうございます」

素直に頭を下げる。

「気にするな。それよりユージンも私に聞きたいことがあるんじゃないか？」

「なんでもお見通しですね」

やはり学園長に隠し事などできそうにない。一番聞きたいのは、やはりあの件だ。

「……なんで二〇階層に『神獣』が出るんですか？」

「あれな……調査中だ」

俺の質問に、学園長が表情を険しくした。

「もしかして、炎の神人族《スミレ》が天頂の塔《バベル》に現れたことと関係があるんじゃ……」

俺は自分の仮説を口にした。本人には言わなかったが、五階層を火の海にした炎の神人族《イフリート》。

二〇階層を蹂躙《じゆうりん》した神獣ケルベロス。どちらも低層階で起きた異常事態だ。何か関連があるんじゃないかと懸念したのだが。

「いや、おそらくそれは別件だ」

あっさりと学園長は俺の意見を否定した。

「そうなんですか？」

「ああ、スミレくんだがな……。おそらく西の大陸で起きた『異世界人の大量召喚』に巻き込まれたと予想している」

「い、異世界人の大量召喚……？」

なんだそれ!? 異世界人って数百年に一人いるだけでも珍しいはずじゃなかったのか？

「あちらの大陸は、南の大陸よりも天界の女神たちの影響が強いからな。どうやらこれから復活する大魔王に向けて、手を打ってきたらしい。強力な能力を持つ異世界人たちを対大魔王の切り札にしたいのだろう。西の大陸は大魔王が復活すると言われる魔大陸と地理的に近いからな」

「……千年前の世界を支配したという伝説の大魔王ですか。本当に復活するんですか？」

人々の間で噂《うわさ》されているが、いまいち現実味がない。

「ああ、それは間違いない。だがそれは、学生のユージンが気にすることじゃない。そういうのは、お国のお偉方に任せておけば良い」

「学園長は王様ですよね……？」

「だから、私は気にしているさ。ちゃんと情報収集しているだろう。それで……神獣が二〇階層に現れた原因だが……。まだ、私の中でも仮説の域を出ない。だから、ここで説明はできぬな」

「そうですか」

俺は大人しく引き下がった。学園長がわからないなら、誰もわからないだろう。ここでふと気づく。

「西の大陸に『異世界人の大量召喚』って、もしかしたらスミレの知り合いが居るんじゃ……？」

「ああ、そう思ってスミレくんにもこの話をしたんだが」

「会いに行きたいんじゃないですかね」

もし知り合いに出会えれば、スミレにとっては一番だろう。

しかし、スミレはさっきそんな話は何も言ってなかった。

「西の大陸の異世界人には会いに行かないそうだ」

「……なぜです？」

知り合いに会えるかもしれないチャンスなのに。

「彼女は記憶を失っているからな」

「……確かに。でも、知り合いに会えば記憶を取り戻すかも」

「だが、今のスミレくんは炎の神人族《イフリート》だ。相手が知り合いと気づかぬ可能性もある」

「……なるほど」

スミレは人族ではない。炎の神人族《イフリート》に転生している。姿が、生前とどの程度類似しているかわからないが、もしかしたら全然違っている可能性もある。

「少なくとも自分が人族でなく、記憶も戻っていない状態で会うのは怖いそうだ。ま、気持ちはわかる。西の大陸に移動するだけで十数日はかかる。それが無駄足になるのは嫌だろう」

「…………そう、ですね」

スミレの立場は、俺が考えているよりずっと辛《つら》いものなのだろう。俺で何か力になれればいいけど……。

「ちなみに、スミレくんから聞いたのだが」

ここで学園長がニヤリとする。

「最近はユージンやレオナくんが居るからあまり寂しくないそうだ。リュケイオン魔法学園は楽しいと言っていたよ。保護者としての務めは果たせているようだな」

学園長の言葉に、むずがゆい気持ちになった。スミレがそんなことを？

「それはよかった」

「特にユージンの話をする時は、スミレくんの顔はキラキラしているぞ？　随分と好かれているじゃないか」

「…………えぇ、まあ」

スミレは感情表現がストレートでわかりやすい。多少は好意を持たれているだろう、という自覚はある。

「手を出さないのか？」

とんでもないことを言われた。

「出しませんよ！　俺はスミレの保護者ですよ！」

言うに事欠いて、何てことを。

「ユージンの真面目さは、私もよく知っている。だから保護者を任せた」

「それは……光栄です」

「しかし、失恋が原因で国元を離れて、せっかく魔法学園に入ったのに手を出した女は魔王エリーニュスだけ。良い関係だった聖女候補《サラ》くんとも別れたのだろう？　学生なんだから、もっと恋愛をしたらどうだ？」

「そもそもサラとは付き合ってませんって」

話が、盛大に脱線している。何だこれは。

なんで学園長兼国王陛下と恋愛話をしているんだ。

「ふーむ、これからユージンは女性関係で苦労するだろうな」

「……なんですか、急に」

「なに、ただの勘だ。気にするな」

くくく、と学園長が意地悪く笑う。

魔眼は、相変わらず銀色に輝いている。

(確か学園長の魔眼って未来予知もできたような……)

何かを視られたんだろうか。少し薄ら寒い。

「そ、それでは失礼します」

「うむ、呼び出して悪かったな」

「いえ、色々と教えていただきありがとうございました」

俺は頭を下げ、学園長室を出ようとした。その時。

「ユージンは五〇〇階層を目指すのだな」

ドアを開く直前に、声をかけられた。

振り返るとユーサー学園長は、さっきとは別の魔導書を読んでいる。

「はい、スミレと一緒に」

「頑張り給《たま》え。一〇〇階層をクリアした暁には、私の冒険譚《ぼうけんたん》を聞かせてやろう」

「……それは、有り難いですね。頑張ります」

ユーサー学園長は歴代二位である『四五一階層』の記録保持者だ。

その話が直接聞ける機会など、めったにない。

今の俺とスミレの記録は『二〇階層』。

比べるのもおこがましいが、その俺たちに応援の言葉を送ってくれた。

ならばその期待に応えねば。俺はもう一度一礼し、学園長室を後にした。


——翌日。


「よっ！　ほっ！　こうかな？　レオナちゃん」

「そうそう！　筋が良いよー！　スミレちゃん」

リュケイオン魔法学園の第五訓練場広場。

そこでスミレがレオナに、体術を習っている。

ちなみにレオナに強引に勧誘される形で、スミレは体術部に入部した。体術部は女子部員も多いし、皆気さくだ。知り合いの少ないスミレにはいい環境だと思う。

「わるいな、レオナ。スミレの指導を個別でしてもらって」

俺はスミレの相棒として、礼を言った。

「何言ってるのよ。ユージンさんが『復活の雫《しずく》』の代金を立て替えてくれなきゃ、私は借金地獄だったんだから……。今の私はユージンさんには逆らえません。何ならユージン様って呼ぼうかしら」

「それは勘弁してくれ」

「あはは、冗談」

レオナが笑う。しばらくスミレとレオナの練習をながめつつ、俺は木剣で型の確認をしていた。ある時。

「ほいっ！」

スミレが空中で回し蹴りを放つ。チリ、と空中に火花が舞った。

（ん？）

次の瞬間「ぶわっ!!」と空中に巨大な炎の軌跡が描かれる。

「わわっ!?」レオナは少し慌てて避《よ》ける。

俺は当たっても結界魔法で防げるのだが一応躱《かわ》しておいた。

「ごめんー！　レオナちゃん、ユージンくん」

スミレが慌ててこっちにくる。

「さっきのは？」

「何か勝手に炎が出ちゃうの……」

「凄《すご》いわよね〜。身体《からだ》を動かすだけで火魔法が発動するとか」

レオナが感心したように腕組みしている。

反対にスミレは、しょんぼりした顔だ。迷惑をかけたと思ったようだ。

「多分、炎の神人族《イフリート》は体内に膨大な魔力《マナ》を持ってて、それが溢《あふ》れてるんだろうな。そっちは体術とは別で、魔法使いに魔力《マナ》の使い方を学ぼう」

「は、はい！」

俺の言葉に、スミレが力強く頷《うなず》く。彼女は俺の探索の相棒《パートナー》だ。そのために頑張っている。けど。

「あんまり無理するなよ」

「大丈夫。早くユージンくんと一緒に探索したいし！」

「わー、お熱いねー。二人とも見せつけてきちゃって」

「ち、違うよ。レオナちゃん！」

たまにレオナは、こうやってからかってくる。少し俺も照れてしまう。決して、スミレに変な気持ちを抱いているわけじゃないが、学園長が変なことを言うから……。その時だった。

「お、ユージンか？　訓練場でよく会うな」

誰かが俺の名前を呼んだ。馴染《なじ》みの声だ。

「クロード、お前も訓練か？」

「ああ、天気がいいからな。身体は毎日動かさないと鈍《なま》る」

声の主は、クロード・パーシヴァル。

リュケイオン魔法学園『英雄科』に所属する職業《ジョブ》『勇者見習い』のエリートだ。

「お、そっちの子が噂《うわさ》の異世界からの女の子かな。はじめまして、俺はクロード・パーシヴァル。ユージンとは一年からの親友なんだ。仲良くしてくれると嬉《うれ》しい」

キラリと歯を光らせて、キザに笑うクロード。相変わらず軟派な男だ。

「えっと、私は指扇《さしおうぎ》スミレと言います。ユージンくんとは探索の相棒《パートナー》で……」

初対面のスミレが少し緊張したように、挨拶をしていると。

「あらあら。さっそく女の子を口説いてるの？　相変わらずねー、クロード」

氷のように冷たい声が遮った。その声で、クロードの表情が固まる。

「れ、レオナ……？」

「お久しぶりね」

冷たい声とは裏腹に、レオナはニッコリと微笑《ほほえ》む。

クロードからは、スミレと俺の身体で隠れて見えなかったらしい。

「「……」」

ただならぬ空気に、俺とスミレは顔を見合わせる。

「あ、ああ。元気にしてたか？」

「私のことなんて忘れて、色んな女の子と楽しいことをしてたのはクロードでしょ？」

「それは誤解だ。本当はもっと早くレオナに会いに行きたかったんだよ。だけど俺は今『体術部』を出禁になってるからさ」

「あんたは『剣術部』と『弓術部』と大半の『魔法使い部』全部出禁でしょ！」

クロード……、お前は何をやったんだ？

いや、ろくでもないことなのは何となく察した。

レオナの詰問を、クロードが笑顔でかわしている。もっともその頬には汗が伝っているが。

「「……」」

俺とスミレは、その二人のピリピリした様子を黙ってみているしかない。

しばらく、二人の会話が続いた。そして、クロードはこの場に居るのを諦めたらしい。

「悪いな、ユージン。噂の神獣との戦いについて聞きたかったんだが……今度にするよ。スミレちゃん、邪魔しちゃって悪いね」

「早くどっか、行きなさいよ」

レオナはどこまでもクロードに厳しい。が、クロードはめげなかった。

「レオナ」

「な、なによ」

「また会いにくる」

「……うそつき」

「本当だって、じゃあな」

ひらひらと、手を振ってクロードは去っていった。あいつ、どんな心臓してるんだ？

「「………」」

残された俺たち三人は、しばらく気まずい空気になる。他人の恋愛には疎い俺でも、レオナとクロードが過去に何かあった、くらいはわかる。

でも、無遠慮に聞けないよなーと思っていると。

「ねーねー、ユージンくん。さっきの人ってユージンくんの親友なの？」

スミレに話を振られた。

「ああ、入学の時からの友人だよ。あいつが竜騎士《ドラゴンナイト》で、その騎竜を生物部で世話してるんだ」

「へぇー、竜騎士《ドラゴンナイト》！　なんか凄そうだね！」

「……全然、すごくないわよ」

レオナが会話に割り込んできた。

「レオナちゃんは、さっきの人のことよく知ってるの？」

「そ、それは……」

おお！　凄いぞ、スミレ。

ちょっと強引だけど、レオナとクロードの関係に話題を持っていった。

「………昔、付き合ってたの。少しだけね……。もう別れたけど」

「ええっー！　そうなんだ！　あー……、でもそれじゃあ、……あんまり聞いちゃ悪いね」

「ううん、別にもう気にしてないから！　聞いてよ、スミレちゃん」

そう言ってレオナが、クロードとの馴《な》れ初《そ》めやその後の話をしだす。どうやら誰かに聞いてもらいたかったらしい。女子二人が盛り上がっているのを邪魔しては悪いので、俺は少し離れた所で剣の素振りでもすることにした。

「……本当にあいつ最悪でさ！」

「でも、かっこよかったし、レオナちゃんとお似合いに見えたなー」

「やめてよね！……まぁ、でも。かっこいいわよ」

「……まだ好き？」

「全然！」

「本当？」

「…………」

離れた位置でも、二人の会話は聞こえてくる。女の子って恋愛話が好きだよなー、と思い出す。そういえば、幼馴染《アイリ》もよく士官学校で誰と誰がくっついたとか、別れたって話でキャーキャー言っていた。どこに行ってもそれは変わらないのかもしれない。

その日の練習は、なかなか再開されなかった。

――七日後。

俺たちは最終迷宮《ラストダンジョン》『天頂の塔《バベル》』への入り口へとやってきていた。

スミレがそれなりに体術の基礎を身に付けた。魔力《マナ》の制御は、まだ不安があるが……。

だが、五〇〇階層を目指すのに準備ばかりに時間を取られてはいられない。

「戻ってきたな、スミレ」

「うん！　二一階層からだね！」

以前、二〇階層の階層主《ボス》を倒したから迷宮昇降機《ダンジョンエレベーター》でそこまで上がれる。

俺たちは『天頂の塔《バベル》』への挑戦を再開した。

◇リュケイオン魔法学園・生物部第六の封印牢《ふういんろう》。通称『災害』◇

「元気にしてたかー」

俺は餌につられてやってきた、飛竜《ワイバーン》やグリフォンたちに手を振る。

彼らは魔物ではあるが知能は高い。生物部である俺の顔を覚えている。

魔法の収納箱から、大きな肉塊を取り出しぽいぽいと放り投げた。

「クー♪」「グルルル♪」「キュキュキュ♪」

食べ物を前にご機嫌な声で鳴く、魔物たち。

魔物とは思えぬ可愛らし……、いや、やはり迫力はある。

飛竜《ワイバーン》やグリフォンのような飛行型の魔物たちが、大きな肉を鋭い鉤爪《かぎづめ》でつかみ自分の巣へと帰っていく。ここで飼っているのは、全て『飼い主』がいる魔物である。

魔物を扱うのは勿論《もちろん》魔物使《テイマー》いであり、『生物部』に所属している者の職業《ジョブ》はほぼ全員が、テイマーだ。

例外は剣士なのに生物部に入っている俺くらいだろう。

俺が『生物部』に入部させられたのは、学園長の命令。

魔王や神話生物が封印されている大地下牢に唯一入れるからである。

魔物使《テイマー》いでもないのに週に一度の生物部の管理する魔物の餌やり当番が回ってくるのは、やや理不尽に感じる。

そうは言っても生物部の魔物たちにも愛着が湧いてきたからいいんだけど……。

そんなことを考えていると。

「よー、ユージン」

キラキラ光る洒落《しゃれ》た鎧《よろい》をつけた、竜騎士《ドラゴンナイト》の男がこっちにやってきた。

「クロード、また生物部の檻《こ》に来たのか。暇なのか？」

「いやいや、この後も女の子と約束してるからさ。忙しい合間をぬって親友に会いに来たんだよ☆」

「つまり暇なんだな。手伝え」

「お、おい」

俺は強引にクロードにも餌やりを手伝わせた。生物部の檻《おり》に居るのは中型~大型の魔物。比較的おとなしい種類が多いが、それでも魔物。普通は任せられないが、英雄科のクロードなら問題ないだろ。俺たちは、つつがなく魔物の餌やりを終わらせることができた。

俺は餌やりを手伝ってくれたクロードに、水の入ったガラス瓶をぽいっと投げる。

「おっと」

危なげなくそれをキャッチしている。瓶は魔法の保管箱に入っていたため、キンキンに冷えている。俺も一本取り出し、それをごくごくと飲み干した。

「で、何の用事なんだ? クロード」

「つれねーなー。祝いの言葉をかけにきたに決まってるだろ? 三〇階層突破おめでとう」

「……見てたのか。ありがとう」

少し照れくさかったが、素直に礼を言う。

そう、俺とスミレは数日前に無事に三〇階層を突破した。

そして現在は、その休養期間中だ。

クロードは俺の迷宮《ダンジョン》探索の話を聞きたかったらしい。

「今回の三〇階層の階層主《ボス》はオークキングだったな。そんなに強いボスとは言えないが、二人だけで倒すってのは探索者の常識《セオリー》じゃありえないぞ？」

クロードに笑われた。その指摘はまったくもって正しいため、俺は苦笑するしかない。

「スミレの魔力《マナ》制御が甘くてさ。他の探索者仲間をいれたくても魔法が暴走したらと思うと、難しいんだよ」

「見た見た。オークがスミレちゃんを襲おうとして、彼女が悲鳴を上げた瞬間周りが火の海になってたな。いやー、あれは笑ったよ」

「笑えないんだよなぁ……」

ため息を吐《つ》く。実の所、三〇階層はそれでうまくいった。オークの群れを率いるオークキング。その群れを一番多く倒したのは、スミレの魔法だ。

もっともそれは彼女が意図したわけじゃないが……。俺とスミレは五〇〇階層を目指す探索者。しかし、最終迷宮《ラストダンジョン》は二人だけで到達できるほど甘いダンジョンではない。スミレの魔法の制御と、仲間の確保が目下の課題だ。

「ユージン。探索者仲間に困ってないか？」

クロードが少しだけ真剣な顔になる。

「ま、ゆっくり探すさ。まだ三〇階層だ」

俺は気楽に答えた。今の所は二人で安全に探索できている。次の四〇階層、さらに上の五〇階層の階層主《ボス》は少し二人で挑むには怖いが……。

「助《すけ》っ人《と》が必要なら、いつでも声をかけてくれよ。手伝うからさ」

「クロードが？　お前は別のパーティーを組んでるだろ？」

その提案に俺は首をかしげる。

クロードは既に一〇〇階層を突破している『A級』探索者だ。

所属探索隊《パーティー》の名は『蒼《あお》の牙』。

蒼海《そうかい》連邦でも名のしれた戦士たちが集まった探索隊《パーティー》と聞いている。

今さら三〇階層をやっと突破した俺たちの手伝いをするメリットがあると思えない。

「『蒼の牙』は、同郷の出身者で集まった連邦の威信をかけたお堅いパーティーだからな。勝手できないし、一〇〇階層を突破したあとはほとんど探索してないんだよ。俺はもう少し気楽な面子《メンツ》で探索したいんだ」

「はぁー、なるほどな……」

どうやらエリートなりの悩みはあるらしい。とはいえ、クロードが手伝ってくれるとなると助かるのは確かだ。リュケイオン魔法学園で一握りしかいない『英雄科』の勇者クロード。

助っ人としては非常に心強い。ただ、一点だけ困ったことがある。

「現在、俺たちの三人目のメンバー候補は、レオナなんだけど」

「…………まじ？」

「レオナはスミレと仲がいいからな」

「そ、そうかー」

俺の言葉に、クロードが頭を抱える。そんな反応になるのは、知ってた。なんせ元カノだからなぁ。一緒のパーティーは、さぞ気まずいだろう。

「レオナとうまくやってくれるなら、声かけるよ」

「……お、おう」

俺の言葉に、クロードは顔をひきつらせた。手伝ってくれる、という言葉は嬉《うれ》しかった。

……こいつの女癖の悪さがなければなー。

その後、クロードとは他愛もない雑談をしてから別れた。

ちなみに「スミレちゃんとはどこまでやったんだ？」という下世話な質問には、頭をしばいておいた。エリーといい、学園長といい、どうしてそっちに話を持って行きたがる？

「おいおい、あんな可愛《かわい》い子をフリーにしとくのか？　あとで彼氏ができてから後悔するぞ」

「お前じゃねーんだ」

とクロードには返したが、実際男女探索者パーティーで恋人同士になるケースは多い。

俺とスミレが……？　俺はスミレの保護者だぞ。

（いや、でもな……）

あれだけ綺麗《きれい》な子だ。学園の男たちは、放っておかないだろう。うーむ……。

その日は、クロードからの言葉が頭から離れなかった。

◇スミレの視点◇

「今日から火魔法の授業に参加することになった指扇《さしおうぎ》スミレさんです。彼女のことは皆さんも知ってますね？　スミレさんは異世界人です。基礎的な知識はリン先生が指導されています。が、まだまだ戸惑うことも多いでしょう。困っていたら皆さんが助けてあげてください。では、スミレさん。挨拶を」

「は、はい……！　指扇スミレです。今日からこちらのクラスに参加します。よろしくお願いします」

短い挨拶をして、ぺこりと頭をさげる。

ぱちぱちぱち、という小さくない拍手で迎えられた。

（うぅ……大丈夫かなぁ）

普段、私のことを色々助けてくれるユージンくんやリン先生の姿はない。

そもそも、火魔法の授業を受けるように勧めてくれたのは二人だ。

ずっとマンツーマンではなく、徐々に他の生徒と一緒に授業を受けたほうがいいということだった。私がこの世界にやってきてからそこそこ時間も経《た》っている。

以前より私を奇異の目で見る人は減った。

それはつまり、特別扱いしてくれる人も減ったということだ。

席は空いている所に自由に座る形式だったので、私はおどおどと最前列の空いている席に腰掛けた。そして、先生の授業を聞き漏らさないように集中して聞いていると。

「スミレさん、スミレさん」隣の席の子に声をかけられた。

「え？」

横を向くとそこには、眼鏡をかけた真面目そうな女の子が座っていた。

……どこかで見覚えが。そんな考えが表情に出たのだろうか。

「私はテレシア・カティサークです。生徒会室で一度会ったのだけど、覚えているかしら？」

「あー！　テレシアさん。覚えてます！」

たった今思い出しました。

声が大きかったのかもしれない。先生が、ちらっとこちらを睨《にら》んだ。それから授業は真面目に聞いていたが、やっぱり難しい所もあって。

「うーん……」と悩んでいると。

「スミレさん、さっきの先生の説明の意味は……」

「な、なるほどぉ！」

隣のテレシアさんが、さりげなく教えてくれた。

……キーンコーンカーンコーン
授業終わりの鐘がなる。異世界でも、同じような仕組みなんだなぁ。

って、そうじゃない。お礼を言わなきゃ。

「テレシアさん！　さっきは教えてくれてありがとうございます！」

「いえいえ、困っている人を助けるのは当然だもの」

と上品に笑うテレシアさん。優しい……。ジーンとしながら、テレシアさんの容姿をまじまじと見つめる。黒に近い灰色の長いストレート髪と、眼鏡をかけた真面目そうな外見。

(うわ……、テレシアさんって、よく見るとすっごい美人)

いわゆる地味っぽく見せて目立たなくしているタイプの美人さん。前の世界にもこういう子っていたなぁー。委員長っぽい感じ。

できる美人さん！　仲良くなりたい!!って思った。

「テレシアさんは魔法使いなんですよね？」

私はもっと彼女のことを知りたくて、質問をしてみた。

魔法使いクラスに居るのだから、当然そうだと思っていたら。

「うーん、ちょっと仰々しくて恥ずかしいのだけど私の職業《ジョブ》は『賢者見習い』なの」

「賢者!?」

なんか凄《すご》そう！　てか、凄いよね。

たしか攻撃魔法と回復魔法を全部使える職業《ジョブ》だよね。リン先生に教えてもらった。

「……の見習いよ？　まだまだ修行が足りないから賢者は名乗れないの」

と言って微笑《ほほえ》むテレシアさん。

「すごいなー。私なんて気がついたら、勝手に魔法が発動しちゃうし……」

「そ、それはそれで凄いと思うのだけど」

私がしょんぼりと言うと、テレシアさんに驚かれた。

「はやく魔法を上達させて、ユージンくんの助けになりたいんだけど……」

私たちはこの前、三〇階層を突破した。けど、私の魔法は暴走してばっかり。ユージンくんは「気にしなくていいよ」って言ってくれるけど。私は少し焦っていた。

五〇〇階層を目指すのは、私のためのはずなのに私が足を引っ張っちゃってる。その時、気づいた。テレシアさんが、私を「じーっ」と見ていた。

「テレシアさん？」

「あ、いえ……、スミレさんってユージンくんとは恋人同士なのかしら？」

「えっ!?」

唐突な質問をされた。

「ち、違いますよ！　あの、別にユージンくんとはそーいうのじゃないです、……まだ」

「……まだ」

ふむ、とテレシアさんが何かを考えるように顎に手をあてている。

「テレシアさんは、ユージンくんと仲いいんですか？」

ま、まさか美人なテレシアさんが、ユージンくんを狙ってる⁉

「あー、いえ。私じゃなくて生徒会長が…………って、あら失言でした」

テレシアさんがわざとらしく口を押さえる。生徒会長さんって、この前会ったサラさんって黒髪のアイドルみたいな派手な可愛い子だよね。

……あの子は、絶対にユージンくんにべた惚《ぼ》れだった。そっかー、テレシアさんはサラさんと仲いいのかー。じゃあ、私とは仲良くしてもらえないかな。なんて考えていると。

「ふふ……、そんなことは気にしなくてよいですよ。私は生徒会の庶務で、カルディア聖国の貴族です。カルディアでは、異世界人を大切に扱うことは運命の女神様からの強い『教え』です。学園のルールでも、異世界人は大切にするよう決まってます。……それとは別に、私も興味あるんです。スミレさんの持つ炎の神人族《イフリート》の魔法に」

と言っていたずらっぽく笑うテレシアさん。ただの社交辞令の可能性もあるけど。

私は、テレシアさんが心から言ってくれているように思えた。

「じゃあ、これから一緒にお茶でも」

と誘おうとした時。

「おーい、テレシアちゃん。迎えに来たよ」

気づけば、私たちのすぐ近くに一人の男の子が立っていた。いつの間に近づいていたのか、まったく気配を感じなかった。キラキラと光る、オシャレな鎧《よろい》を着た彼は見覚えがあった。金髪が眩《まぶ》しいイケメンの男の子。

「クロードくん。約束の時間はまだでしょう？　待っててください」

「早くテレシアちゃんに会いたくてさ」

「……もう！」

やってきたのは、ユージンくんの自称親友クロードくんだった。

そして、レオナちゃんの元彼って、ユージンくんの元彼氏。ユージンくんの友達ってことなら仲良くしたいけど、レオナちゃんの元彼ってことならちょっと考えてしまう。

「あれ？　スミレちゃん？」

「……こんにちは」

クロードくんは私に気づいたみたい。私はややぎこちなく会釈した。

「なんだ、テレシアちゃんとスミレちゃんは仲良しだったのか。邪魔者は退散するよ。テレシアちゃん、いつもの所で待ってるから」

「はいはい、またあとで」

クロードくんはひらひらと手を振って教室から出ていった。その後ろ姿をテレシアさんは目で追っている。テレシアさんは、邪険にしているようで嫌がってはいなそうだった。

「えっと、テレシアさんはクロードくんと仲いいの？」

「いえ、まったく。彼、しつこいんですよね～。一度夕食に行ったら急に距離が近くなって」

はぁ～、と悩ましげにため息を吐《つ》くテレシアさん。その仕草からは、嫌いな男に言い寄られているというよりは、まんざらでもないという空気を感じた。

（ん～～～～？）

これは……テレシアさんとクロードくんは、少し良い仲？

でもユージンくんが、彼はどんな女の子相手でも軽薄だって言ってたし。

「それで……ごめんなさい。本当はもっとスミレさんとお話ししたいのだけど……」

「いえいえ～。別の約束があるんですよね。またの機会に」

「ええ、今度はお茶に行きましょう」

そう言ってテレシアさんは教室を去っていった。その足取りは軽い。

その日はすこしもやもやとしながら寮へと帰った。

◇翌日◇

「ねぇねぇ、スミレちゃん、聞いて聞いて！　クロードが今度一緒に出かけようって誘ってきたの！」

体術部の基礎練習に参加させてもらった休憩時間。レオナちゃんが私に話しかけてきた。

「へ、へぇ～……。よかったね、レオナちゃん！」

私の脳裏には一瞬、昨日のテレシアさんとクロードくんの仲よさげな様子がよぎった。

が、それは表情に出さずレオナちゃんの嬉《うれ》しそうな様子に合わせた返事をする。

「あいつってばさぁー、やっぱりレオナが居ないと駄目だって～。仕方ないわね～」

レオナちゃんが嬉しそうに、サンドバッグをバンバン蹴っている。

数日前は「クロードのクソヤロー！」って言いながら、蹴ってたサンドバッグだ。

「じゃ、じゃあ、よりを戻すの？」

「うーん、どうしよっかなー」

なんてレオナちゃんは言ってるけど、クロードくんに迫られたら絶対にＯＫするんだろうなー、と思った。実に楽しそうだ。私はその様子を見て、昨日のテレシアさんとクロードくんの会話は忘れることにした。うん、私の心配し過ぎだよね！

「ねぇ、スミレちゃんはユージンさんとはどうなの？」

「え？」話題の矛先がこっちを向いた。

「そろそろキスでもした？」

「し、してないって!?」

びっくりする。そもそもユージンくんとは、別に付き合ってないし……。

「駄目よー。最近、ユージンさんの人気が急上昇してるんだから。単独で神獣ケルベロスを撃退するなんて、将来性抜群なんだから。ただでさえ、ユージンさんのお父さんは帝国の偉い人だし。うかうかしてると別の女の子に盗《と》られちゃうわよ？」

「え、えぇ……」

レオナちゃんの剣幕にたじたじになる。けど、言ってる内容は理解できた。

ユージンくんカッコいいし、実家はお金持ちらしいし、剣と魔法の世界ですごく強いとなれば、そりゃモテるはずだ。今は恋人はいないと聞いてる。

でも、可愛《かわい》い子から告白されて付き合うことになったら……。私とユージンくんの二人探索隊《パーティー》にその子も加わるのだろうか？　で、私の目の前でイチャイチャされる？

（きっつ！！！）

無理無理無理！　絶対に耐えられない。

「スミレちゃん、今度の探索で告白しちゃえば？」

「こ、告白っ!?……えぇ～、う、うーん、どうしようかなー」

「お、実は乗り気？」

「待って待って！　結局、レオナちゃんはクロードくんとどうするつもりなの⁉」

「えっとー、その話はまた今度……」

「そっちが先に教えてー」

そんな話題で盛り上がった。……おかげで、次の探索まで少し落ち着かなかった。


――天頂の塔《バベル》・入り口。


「今日は三一階層からだな」

「うん！」

「……スミレ？」

「がんばろー！」

私はユージンくんと腕を組んで、歩く。少し戸惑っているようだけど、振り払われはしなかった。……はたから見れば、恋人同士の探索者に見えるかな？

天頂の塔《バベル》の一階には、沢山の人がたむろっている。もちろんリュケイオン魔法学園の生徒の姿もある。彼らからの視線を感じたけど、ユージンくんは気にしてないみたいだった。

「スミレは、魔力《マナ》の扱いは慣れた？」

「う……、まぁ多少は～」

真面目に魔法の授業を聞いて、リン先生の指導も受けている。以前よりは、魔法の暴走回数は少なくなった。けど、異世界人の私に魔法の扱いはまだまだ難しい。

「ま、焦らずにいこう」

ユージンくんは、私に気を使うように微笑む。

くっ……、このナチュラルイケメンめ。

「ユージンくんに魔法を教えてもらえたらなー」

ちょっと、甘えてみる。

「俺は攻撃魔法を使えないから」

困った顔をされた。あっ！　しまった。

「ち、違うよ!?　変な意味じゃなくて」

「わかってるって」

私の言葉を聞く前に、ぽんぽんと頭を叩《たた》かれた。

（くっ……、余裕の態度が崩れない）

押しが足りないのかなー、と思ったけどユージンくんが優しいので私は心地よかった。

当分、こんな関係でもいいかなーと思った。その時。

「…………ユージン」

ぽつりと、ユージンくんの名前が呼ばれた。
小さな声なのに、鈴の音のようによく通る。
声の方向を向くと、艶やかな黒髪が輝く妖精のように可愛らしい女の子が立っていた。
（あの子って……）
会うのは二度目。最初に会ったのは生徒会棟。彼女は生徒会の代表のはずだ。
「サラ？」ユージンくんが、少し驚いたような声をあげる。
「どうし……」
「ユージン！！！　どうして会いに来てくれないの!?」
生徒会長のサラさんは、初めて見た時のようにユージンくんの胸に飛び込んだ。
――うかうかしてると別の女の子に盗られちゃうわよ？
レオナちゃんの言葉が蘇《よみがえ》った。
（フラグ回収が早いよ！！！）
早くも私の平和な迷宮《ダンジヨン》探索生活が崩れ去ろうとしていた。

三章／ユージンは、生徒会長に迫られる

「ユージン！！　どうして私に会いに来てくれないの!?」

かつての探索隊《パーティー》仲間のサラが、俺に抱きついてきた。

生徒会長でありカルディア聖国の要人でもあるサラは、他の生徒たちにはいつも余裕ある態度で接している。が、俺に対してはひたすら距離が近い。

リュケイオン魔法学園のエリートである『英雄科』の所属でもあるサラに対して、「俺のことは忘れてくれ」と言っているのだが「どうしてそんな冷たいこと言うの！」とあまりわかってくれない。

普段なら落ち着くまで待てばいいのだが、今日はこれからスミレと探索だ。ずっとサラの相手をするわけにはいかない。なんて声をかけようかと考えていたら。

「あのぉ～、生徒会長のサラさん？　でしたっけ？」

先にスミレがサラに話しかけていた。

「…………」

サラが一瞬スミレのほうに目を向け、そして視線を戻した。あれ？　無視した？　スミレが少しムッとした顔になる。

「ねぇ、ユージン？　聞いてる？」

「あ、あぁ。聞いてるよ。それよりスミレが声を……」

「私ずっと待ってたのよ？　ね、これから時間ある？　私は今九〇階層まで到達しているんだけど、ちょっと手詰まりを感じてるの。ユージンは神獣と戦ったでしょ？　だから情報交換しましょ？　きっとユージンに役立つ情報を提供できると思うの！」

凄《すご》い勢いでまくし立ててくる。

「いや、サラ。今は別件で……」

「サラさん！　私たち今から『天頂の塔《バベル》』の三一階層に向かうんです。今度にしてもらえますか!!」

はっきりと大きな声で、スミレがサラに言い放った。流石《さすが》に今度はサラもスミレの言葉を無視しなかった。すっ、と表情をクールなものにして視線を向ける。

「…………」「…………」

数秒、二人が見つめ合う。そして、サラが口を開いた。

「ごめんなさい、スミレさん。今私たちは大事な話をしているの。待っていてもらえないかしら」

「お、おい。サラ」

いきなり話しかけてきておいて、その言い分は駄目だろう。むっとした表情から、スミレが無表情になる。あ……、怒ってる。

（これはサラに注意しないと）

俺がそう決意した時。

「ねぇ、ユージンくん。そんな昔の相棒の子は放っておいて、探索に行こう～☆」

スミレが俺の腕をつかんで、ぐいっと引っ張る。サラの身体《からだ》が離れた。さらに、ぐいぐいと迷宮昇降機《ダンジョンエレベーター》のほうへ俺を引っ張っていく。

「ま、待って！　待ちなさいよ！」

サラが慌ててスミレが摑《つか》んでいるのと反対側の腕を引っ張る。

「離してもらえますー？　私たち忙しいんで」

「スミレさん！　私とユージンは固い絆《きずな》で結ばれてるの！　ぽっとでの人は入ってこないで！」

「へぇ～、でも『英雄科』に転籍したらユージンくんとは疎遠になったんですよね？　なのに神獣を倒したからって戻ってきたんですよね？　うわー、嫌な感じー」

「お、おい……スミレ」

スミレの言葉に、サラの顔色が変わる。

「ち、違うわ！　『英雄科』の私と『普通科』のユージンが一緒にいるとユージンがいろんな人に絡まれるから少し距離を置いたほうがいいって……、注意されたから気をつけてたの。でもたとえ距離は離れてもユージンと私の心は繋《つな》がってるの！　あなたこそユージンが保護者をしてくれてるだけの分際で！　偉そうな顔しないで！」

「……なっ!?」

サラの言葉に、スミレの表情が変わった。

「…………」「…………」

サラとスミレが顔を突き合わせ睨《にら》み合う。まるで二匹の猫が、至近距離で威嚇しているような。これは良くない。

「二人とも落ち着……」

「私は落ち着いてるよ、ユージンくん」「ユージンは黙ってて」

スミレとサラは睨み合ったまま手で俺を制する。口火を切ったのは、スミレから。

「サラさん、ユージンくんは私の相棒《パートナー》なの。用があるなら私を通してもらえます？」

「相棒《パートナー》と言ってもつい最近の話でしょう？　私なんてユージンと一緒に入学当初からパーティーを組んでたんだから。あなたとは年季が違うのよ」

「半年も満たないくらいで解散したのに？」

「っ！……だからもう一回やり直そうって話に来たの。邪魔しないで、スミレさん」

「ごめんねー、ユージンくんの仲間はもう私に決まってるの」

「ユージンは帝国の最高戦力、帝の剣《インペリアルソード》の息子よ。だったらその仲間にふさわしいのは聖

女候補の私なの！」

「私、異世界人だからそんなのよくわからないし」

「いいから！　ユージンと二人きりのパーティーなんて絶対に許さない！」

「別にサラさんに許されなくたっていいし！」

「私のユージンにベタベタしないで、スミレさん！」

「べ、べたべたなんてしてない！」

「うそよ！　天頂の塔《バベル》に入るまでだってずっと無駄に腕を組んでたくせに！」

「それだったら、サラさんこそ毎回ユージンくんに抱きつくのは何なの！」

「そ、それは……私の勝手でしょ！」

「……っ！」「……っ!!」

スミレとサラの口論が止まらない。その様子を俺は呆然《ぼうぜん》と見ていた。

サラとは入学当初からの知り合いだが、こんな感情を露《あら》わにしているのを初めて見た。

スミレが感情豊かなのは知っていたが、こんなに誰かに怒りの感情をぶつけているのは初めて見る。

（あらあら、ユージンを巡る女の争いねー。モテる男は辛《つら》いわね）

呆然としていると、突如誰かの声が頭の中で響く。考えるまでもなく魔王《エリー》の声だ。

（なぁ、エリー。こういう時どうすればいい？）

（……え？　よりによって私に聞く？）

（助ケテクダサイ）

（……んー、そうねー）

　恋愛経験が豊富そうなエリーに頼った。

（二人とも抱いてあげたら？）

（……やっぱ自分で考えるわ）

　そういえばエリーは堕落した天使。こいつの言葉を参考にしちゃ駄目だ。サラとスミレの口論はまだ続いている。ふと、俺は奇妙な視線を感じた。

「ぎゃーぎゃー」と騒いでいる俺たちを近くにいる探索者たちが、興味深げに見ている。それとは別の視線に気づいた。

（……あ）

　空中に浮かぶ球状の魔導機。天頂の塔《バベル》の中継装置《サテライトシステム》へ映像を送る最終迷宮《ラストダンジョン》の眼《め》だ。そいつが、俺とスミレとサラの様子をじーっと見つめていた。これ学園の生徒たちに見られてるのかなぁー。

「私はユージンとキスをしたことだってあるの！　スミレさんはどう？」

「……………え？」「え？」

　サラとスミレの口論を聞き流していたが、聞き流せないような会話が耳に届いた。

「ユージンくんがサラさんと……？　恋人じゃなかったって言ってたのに……」

裏切られた、という表情で俺を見つめるスミレ。冷や汗が背中をつたう。

「ち、ちがうぞ、スミレ！　あれはサラとパーティーを組む時に、聖女候補とパーティーを組む時の習わしだって言うから……。それに一回だけの話で……」

「えぇ……、そうよ。あの熱いキスは今でも忘れられないわ……」

うっとりと頬を染めるサラ。それを微妙な表情で見るスミレ。

「ふふん、どうやら私の勝ちみたいね」

「……うぐぐ」

謎の勝利宣言をするサラ。か、勝ち？　その時、スミレが一瞬俺のほうを見て、そしてサラに向かって言った。

「わ、私はユージンくんと一緒のテントで一晩過ごしたんですけど！」

「………………………え？」

スミレが言うと、サラの目が大きく開かれる。

「ゆ、ユージン……、そんな。まさか……その子と一晩……？」

「ふふん、ユージンくんの寝顔もばっちり見たもんねー。あれー、サラさんは見たことないのかな～？」

「………わ、私見たことない……」

え、寝顔見られてたの？　起きたのは俺が先だったはずだけど、寝たのはスミレが遅かったのだろうか。

「…………」「…………」

スミレとサラが、じとっと湿度の高い目で見つめ合う。二人とも、頬を汗が伝っている。

……いや、それは俺も同じだ。次は何を言うつもりだ？　先に口を開いたのは、サラだった。

「お、覚えてなさいよー!!」

と言いながらサラは凄いスピードで走り去っていった。

「勝った……」

スミレが拳を振り上げたポーズを決めている。勝ち負け……だったのか？

(ふふ……、魔王《わたし》とユージンが普段していることを二人に伝えたらどうなるかしらね？)

(……勘弁してくれよ)

想像するだけで恐ろしい。

「ねぇ、ユージンくん」

ぽつりとスミレが俺の名前を呼んだ。

「どうした？　スミレ」

「……本当はサラさんとパーティーを組みたかったりする？」

「いや、そんなことは……」

実は少しだけ、考えていた。俺とスミレだけでは、いずれ限界がくる。もしサラが仲間に加わってくれたら心強いな、と思っていた。でも、無理だろう。

さっきのスミレとサラの会話を聞く限り、二人の相性は最悪だ。

「ごめんな、スミレ。俺のせいで変な感じになって」

「ううん！　じゃあ、探索頑張ろうね！」

空元気のような笑顔を見せるスミレ。俺もそれに合わせて、笑顔を返した。それでも、やはり。三一階層からの探索は、今までよりも足取りが重かった。

◇リュケイオン魔法学園・体育の授業◇

「よーし、お前ら。二人組作れー」

体育の教師が俺たちに指示を出す。

俺が参加しているのは、普通科だけでなく上級科や特殊科の生徒も参加している合同授業だ。男女合同ではないため、スミレの姿はない。

ちなみに、俺はこの二人組を作るやつが苦手だ。理由は言うまでもなく……、友達が少ないから。毎度、二人組を作る時には時間がかかる。

まぁ、適当に余ったやつに声かけるか。そんなことを考えていると。

「よ！　組もうぜ、ユージン」

聞き覚えのある声に名前を呼ばれた。

「クロードか」

珍しいやつがいた。『英雄科』の生徒は、基本的に授業の参加は自由だ。試験さえクリアすれば、単位をもらえる。そのため普段クロードが体育の授業に参加することは殆《ほとん》どない。だが、親しいやつが居たことはありがたい。俺は素直にクロードと組むことにした。クロードの頬に大きな湿布が貼ってある。

「どうしたんだ？　その顔」

「ん？……あー、これか。……猫に引っ掻《か》かれてな」

「猫？」「ああ、猫だ」

勇者のクロードが猫に引っ掻かれた程度で、傷を負うわけがないが。ま、言いたくないことなんだろう。それについてはそれ以上の追及をやめた。

「組手はじめ！」

体育教師が号令をかける。ちなみに武器は、全て木製だ。

「よっ！」

クロードが死角から、槍《やり》の突きを放ってくる。なかなか鋭い。俺はそれを、身体《からだ》を半身ずらして受け流す。そのままクロードの首元に剣を突きつける。

「一本だな」

ニヤリとすると、クロードの顔が引きつった。

「手加減しろよ」

「別に弐天円鳴流は使ってないぞ」

「お前の剣術、おかしいんだよ」

「別におかしくはないだろ」

雑談しながら、剣と槍で組手を続ける。

「なぁ、ユージン」

「なんだ？」

「英雄科の転籍試験受けないのか？」

「え？」

「お、隙あり！」

「させるか！」

クロードの槍による二段突きを、ギリギリで躱《かわ》す。あぶね。俺は一旦、距離を取った。

「で、転籍って一体なんだよ？　クロード」

「英雄科じゃ噂《うわさ》になってるぜ。神獣を単独撃破した剣士が普通科でいいわけないだろ？」

「別に転籍する予定はないぞ」

「なんでだよ、ユージン」

クロードが不思議そうな顔をしている。

「知ってるだろ。俺はスミレの魔力《マナ》がないと攻撃力ゼロの剣士なんだ。試験に合格できるわけないだろ」

「スミレちゃんと一緒に転籍すればいいだろ。あの子は炎の神人族《イフリート》なんだから、試験もクリアできるだろ」

「……うーん」

スミレと一緒にか。少しだけ検討してみて、俺は首を横に振った。

「無理かな。スミレは魔力《マナ》を制御できてない。試験で魔法を暴走させるのがオチだよ」

「……そっか」

俺の言葉にクロードも納得したようだった。そんな会話をしていると。

「ユージン・サンタフィールド。貴様に話がある」

俺とクロードの近くに、数人の生徒がやってきていた。

腰に下げる武器は『剣』。そして、俺は彼らに見覚えがあった。

「あんたは……、剣術部の……オルヴォだったか？」

「ああ、剣術部三位オルヴォ・バッケルだ」

リュケイオン魔法学園の最大派閥。剣術部には全員に強さ順のナンバリングがされている。それによって競い合っているらしい。確か、彼は同学年では一番の剣の使い手だったと記憶している。

「剣術部《うち》の部長からの伝言を伝える。『剣術部に入らないか？　一番隊に入れるよう用意しよう。五〇〇階層を目指すならそれが一番の近道だ』とのことだ」

「いや、それは……」

「ふん！　俺は反対したのだがな！　貴様が入った所で、一番隊のレベルについて来られるとは思えん！」

「………」

なんだこいつ。どうやら嫌々伝言を伝えているらしい。剣術部の部長の顔は勿論《もちろん》知っているが、直接話したことはない。伝言役の人選をミスってますよ、部長。

「ありがたい話だけど、自分たちのペースで探索をするから剣術部への入部は、遠慮するよ」

「はっ！　怖気《おじけ》づいたか！　近々二〇〇階層をクリアする俺たちのレベルに」

こいついちいち挑発的だな。少々イラつく。よし、ならこっちも言ってやろう。

「怖気づいたかどうかは、リュケイオン魔法学園『統一大会』ではっきりさせよう。俺は魔法剣士として出場する。そこで白黒つけようか」

「…………なんだと」

俺の言葉に、剣術部三位オルヴァの目が剣呑《けんのん》に光る。

「まさか、逃げないよな？」

「叩《たた》き潰す!!」

そう宣言し、オルヴァは取り巻きを引き連れ去っていった。

自分は挑発的な割に、挑発されるのは慣れてなかったらしい。

「ユージンって、色んな所で目をつけられてるよな」

クロードが呆《あき》れたように言った。

「そうか？」

あまり自覚はない。

何より、さっきの剣術部の連中とも普段はほぼ接点がないのだが。

「生徒会執行部の連中もユージンを目の敵にしてたぞ？」

「それは……サラが俺と親しいから」

言葉を口にして思い出す。先日のサラとスミレの口論。

同じことを思い浮かべたのか、クロードがにやりとする。

「中継装置《サテライトシステム》から見たぜ、ユージン。スミレちゃんとサラちゃん、凄《すご》い剣幕だったな」

「……見てたのか」

「で、どっちを選ぶんだ？」

「そういう問題じゃない」

あれからまだサラは姿を見せていない。が、きっとまたやってくる気がする。それともこっちから会いに行ったほうがいいかな。ただ、生徒会室に行くとまた絡まれるんだよなー。

「あんな美人二人に迫られて、ユージンはどっちにも手を出してないんだろ？　もったいねー」

「俺はスミレの保護者で、サラはカルディア聖国の聖女候補だぞ。遊びで手を出せるわけないだろ」

「いやいや、ここはリュケイオン魔法学園だぞ。生徒の立場は建前上は平等だ。それにユージンだって帝国である程度の地位なんだから、別に手を出してもいいと思うけどな」

「生憎《あいにく》、うちの家訓だと女性に対しては責任を取らないといけないんだ。軽薄な真似《まね》はしないんだよ」

「真面目過ぎるな、ユージン。もっと楽しく生きようぜ。色んな女の子を知ったほうがいいぞ。今度紹介しようか？」

「いらん、ほっとけ」

そんな下らない会話をしながら、体育の授業は終わった。……少しだけクロードのような生き方が羨ましかったのは、口にしなかった。

——数日後。

今日は、三六階層からの探索の再開だ。ここから五日かけて、四〇階層の階層主《ボス》までたどり着きたい。俺は天頂の塔《バベル》の入り口で、スミレを待った。

探索者は大勢いて、同じように探索隊《パーティー》のメンバーとの待ち合わせをしている。ついでに、その探索者たちに魔道具《マジックアイテム》や武器、防具を買ってもらおうと商人たちもうろついている。既に何人かの商人から声をかけられた。それを適当に断りつつ、スミレを待つ。

約束の時間ちょうどに、スミレがこっちに走ってくるのが見えた。手を振って位置を知らせる。やってきたスミレの表情は、冷静でなかった。

「ユージンくん!!　大変!!」

「どうした?　スミレ」俺は尋ねた。

「あのね……、えっと。なんて言えばいいか。ユージンくんの友人だから、あまり悪く言いたくないんだけど……。あ、別にダジャレじゃないよ?　そうじゃなくて、えっと……」

「落ち着けスミレ」

何やら混乱している様子のスミレをなだめる。

「ありがと、落ち着いた」

ふー、とスミレが大きく息を吸う。俺は黙って、スミレの言葉を待った。

「で、なにがあったんだ？」

「あのね…………クロードくんのことなんだけど」

「クロードがどうかしたか？」

もともと生物部でクロードの騎竜を世話しているため親しいが、最近はさらに絡みが多い。俺とスミレの探索隊《パーティー》に助っ人《すけと》として参加してくれるとも言っている。

助っ人の話はスミレにまだしてなかったが、いずれ相談したいと思っていた。

とはいえ、現時点でスミレとクロードに接点はほとんどないはずだが……。

「クロードくんが、レオナちゃんとテレシアさんを二股してるんだよ！！！」

「…………は？」

想像の斜め下の、ろくでもない情報だった。

——翌日
「よっ！　ユージン、スミレちゃん。三八階層、がんばろうぜ」
クロードが爽やかに笑いかけてくる。
「スミレちゃん、ユージンさん。今日はよろしくね」

その隣にいるのはレオナだ。今日の俺とスミレは、三八階層の攻略だ。そして、俺たちの探索隊《パーティー》にクロードとレオナが合流した。

「レオナちゃん、体術部のほうはいいの？」

「うん、この前の件のせいで、しばらく体術部チームでの探索は控えてるんだー」

「そ、そっか～」

レオナの言葉に、スミレは思い出したようだ。

先日、レオナが率いていた体術部の三軍は『神獣ケルベロス』と出会ってしまい、全滅した。幸い低階層だったため、『復活の雫《しずく》』によって迷宮職員《ダンジョンスタッフ》に復活してもらえたが。

探索隊《パーティー》のリーダーだったレオナにとっては、苦い記憶になっているようだ。

もっとも、一緒に探索した体術部三軍の面子《メンツ》とたまに合同訓練をすると「ユージンくん、また一緒に探索いこうぜ！」と言ってくる。

神獣との遭遇も、そこまで気にして無さそうだった。

「じゃあ、行こうか」

俺は三人に呼びかけた。探索者としてのランクは、既に一〇〇階層を突破しているクロードのほうが上だが、今の探索隊《パーティー》のリーダーは俺ということになっている。

三〇階層より上は、沼地エリアとなっている。足元の悪い所を避けつつ、上層への階段を探す。出てくる魔物は、リザードマンなど湿地に生息する魔物が多い。

今までより地の利を生かしてくる魔物のため、注意が必要ではあるが……。

クロードやレオナは、特に危なげなく対処している。

「レオナは三八階層も来たことがあるんだな」

練度から二〇階層をクリアしてないわけがないと思っていた。

「一応ね。五〇階層までは行ったことがあるけど、その時は体術部の先輩についていったって感じだから。こんな少人数で探索するのは初めてよ？」

「ほんとだよなー。てか、ユージンとスミレちゃんは二人だけでここまで来たんだろ？　いい加減、迷宮職員《ダンジョンスタッフ》から止められないのか？」

クロードが呆れたように言うが、その実こちらを心配してくれているようにも思えた。

確かに一〇階層前後ならともかく、そろそろ四〇階層に届こうかという状況で二人探索は通常あり得ない。

「それは私のせいだから……。すぐ魔法が暴走しちゃって、周りに迷惑かけちゃうから」

スミレがぽつりと言った。

「ま、なんともならなくなったら考えるよ」

俺は気楽に言った。なにより、今日は理由があってクロードとレオナと合同探索をしているが、この階層も二人で攻略はできると思っている。

「でも、最近はね！　魔法の扱いも慣れてきたよ。魔法学の授業で友達もできたんだー」

「へぇ、そうなんだ！　よかったねー、スミレちゃん」

「うん、やっぱり一緒に勉強すると上達が早いね。レオナちゃんに体術を教わってる時みたいに」

スミレとレオナの会話が聞こえてくる。……ん？　その会話は少しまずいような。

「ところでその魔法使いの友達って誰？　私が知ってる人かな？」

「………」

レオナにとっては何気ない質問だったのだろうが、ここでスミレの会話が止まる。

うん、名前言えないよね。

「魔物の気配がする。みんな、気をつけてくれ」

「わかったよ！　ユージンくん」

「ありがとう、ユージンさん」

俺はスミレのフォローのため、話題をそらした。実際は、魔物がこっちにくるのにはもう少し時間がかかりそうなのだが、あえて早めに言った。

「なぁ、ユージン。魔物の気配はまだ遠くないか？」

クロードが俺に尋ねる。……こいつ、誰のせいで苦労してると。

（クロード。スミレに魔法を教えてるのはテレシアだ）

（!?………そ、そうか）

俺がクロードだけに聞こえるように、つぶやいた。一言で察したようだ。その後は、一緒に話題をそらすのを手伝ってくれた。三八階層は、危なげなく突破することができた。


翌日。

今日は三九階層の探索を予定している。

「スミレさん。今日はよろしくお願いしますね」

待ち合わせていたクロードと一緒になぜかテレシアが待っていた。

「て、テレシアさんだー！　今日は一緒に探索してくれるの？」

「ええ。クロードくんと一緒なんでしょ？　じゃあ、私も手伝わせてもらおうかなって」

「…………」

テレシアの隣で、クロードは非常に気まずそうな顔をしている。テレシアは、普段通りのクールな様子。いや、普段よりもニコニコしているような気すらする。

（おい、クロード。どうなってる？）

（昨日の探索の様子をテレシアちゃんに見られてた）

おいおい……。

（なぁ、レオナとテレシアは、お互いのことどう思ってるんだ？）

俺は気になって聞いた。

（……そろそろ二股がバレそう）

（むしろ、まだバレてなかったのかよ!?）

よくそれで一緒に迷宮《ダンジョン》探索をしようと思ったな。

（なんとかなるかなーって）

クロードの見積もりが甘過ぎる。

（……さっさと身辺整理してこい）

（できれば、そのまま二人と付き合っていきたいんだよなー）

（お前……、いつか刺されるぞ？）

クロードの楽観的な言葉に、流石《さすが》に心配になる。

（でもさ、二人とも俺を好きなのにどちらかを選ぶなんてできるか？　ユージン）

（いや、選べよ）

（ユージンは頭が固いなー。女性の好意を受け止めるのが男の甲斐性《かいしょう》だぞ）

（二股は止《や》めといたほうがいいと思うけどな）

俺とクロードの恋愛観は、大きく異なるらしい。あまりしつこく言うことはしなかった。

勇者のクロードと、賢者見習いのテレシアの助力もあり。

三九階層も無事に突破することができた。

さらに翌日。

「……あれ？」「……え？」

待ち合わせていた天頂《バベル》の塔の入り口。

そこにはクロードの姿はなく、レオナもテレシアもいなかった。

代わりに立っていたのは……、長く艶やかな黒髪に宝石のような青い瞳の美少女。

リュケイオン魔法学園の探索服の胸元には、『生徒会長』の紋章が光っている。

鏡を見ながら、髪を整えているのはサラだった。隣のスミレの表情が曇った。

「ユージン！」

サラは俺の姿を見つけると、満面の笑みになり俺に抱きつこうとする。

「どうしてサラさんがここに？」

その間に、スミレがさっと割り込む。

一瞬、サラの表情がこわばるがすぐに余裕の顔に戻った。

「あら、スミレさん。ごきげんよう」

「こんにちは、サラさん。今日は無視しないんですねー」

「勿論《もちろん》ですよ。だって私たちは同じ探索隊仲間《パーティー》なんですから」

「…………仲間？」

その言葉に、俺とスミレは首をかしげる。

「クロードはどうしたんだ？」

もともとクロードに助っ人をお願いしたかったのは、今日の四〇階層の階層主《ボス》との戦いだ。ただし、ぶっつけ本番は怖いので手前の階層から一緒に探索をしていた。今日はいよいよ決戦日なのだが……。

「クロードくんは来れなくなったの」

「何かあったのか？」

クロードは軽薄な男だが、約束は守るやつだ。それが当日に来れなくなるなど、よっぽどのことが……。

「二股がばれたの」

「「あー」」

サラの言葉に、俺とスミレは同時に納得した。よりによって今日バレたのか……。

「一応、クロードくんの名誉のために言っておくと彼はユージンくんとの約束を優先しようとしたの。でも、それを私が止めて代理を申し出たの」

「えー、だったらクロードくんが来てくれたらいいのに」

スミレが無遠慮に言う。サラが、一瞬「きっ！」とスミレを睨《にら》む。スミレも睨み返している。……子供みたいなことは止めなさい、二人共。

「クロードくんのお相手のテレシアさんは私の親友なんですが……。彼女、一見穏やかなのですが、芯は強いと言いますか、思いのほか気が強くて……」

「レオナちゃんも気が強いし、絶対に引かないよね……」

サラの言葉に、スミレが続けた。俺は恐る恐る尋ねた。

「……いま、どうなってるんだ？」

「テレシアさんとレオナさんが、修羅場ですよ。クロードくん以外では止められないと判断しました」

「…………」

俺は頭を抱え、ため息を吐《つ》いた。帰ってきたら文句をつけよう。

しかし、まずは今日の予定を優先だ。

「じゃあ、今日はこの三人だな。よろしく頼む」

「ええ、任せてユージン。スミレさんは魔法が暴走してもいいように後ろに下がっててください ね」

「ユージンくんの剣に付与魔法《エンチヤント》をできるのは私だけだから。サラさんは、私の魔法が暴走した時に火傷《やけど》しないように離れていたほうがいいですよー」

「ふふふ……、ご心配ありがとうございます。泥棒猫《スミレ》さん」

「あはは……、仲間じゃないですかー☆　元仲間《サラ》さん」

二人とも笑顔なのに、目が笑ってない。すでに探索隊《パーティー》内に、巨大な亀裂が入ってるんだが。本格的に頭痛がしてきた。この面子《メンツ》で四〇階層の階層主《ボス》と戦えるのだろうか？

とはいえ、俺とスミレはそのために準備してきたし、サラは既に四〇階層を一度突破している『英雄科』の生徒。実力的には大丈夫……なはず。俺は四〇階層への『迷宮昇降機《ダンジョンエレベーター》』のボタンを押した。

◇リュケイオン魔法学園　第七の封印牢《ふういんろう》・禁忌◇

「ユージン、疲れてるわね」

「…………まあな」

四〇階層の階層主《ボス》を無事に撃破し、そのまま生物部の当番の仕事をこなしていた。

しんどい身体《からだ》に鞭打《むちう》って来ていたが、最後の魔王《エリー》の檻《おり》で力尽きた。

エリーのベッドに倒れるように寝転ぶ。

ふわふわしたベッドに、そのまま意識を吸い込まれそうになった。

「おーい、ユージン。寝ちゃうのー？」

いつもならすぐに襲ってくる魔王《エリー》が、俺を気遣うように頭を撫《な》でてくる。

「……いや、起きるよ。仕事が残ってる」

「まぁ、いいから少し寝なさいよ。階層主《ボス》の撃破、お疲れ様☆」

エリーの口調が優しい。

「今日は優しいな」

「失礼ね。いつだって優しいわよ」

エリーが俺の髪を撫でながら微笑《ほほえ》む。

俺の頭に、先程の四〇階層の階層主《ボス》との戦いが蘇《よみがえ》った。

階層主《ボス》は、巨大な牛頭の怪物《ミノタウロス》だった。

スミレに付与してもらった炎の神人族《イフリート》の魔法剣と、聖騎士《パラディン》であるサラの聖剣魔法によってなんとか倒すことができた。とはいえ、流石に四〇階層。人数的にそろそろきつい。

しかし、クロードやサラと言った、他探索隊《パーティー》からの助《すけ》っ人《と》以外でパーティーの増員はできていない。戦力が行き詰まって来ている気がする。

そんな俺の懸念を読んでいるかのように、魔王《エリー》が言葉を発した。

「……そろそろ魔王《わたし》の力が必要なんじゃない？　起きたら稽古をつけてあげるわ」

どうやら俺の心の内など、まるっと見透かされているらしい。

◇サラの視点◇

――指扇《さしおうぎ》スミレさん。

異世界からやってきたという女の子。彼女が、今のユージンの相棒。

私は二人のパーティーに、助っ人として参加させてもらっている。

「ほいっ！」

スミレさんが後ろ回し蹴りを放つ。襲ってきていたリザードマンが吹っ飛んでいく。

それだけでなく「ドカーン!!」スミレさんの蹴りを受けた魔物が、爆発炎上する。

そして周りにいる魔物を巻き込んで、さらに燃え上がる。

（……上級火魔法・炎の嵐《ファイアストーム》）

凄《すさ》まじい威力。本職の魔法使いでも、ここまでの破壊力はなかなか出せない。

それをスミレさんは、自動で発動しているらしい。

（……魔法拳・無為式）

スミレさんに魔法を教えているというテレシアさんから教えてもらった。

彼女は生まれつきの体質で、身体を動かしたり感情を高ぶらせたりするだけで魔法が発動する。それは魔法と体術を極めた者がたどり着く、ある種の極致なのだとか。

炎の神人族《イフリート》であるスミレさんには、それが備わっている。それだけじゃなく……。

（とっても綺麗《きれい》……）

私も魔法を嗜《たしな》んでいるからこそわかる。人族とは違う澄んだ魔力《マナ》。それが全身から溢《あふ》れ出ている。

「ふぅ……」

汗を拭い、髪をかきあげるスミレさんの身体から赤い魔力《マナ》が弾《はじ》け、火の粉が舞う。

まるで古《いにしえ》の時代にいたという炎の大精霊のような神秘的な姿。同性の私が見てもうっとりしてしまうほどだった。

「スミレ、上達したな」「でしょ？　いえーい☆」

ぱっ、と花が咲いたように笑うスミレさんはユージンとハイタッチしている。

（妬ましい、妬ましい、妬ましい、妬ましい、妬ましい、妬ましい……）

気持ちが表情に表れたのかもしれない。スミレさんが私の方を向いて、怪訝《けげん》な顔をする。

「……なんですか？　サラさん？」

「魔法の威力が強過ぎるんじゃないですか？　あれじゃあ周りを巻き込んでしまいますよ」

「うるさいなー（ぼそ）……はーい、気をつけますー」

「今なんて言いました？」

「何も言ってませんけどー？」

「聞こえてましたけど？　記憶力が悪いようですね」

「まぁまぁ、サラ。落ち着けって。スミレの魔法は上達していってるから」

私とスミレさんが口論しそうになると、ユージンがあいだに入る。

「ユージンの優しさに甘えてるんじゃないですか？　スミレさん」

「ユージンくんはいいって言ってくれるし。サラさんは細か過ぎ」

こうして険悪な空気になるのもいつものこと。スミレさんと私は睨み合う。

（……それにしても）

その怒った顔すら可愛《かわい》らしい。どこかのお姫様と言っても差し支えない容姿。ころころと変わる感情的な表情。そして、炎の神人族《イフリート》特有なのか、彼女のまとう神秘的な雰囲気。

リュケイオン魔法学園の生徒の中で、スミレさんの人気が密《ひそ》かに上がっているらしい。

（それは……、これだけ魅力的なら）

恋敵である私ですら思う。ユージンのことを取り合っていなければ、私だって友達になりたい。もっと仲良くしたい。

（はぁ……）

心の中で嘆息しつつ、私は修道院で習った感情を切り離した表情で探索を続けた。

表面上は、平和に四一階層の探索を終えた。

◇スミレの視点◇

今日は四二階層の探索。メンバーは、前回と同じく私とユージンくんと……サラさんの三人パーティー。四二階層は三〇階層から続く沼地エリア。ただし、足元のぬかるみはどんどん深くなる。まだまだ探索者としては駆け出しの私は、ユージンくんとサラさんについていくので精一杯だ。

「スミレ、もう少しゆっくり歩こうか？」

「ううん！　大丈夫」

ユージンくんの言葉に、私は強がる。

五〇〇階層を目指すのに、こんな所で弱音は吐けない。

「待った。スミレ、サラ！　魔物だ」

「あれは……人食い鷲《わし》ね。私たちを狙っているみたい」

ユージンくんとサラさんが、上空を見上げながら会話している。私たちの真上を旋回しているのは、馬よりも大きな鳥の魔物だった。四〇階層からは、空を飛ぶ魔物が出現し始める。

でも、私やユージンくんはどっちも近距離攻撃しかできない。正確には、私は魔法を使えるのだけどノーコン過ぎて遠くの魔物には当てられない。

「私に任せて」

サラさんが、腰に下げてあるカラフルな魔法剣を構えた。

――応えて『慈悲の剣《クルタナ》』

サラさんの呼び声に返事をするように、魔法剣が不思議な輝きを放つ。そして彼女の周りに、淡い光を放つ光刃が現れる。その数は七本。光の刃に囲まれるその姿は、さながら光の妖精のようだ。

「射貫《いぬ》け……聖剣魔法・光の刃《ライトセイバー》」

そうサラさんがつぶやくと、光の刃が閃光《せんこう》となり魔物を貫いた。

（綺麗……）

光に包まれるサラさんは、女の私から見てもドキリとする。巨大な鳥の魔物である人食い鷲は、断末魔を上げるまもなく絶命し、落下してきた。

「お見事」ユージンくんが言うと。

「でしょ！　褒めて褒めて！」

さっきまでの可憐《かれん》さが消え、ユージンくんに対しては子犬のように甘えている。

（……ほんと、ギャップ凄《すご》い）

サラさんに本気で言い寄られて落ちない男なんていないんじゃないかと思ってしまう。

それくらい魅力的。

（……はぁ）私は心の中でため息を吐く。

サラさんは、本当にユージンくんと一緒でうれしそうだ。『英雄科』という特別なクラスにいる優秀な探索者。そしてリュケイオン魔法学園の生徒会長さん。本当は仲良くしたほうがいいに決まってる。

（でもねー……）

どうしても、ユージンくんをめぐってはサラさんとはぎくしゃくしてしまう。なんとかしなきゃなー、と思いつつ。私はなるべく感情を顔に出さないように、探索を続けた。その日は、無事に四二階層を突破することができた。

◇ユージンの視点◇

今日は四五階層の探索。

「よろしくね、サラさん」「ええ、こちらこそ。スミレさん」

最初はいがみ合っていたスミレとサラだったが、最近は平穏だ。

二人とも笑顔で挨拶し合っている。

「…………」「…………」

が、その後の会話はない。二人とも俺には話しかけてくるんだけど。連携のとれたパーティーとはいえない。

（なんとかしたいんだけど……）

俺が二人に仲良くするように、と言っても解決しない気がする。原因は……俺だから。

だから、探索を続け少しずつお互いを知ってもらうしかないと思っている。スミレの火魔法とサラの聖剣魔法。この二つで魔物たちを蹴散らしていく。まったく危なげはない。

(この調子なら五〇階層が見えてきたな……)

現在の俺の探索者ランクは『C』。

これは十一階層から四十九階層の探索者に与えられる称号だ。五〇階層を超えた者は『B』ランク探索者となる。つまり天頂の塔《バベル》は、五〇階層からレベルが一つ上がる。そろそろ、俺も『あの』力を試しておいたほうがいいかもしれない。

――オオオオオオオオオオオオオオオオ！！！！

その時、獰猛《どうもう》な獣の雄叫《おたけ》びが空気を震わせた。

「ひっ！」スミレの息を飲む音と。

「ユージン！」サラの悲鳴が重なる。

こちらに突っ込んでくるのは、小型の竜ほどもある黒い鷲獅子《グリフォン》だった。珍しい。あのレベルの魔物なら、階層主《ボス》でもおかしくない。

「スミレさん、下がって！」「でも！」

「グリフォンは、一体ずつ獲物を攫《さら》っていく習性があるわ！　もし攫われて喰《く》われたら復活もできないわよ！」

「サラさんは大丈夫なの!?」

「……私は前に一度戦ったことがあるから」

というサラの顔も緊張でこわばっている。鷲獅子《グリフォン》は、高い知能を持ち探索者から恐れられている。こちらに黒い風となり迫る鷲獅子《グリフォン》が、直前で急上昇した。

「聖剣魔法・光の刃《ライトセイバー》!!」サラが魔法を放つ。

しかし、鷲獅子《グリフォン》はそれを器用に躱《かわ》し、サラを襲おうと爪を振り下ろす。

「きゃあ!」ガキン!

俺はサラと鷲獅子《グリフォン》の間に割り込み、鷲獅子《グリフォン》の爪を弾く。

「ありがとう、ユージン!」

「ユージンくん、私の魔力《マナ》を使って!」

スミレがこちらに駆け寄ってくる。確かに剣に付与した魔力《マナ》は、心もとなくなっている。

俺は少し考えた末、二人に言った。

「ここは俺が引き受けるよ。二人は下がってて」

「ユージン! 一人で戦うなんて無茶よ!」

「ユージンくん! みんなで戦おうよ!」

「大丈夫」

心配する二人を背に、俺はこちらを襲おうと真上で旋回している鷲獅子《グリフォン》に視線を向けた。

どうやら相手も、俺を最初に排除すべき獲物と思っているようだ。

(試すにはちょうどいいな)

俺は、剣を構え心の中でつぶやく。

炎の神人族《スミレ》から借りていた赤い魔力《マナ》を、魔王《エリー》の黒い魔力《マナ》が上書きする。

──魔法剣・闇刃《ダークブレイド》
(……結界魔法・心鋼)

そして、魔王《エリー》の魔力《マナ》に溺れないよう結界魔法で精神を守る。

こちらに突撃してくる鷲獅子《グリフォン》が、一瞬戸惑った様子を見せる。が、遅い。

(弐天円鳴流・『風の型』空歩)

鷲獅子《グリフォン》との距離を、一瞬でゼロにする。

「オオオオオオオオオオオオオオオオ!!!!」

間合いに入られたグリフォンが吠《ほ》え、こちらに爪を振り下ろす。

──弐天円鳴流・『火の型』獅子斬《ししざん》
次の瞬間鷲獅子《グリフォン》の頭と胴体が離れ、片方の翼は切り裂かれた。鷲獅子《グリフォン》の巨体が、どさりと地面に倒れる。

(やっぱり凄いな……、魔王《エリー》の魔力《マナ》は)

俺は魔法剣を解除する。すると刀身がボロボロと崩れ落ちた。

(神獣と戦った時程の疲労感はないけど……、今回は神獣に比べれば格段に相手が弱かっ

た。それに一度使うと武器がもたないのも課題だな）

「ユージン！」「ユージンくん！」

　先程の戦いの振り返りをしていると、スミレとサラが抱きついてきた。

「今のはなに!?」

「ユージンくん、さっきのって私の魔力《マナ》じゃないよね!?」

「そうなの、スミレさん？」

「うん、わかるもん」

「確かに……、スミレさんの魔力《マナ》とは違った……何か恐ろしい力だったような……」

　スミレは勘が鋭い。そして、サラはカルディア聖国の聖職者《シスター》なので、違和感に気づいたかもしれない。

「最近、覚えた新しい魔法剣だよ。神獣ケルベロスと戦った時に、一度だけ使えたんだけどそれ以来試してなかったんだ。あまり使いこなせてなくて」

　俺は正直に話した。ただし、魔王《エリー》との契約の部分のみ隠す。魔王《エリー》には、「私の隠蔽能力は完璧だから☆」と言われているので大丈夫だと思うが……。

「へぇ！……あれ？　そうしたら私の魔力《マナ》って要らなくなっちゃうんじゃ……？」

　スミレが不安そうな顔になる。

「そんなことないって。ほら、一回使うと剣が駄目になるし、使ったあとは疲労で動きが鈍くなるから。あくまで切り札としての技だよ」

「そ、そっかー」

「……ねぇ、ユージン。無理してない？　身体《からだ》は平気なの？」

「そ、そうだよ！　少し顔色が悪いよ」

「大丈夫……だけど今日の探索は、ここまでにしよう」

俺は二人に告げた。そして、迷宮昇降機《ダンジョンエレベーター》で天頂の塔《バベル》を降り、その日は解散した。


翌日。今日は探索を休みにした。ここ最近は、連日迷宮《ダンジョン》探索だったので身体を休めるためだ。そして、俺には別の目的もあった。

「剣をまとめて買っておくか……」

昨日、魔王《エリー》の魔力《マナ》を使って、剣は駄目になった。今後も同様の事象が発生しそうだ。十本くらい予備があったほうがいいかもしれない。本当は、ずっと同じ剣を使いたいが……。魔王《エリー》の魔力《マナ》を纏《まと》っても壊れない武器なんてあるんだろうか？

俺は自室を出て、街に繰り出そうと思っていたら。

「ユージンくんー！」「ユージン！」

「スミレとサラ？」

二人がこちらにやってきた。迷宮《ダンジョン》に行くわけでもないのに、一緒ってのは珍しい。

仲良くなったんだろうか？

「スミレさん、私がユージンに話しかけてるんだけど」

「私が先に声かけたもん！」

「見つけたのは私が先よ！」

全然仲良くなかった。

「で、どうしたんだ？　二人とも」

「ユージンくんと二人で出かけたかったんだけど……」

「私がユージンと二人で街に行きたかったんだけど……」

二人して同じような目的だった。いや、違うか。

どうやら出かけられない理由があるようだ。

「迷宮職員《ダンジョンスタッフ》さんが呼んでたよ、ユージンくん」

「迷宮組合《ダンジョンユニオン》本部にくるように、ですって。ユージン」

「……へぇ？　なんだろう？」

探索者は、原則迷宮組合《ダンジョンユニオン》からの呼び出しには応じないといけない。

「わかった。行ってみるよ」

剣を買いに行くのは、少しあとになりそうだ。

——迷宮組合《ダンジョンユニオン》
それは迷宮《ダンジョン》運営で成り立つ迷宮《ダンジョン》都市カラフにおける最大の組織である。

迷宮《ダンジョン》都市の民は、何かしら迷宮組合《ダンジョンユニオン》とつながっている。

迷宮《ダンジョン》都市で商売をするなら組合《ユニオン》の許可が要るし、売上から税を徴収するのも組合《ユニオン》だ。

組合《ユニオン》の長はユーサー王である。

リュケイオン魔法学園の校舎よりも巨大な、組合《ユニオン》の建物の前にやってきた。

ここはいつも探索者たちで溢《あふ》れかえっている。

「聞いたか！　市場に掘り出し物の伝説の魔法剣が出てるってよ」

「やめとけって。どうせ偽物だろ」

「よお！　生きてやがったか！」

「当たり前だ。次こそは階層主《ボス》をぶちのめしてやるよ！」

「おい！　俺の討伐した魔物素材の代金がこれっぽっちってのはどーいうことだ⁉」

「申し訳ありませんが、鑑定の結果に間違いはありません」

至る所から騒がしい会話が聞こえる。探索者たちの喧騒《けんそう》を横目に、俺は組合《ユニオン》の受付までやってきた。数多くの受付嬢たちの窓口が並んでいる中で、隅の方の目立たない席の子に俺は話しかけた。

「あの、今いいでしょうか？」

「…………あら？　ようこそ迷宮組合本部《ダンジョンユニオン》へ！　本日はどのような御用でしょうか？」

退屈そうに髪をいじっていた受付嬢が、ぱっと笑顔に切り替わる。

うーん、プロだ。

「ユージン・サンタフィールドと言います。迷宮職員《ダンジョンスタッフ》に呼ばれ参上しました。こちらが探索者バッジです」

俺はそう言ってC級探索者のバッジを渡した。

迷宮組合《ダンジョンユニオン》では、バッジが身分証となる。

「確認いたします。ユージンさんは、最近C級探索者になられたのですね。本日の約束《アポイント》は……っ!!」

あれ？

ここで受付嬢の顔色が変わる。そして、目の前にぱっと『Closed』の札がかかった。

「ユージンさん！　どうぞ、こちらへ！　案内いたします！」

どうやら受付で済む用事ではなかったらしい。俺は組合《ユニオン》の二階にある応接室へと案内された。ホコリ一つないソファーに腰かける。

「しばらくお待ちください！」

そう言って受付嬢は、小走りで去っていった。俺はぽつんと取り残される。

手持ち無沙汰になった俺は、応接室にかかった絵画を眺めた。

そこには奇妙な武器を持った一人の探索者が、巨大な魔物と対峙《たいじ》している。

「最高記録保持者……クリスト」

伝説の冒険者の絵画だった。唯一の五〇〇階層到達者。俺とスミレの目標。

もっとも、五〇階層にすら到達していない俺では、比較するのもおこがましい。

かなりの変わり者だったそうだ。一度、最終迷宮《ラストダンジョン》に入ったら、一ヶ月や二ヶ月は平気で探索し続けていたらしい。迷宮昇降機《ダンジョンエレベーター》があるにもかかわらずだ。

(どんな人だったんだろう……)

彼の記録はほとんど残っていないため、謎に包まれている。

だが、迷宮《ダンジョン》都市の大図書館なら何か残っているかもしれない。

今度、行ってみてもいいかな……、などと考えていると。

「やあ！　遅くなってすまない」

バン！　と扉が開き背の高い女性が入ってきた。身を包む高貴な服装と腰にある豪奢《ごうしゃ》な剣から、身分の高い女性だとわかる。というより、その顔には見覚えがあった。

会話するのは初めてだが、ユーサー学園長の側《そば》に控えているのをよく目にする。

ユーサー王直属の十二騎士の一人。

――『花の騎士イゾルデ・トリスタン』。

十二騎士とは、迷宮《ダンジョン》都市においてユーサー王に次ぐ責任者たちだ。

まさかこんな大物が出てくるとは思わなかった。

慌てて立ち上がり挨拶をする。

「イゾルデ様。ユージン・サンタフィールドです」

「呼び立ててすまないね。楽にしてくれてよいよ、少年」

そう言ってすっと、目の前のソファーに腰掛ける。一見、くつろいでいるように見えて隙がない。……この人、相当のやり手だ。俺はしばらく、彼女が口を開くのを待った。

が、俺を面白そうにニヤニヤと眺めてくる。

「……何でしょうか？」

「君が神獣ケルベロスを撃退したんだってね。どうだい、その魔法剣技を見せてくれないか？　組合《ユニオン》の訓練場でこれから……」

「だ、駄目ですよ！　イゾルデ様！　十二騎士様が直接指導をして良いのはA級探索者以上と決まっています！　特別扱いはできません！」

俺が返事をする前に、ここへ案内してくれた受付嬢が止めに入った。

「真面目だねー、君は。仕方ない本題を済ませよう」

花の騎士イゾルデはそう言って、俺に一枚の紙を渡してきた。それは細かい文字が並ぶ、書類のようだった。下の方につらつらと数字が並んでいる。

紙の上部には、王家の紋章の捺印《なついん》がある。

「こちらは……？」

「君が撃退した神獣《ケルベロス》の首が売れたんだよ。そこから組合《ユニオン》が手数料《マージン》を差し引いた金額も記載してある」

その言葉に、俺は改めて書類を眺める。気になったのは、書類の下部にある大きな数字だ。

「…………二億G？」

「そこから二十％を手数料として差し引いているから、君の取り分は一億六千万Gだな。さらに先日君が立て替えを約束した秘薬『復活の雫《しずく》』の代金も差し引くと一億ちょっと、という所だ。何か質問はあるかな？」

「…………」

あまりの金額に空恐ろしくなった。魔王の世話や、スミレの保護者。それに最終迷宮《ラストダンジョン》の探索で手に入れた素材の取引などで、多少の貯蓄はあるが今回のは桁が違う。

「一体、誰がこんな馬鹿げた金額で買い取ったんです？　確かオークションに出したんですよね？」

おそらくどこぞの大貴族か王族だろう、と思いつつ質問する。頭のおかしい金額からして、もしかすると隣の大陸の最大国家太陽の国《ハイランド》とやらの大貴族がやってきでもしたのだろうか？　彼《か》の国は相当な金持ちが多いはずだ。

が、返ってきた答えは意外なものだった。

「グレンフレア帝国の皇帝陛下だよ。帝国民の功績を、買い取らないわけにはいかないだろうってさ」

「え？」その言葉に驚く。皇帝陛下が……？

「おかしな話じゃないさ。神獣素材など数十年ぶりだ。それをもとに強力な魔法武器を作れば戦力の増強になるし、他国に渡すなどもっての外だ。そう思わないか？」

「それは……そうですね」

帝国を離れて一年以上。

リュケイオン魔法学園に留学してから、まだ一度も帝国には戻っていない。

だが、俺の手に入れた神獣の素材が帝国のために役立てられるらしい。

なんとなく不思議な気分だった。

「さて、ユージンくん」

「は、はい！」

十二騎士イゾルデさんの口調が変わる。

「学生の身分で大金持ちになったわけだけど、感想はいかがかな？」

「えっと、特に使い道はないですが……」

強いて言えば探索道具や、予備の剣の費用に充てられるが実際の所金には困っていない。

「そうか。だが、周りの人間はそうは思わないだろうね」

「…………」

その言葉に考え込む。

俺が神獣ケルベロスを撃退したことは、天頂の塔《バベル》の中継装置《サテライトシステム》でバレている。

そして、今回のオークションの件も詳しい者ならいずれ知ることになるだろう。

「というわけで君の資産……特に今回の神獣素材の入札金に関しては私が預かっておこうと思う。勿論《もちろん》、君が使いたいときはいつでも声をかけてくれ。私が管理する理由は、君の資産目当ての詐欺師のような連中避《よ》けだと思ってくれればいい」

「それは……助かります」

正直、一介の学生が余分な大金を持っているとなると変な連中が集まってくることは間違いない。しかしその金を迷宮《ダンジョン》都市におけるユーサー王の側近、イゾルデさんが管理しているとなれば諦めてくれるだろう。

「しかし、なぜそこまでしてくれるのです？」

俺と十二騎士イゾルデの面識はない。俺は帝国でそれなりの地位の親を持つとはいえ身分は平民だ。『帝の剣《インペリアルソード》』である親父《おやじ》自身は貴族の身分だが、それは世襲ではない一代限り。

それは皇帝が代替わりすれば、『帝の剣《インペリアルソード》』は再指名されるためだ。

「それは勿論少年が『帝の剣《インペリアルソード》』の息子だから……と言いたい所だがね」

ここでイゾルデさんがため息を吐《つ》いた。

「実はこれはユーサー王の言い出したことなんだよ。『神獣の入札金のせいでユージンの探索に差し障りがあったら可哀想《かわいそう》だから、私が管理してやろう！』って言いだしてね」

「ゆ、ユーサー王自らがですか⁉」

受付嬢の女性が、素っ頓狂な声を上げる。いや、驚いたのは俺も同じだ。

学園長、あんたは他にやることがいっぱいあるだろ。

「流石《さすが》にそんなことを陛下にさせるわけにはいかん。というわけで、くじで負けた私の役目になったというわけだ。あっはっは！」

豪快に笑う花の騎士イゾルデさん。くじ引きだったんだ……。

「ユージンさんはどうしてそれほどユーサー王に気に入られているんでしょう？」

受付嬢の人が首をかしげる。

「そりゃ決まってる。大陸中に『五〇〇階層を目指して、ユーサー王を超える』と宣言したからだよ。陛下は挑戦する者が好きだからな」

「無謀な挑戦だとは自覚してますよ」

なんせ俺の今の記録は、四五階層。ユーサー王の記録は、四五一階。

十倍以上の差だ。

「ふふ……、本当にそう思っているのかな？　まぁ、私も期待して見ているよ。何か相談があればいつでも訪ねてくれていい。私の家の場所はわかるかな？」

「はい……、イゾルデ様の家は、貴族街にある赤い城ですよね？」

「貴族街という呼び名は好きではないが……、ああ。その通りだ。門番には君のことを伝えておく。友達と一緒でも構わないよ。私も異世界人と話してみたい。陛下がいつも自慢してくるからね」

そう言ってイゾルデさんは去っていった。パタン、とドアが閉まる。ふっ、と緊張が解ける。流石はユーサー王直属の騎士の貫禄《かんろく》だった。そして彼女自身も、二〇〇階層を突破しているS級探索者だったはずだ。そこにいるだけで威圧感《プレッシャー》があった。

「はー、緊張しましたねー」

「ですね。びっくりしました」

俺と同じだったのか受付嬢の女の子が、俺に話しかけてくる。

別にその場所でも声は届くはずだが、俺の方に近づいてくる。

……というか、近過ぎない？

なんでソファーの真隣に座るの？

「ねぇ、ユージンさんって迷宮案内人《ダンジョンガイド》って決まってます？」

顔を覗《のぞ》き込まれて聞かれる。迷宮案内人《ダンジョンガイド》というのは、上位の探索者を個別にサポートする迷宮職員《ダンジョンスタッフ》のことだ。俺のような、ついこの間までD級だった探索者に担当の迷宮案内人《ダンジョンガイド》がついているわけがない。

「別にいませんけど」

「ホントですか!?　じゃあ、私が担当になりますよ☆　はい、これどーぞ」

と一枚のカードを渡された。そこには。

迷宮組合《ダンジョンユニオン》　受付係・迷宮案内人《ダンジョンガイド》
アマリリス・フィオーレ
XXX‐XXXX‐XXXX

役職と名前。そして、直通の通信魔法IDが記載されてあった。

「アマリリスさん？」

「はい！　ユージンさんがよければこのあと手続きを……」

「あ、いえ。俺はまだC級探索者ですから、迷宮案内人《ダンジョンガイド》をつけてもらうような立場じゃ……」

「なーに、言ってるんですかー！　ユージンさんは五〇〇階層を目指しているんだからすぐに必要になりますよ！」

「そうは言いましても……」

「まぁまぁ、遠慮せずに☆」

「遠慮とかじゃなくて」

その後もしばらく押し問答が続いたが、仲間に相談するということでその日は回答を保留した。今度、スミレとサラに相談してみるか……。


数日後。

俺はスミレとサラとの約束の集合場所へやってきていた。つい張り切って寮を出て早く着き過ぎたことに気づいたのは到着後だった。

（……スミレとサラがくるまでどうするかな）

天頂の塔《バベル》の一階層に魔物は出ない。入り口付近には、探索者を狙った露店が数多く立ち並んでいる。買い物をする探索者たちも多い。あとは迷宮昇降機《ダンジョンエレベーター》付近も人が大勢いるが、それ以外の場所は空《す》いている。だだっ広い草原だ。待ち合わせをしている探索者。

荷物を広げて、忘れ物がないかチェックしている探索者。

ごろんと寝転がって昼寝をしている探索者。さまざまだ。

（……素振りでもするか）

俺は周りに人が居ないことを確認して、無心で剣を振った。今日は気持ちが高ぶっている。

なぜなら……

「おーい！　ユージンくん、待った？」

「ユージン！　待たせてごめんなさい！」

スミレとサラがやってきた。二人仲良く……ではなく、少し距離がある。

「待ってないよ。というか、待ち合わせ時刻までまだ余裕あるだろ？」

「ごめんねー、サラさんが変なこと言ってきてさー。余計な時間かかっちゃった」

「スミレさん、嘘《うそ》を言わないでもらえるかしら。私は貴女《あなた》に探索者の心得を教えてあげてたの」

「ユージンくんに必要以上にくっつくなっていうのが？」

「そうよ！　はしたない！」

「毎回ユージンくんに抱きつく人が言ってもなー」

「……最近は控えているでしょ」

「……いやー、そんなことないね」

いつも通りギスギスだった。だけど、本番の探索になると三人での連携もうまく取れてきている。だからこその今日だ。

「スミレ、サラ。今日はよろしく頼む」

「……うん！　ユージンくん」

「……任せて、ユージン」

二人は言い合いを止《や》めて、ぱっとこちらへ返事をする。

「じゃあ、行こう。五十階層の階層主《ボス》へ挑戦しに」

俺は二人へ告げた。スミレとサラが、こくりと頷《うなず》く。

――天頂の塔《バベル》・五〇階層。

それを突破した者が『B級』探索者と呼ばれる。現在の俺はC級。

ここを超えれば、一つ繰り上がる。五〇階層は『試練』の階層だ。

（やっとここまで来れた……）

剣の柄《つか》を握る力が強まる。そして、俺とスミレとサラは、迷宮昇降機《ダンジョンエレベーター》へ乗り込んだ。

四章／ユージンは、五〇階層へ挑む

――天頂の塔《バベル》・五〇階層
そこは広い湿地帯と深緑の森が広がっている。深い霧が立ち込め、視界は悪い。

運が悪いと雨が降っている場合すらある。

ここが迷宮《ダンジョン》内ということを忘れてしまいそうだ。

「……五〇階層に着いたな」

「……うん」

「気をつけてユージン、ついでにスミレさんも」

サラの言葉にスミレがジトッとした目になる。

「はーい、手元が狂ってサラさんに魔法を当てないように気をつけるねー」

「……たまに私のほうに飛んでくる火弾《ファイアボール》はやっぱりわざとなのね！」

「えー、違いますけどー。言いがかりはやめてくださいー」

「うそよ！　私に魔法が当たればいいって思ってるでしょ！」

「サラさんこそ、フォローが私の時だけいっつも遅いのはなんで？」

「……き、気の所為《せい》よ」

「絶対ウソだ！　明らかにユージンくんの時と差があるし！」

「聖女候補の私は全員に平等です」

「平等ねー。へぇー」

「何よ？」「別にー」

後ろで言い合いが始まっている。会話だけ聞くと相変わらず険悪な関係に聞こえるが、ここ数日の探索でスミレとサラの連携力は格段に良くなっている。

魔物が出てきたら、近距離を俺とスミレが、中距離をサラが担当する。四九階層までには飛竜《ワイバーン》や鷲獅子《グリフォン》など強力な魔物にも襲われたが、俺たちは大きな怪我《けが》もすることなく突破することができた。しかし、ここは階層主《ボス》の領域。

そして五〇階層はこれまでのボスとは別格になる。

俺はさっきまからまとわりつくような視線を感じていた。

「……階層主《ボス》に視られてるな」

「「…………」」　俺の声にスミレとサラが押し黙る。

「……スミレさんがうるさいからよ」

「……サラさんだって騒いでたくせに」

黙ってなかった。

「二人のせいじゃないよ。五〇階層に来た時から、ずっと気づかれてる」

「そうなの？　ユージンくん」

「ああ、炎の神人族《スミレ》の魔力《マナ》は膨大だし、サラの聖剣の威圧感《プレッシャー》は相当だ。警戒心の強い魔物なら大抵気づく」

「でも……だったらどうしてこちらに襲ってこないのかしら？」

　サラが首をかしげる。

「そりゃ……」

　俺が口を開いた時。

「オオオオオオオオオオオオオオオオオオオオオオオオオ！！！」

　巨大な咆哮《ほうこう》が大気を震わせる。

「きゃっ！」「っ！」

　スミレが小さく悲鳴を上げ、サラが息を呑《の》む。

「待っててやるからさっさと来いってさ」

「「……」」

　スミレとサラが小さく無言で頷いた。俺は腰の剣を引き抜き、霧の深い方へと進む。

　ねっとりとした視線は、こちらからだ。ぱしゃぱしゃと、水の音が響く。

　少し離れてスミレとサラが俺に続く。剣は既に鞘《さや》から抜いている。

「ユージンくん！　待って」

スミレが近づき俺の腕を引き寄せる。

そして、剣の柄を掴《つか》んだ。

――ドクン、と。

まるで剣に血が通ったような錯覚を感じる。刀身が紅《あか》く煌々《こうこう》と輝く。

今ではすっかりお世話になっている炎の神人族《イフリート》の魔力付与《マナエンチャント》。

俺は魔法剣・炎刃を軽く振った。空中に赤い軌跡が描かれる。最近は、魔法の扱いにも慣れてきたスミレの付与はより洗練されてきている。

「ありがとう、スミレ」

「気をつけてね、ユージンくん」

「ああ。スミレを任せたよ、サラ」

「ええ、わかったわ」

心配そうなスミレと、真剣な表情のサラを後目《しりめ》に俺はさらに一人で奥へと進む。

階層主《ボス》の囮《おとり》になるためだ。

（……結界魔法・風の鎧《よろい》）

不意打ちを防ぐため、自身の身体《からだ》を結界で守る。深い霧によって階層主《ボス》の姿はまだ、見えない。しかし、時折聞こえる低い唸《うな》り声《ごえ》。そして大きな翼がはためく音。

決して遠くない距離に、階層主《ボス》は居る。

ふと気づくとCランクの探索者バッジがチカチカと光っている。

階層主《ボス》の縄張りに入った。

「ユージン・サンタフィールドは、五〇階層の階層主《ボス》へ挑む」

俺は小さく告げた。それに呼応して『迷宮《ダンジョン》の管理者』の声が、迷宮《ダンジョン》内に響く。

――探索者ユージンの挑戦を受理しました。健闘を祈ります

次の瞬間、暴風が吹き荒れ霧が晴れた。俺の立っている場所には、湖のように広い水たまりが広がっている。そして、姿を現したのは巨大な蒼《あお》い竜だった。

「嵐竜《ストームドラゴン》!!」

後ろからサラの声が聞こえた。五〇階層の階層主《ボス》は、例外なく竜である。竜は四九階層まで現れることは決してない。天頂の塔《バベル》を設計した神様がそう決めたらしい。

Bランク探索者は、五〇階層を突破した者に与えられる称号。そして、Bランク探索者は全員が『竜殺し《ドラゴンスレイヤー》』である。にしても。

（でかいな……『超大型』か）

五〇階層はつい最近、別の探索隊《パーティー》が突破していた。そのため、新しい階層主《ボス》は俺たちが初めてとなる。

そしてどうやら、俺たちの戦うボスはハズレパターンのようだ。嵐竜《ストームドラゴン》の体長は、大きさだけなら二〇階層で戦った神獣すら上回っている。流石《さすが》に千年以上生きている古竜《エンシェントドラゴン》ではないと思うが、間違いなく年輪を重ねた成竜だ。

「オオオオオオオオオオオオオオオオオオオ！！！」

嵐竜《ストームドラゴン》の咆哮とともに、横殴りの暴風が吹き荒れる。そして土砂降りの雨が視界を奪った。

そして、竜がこちらに殺気を向けるのを感じた。

（狙いは……俺だな）

一瞬、スミレとサラを狙われることを心配したが先頭の俺を獲物と定めたようだ。

「ガアアアアアアアアア！」

次の咆哮は、それ自体が魔法だった。竜の口から、蒼い閃光《せんこう》が走る。

「くっ！」竜の咆哮を、なんとかかわす。

さっきまで俺が立っていた場所は、大きく地面がえぐられている。

暴風雨の中だが、炎の神人族《イフリート》が付与してくれた魔法剣は、健在だ。が、竜との距離は離れている。まずは、近づかないと。俺がもう一度、空歩を使おうとした時。

ドン！！！！！　と爆発音が耳元で弾《はじ》け、視界がブレる。

「っ!?」次に身体に衝撃が走った。後ろでスミレの悲鳴が聞こえた気がした。

（……回復《ヒール》）

自分に回復魔法をかける。眼《め》の前に大きな竜の爪の影が迫る。かわすのは間に合わないし、結界魔法を張る暇もない。剣で受けるしかない。

「弐天円鳴流・『山の型』鬼太刀！」

「聖剣魔法・光の刃《ライトセイバー》！」

俺の剣技に、サラが光刃を放って合わせてくれた。ガギン！　と大きな音を立てて竜の爪が折れる。が、同時に俺もふっとばされた。何回か地面を転がりながら、受け身を取った。

ぱしゃぱしゃとこちらに走ってくる足音が聞こえる。

「だ、大丈夫？　ユージンくん!?」

「怪我はない!?　ユージン」

「…………ああ、ミスったよ」

後ろにいたスミレとサラに返事をする。まだ身体の痺《しび》れは残っている。が、動けないほどじゃない。暴風雨はますます吹き荒れる。

そして……、「バチン！」と大きな音が鳴った。同時に空中に、光の線が走る。そして、嵐竜《ストームドラゴン》の鱗《うろこ》をバチバチと光が弾けているのが見えた。どうやらさっき俺が食らったのは『あれ』らしい。

「雷魔法……か。やっかいだな」

「ユージンくん、さっき雷が直撃してたよ。身体は動かせる？」

「ユージン……、あなたの結界魔法は大したものだけど無茶はしないで」

「びっくりしただけだよ」

二人に心配かけないよう、少し強がって笑う。けど、油断があったかもしれない。

攻撃に移ろうとしていた時を狙われたため、結界魔法が弱まっていた。次は防ぐ。俺は紅く輝く魔法剣を強く握りしめた。爪を折られた嵐竜《ストームドラゴン》は俺たちを警戒してか、仕掛けてこない。

雨はますます強くなる。このままだと身体が冷えて、動きが鈍りそうだ。

「スミレ。雨は大丈夫か？」

炎の神人族《イフリート》のスミレに、この大雨は身体に悪いんじゃ……と思ったのだが。

「ん？　なに？」

スミレは涼しい顔をしている。そして、雨はスミレの身体を濡《ぬ》らす前に蒸発していた。

これなら平気そうだ。

「どうなってるの？　スミレさんの身体……」

呆《あき》れ気味に言うサラの身体には、光のカーテンのようなものが覆っている。

宝剣クルタナの自動防御魔法らしい。

（とりあえず二人は問題なさそうだな）

俺の魔法剣の魔力《マナ》は……まだ余裕がある。そもそも、一度も攻撃していない。しかし。

……バサ、……バサ、……バサ
雨音に混じって、大きな羽ばたき音がきこえる。天頂の塔《バベル》は迷宮《ダンジョン》だが、その内部は恐ろしく広い。巨大な竜であろうと自由に飛び回れるほどの。嵐竜《ストームドラゴン》が上空高くから見下ろしている。さっきの俺とサラの攻撃を警戒されたようだ。

「空に逃げられたか……、サラ。どうだ？」

「ごめんユージン。この距離だと難しいかも」

俺の言葉にサラが申し訳なさそうな顔になる。サラの聖剣魔法は、遠距離が得意ではない。

おそらく竜もそれをわかっているんだろう。となれば残る方法は……。

「スミレ」

「はーい、任せて☆」

スミレが、ぱっと手を上げる。その手に持っているのは、魔法使い見習いが持つような安物の杖《つえ》だ。スミレいわく「これが一番扱いやすいんだよねー」とのことだ。

ここ最近、魔法講義でスミレの魔法使いとしての能力は飛躍的に向上している。もっとも繊細な魔法はまだまだで、大雑把な魔法のみだが。

「ふん～♪　～♪」

スミレが空中に杖を振るうと、杖から光の魔力《マナ》が複雑な模様となって現れる。メモしているのであろう紙を見ながら、スミレが杖を振っている。

（空中に描く立体魔法陣……）

魔法使いの中でも、相当な実力がないと扱えない魔法陣。そして、非常に多くの魔力《マナ》を必要とするらしいが、炎の神人族《イフリート》であるスミレにとっては問題にならない。やがて空中に複雑な魔法陣が組み上がった。

「できたよー☆」

スミレが言う。魔法陣が強い光を放つ。ゴゴゴゴゴ……、と地面が揺れている。俺とサラは息を呑んだ。炎の神人族《イフリート》の魔法が発動した。

――王級火魔法・炎の巨人

最終迷宮《ラストダンジョン》の天井に届きそうなとてつもない大きさの魔法の炎でできた巨人が現れた。

魔法の強さは『初級』『中級』『上級』『超級』『王級』と上がっていき、『聖級』は人が扱える最高位の魔法と言われている。

突如現れた炎の巨人に、嵐竜《ストームドラゴン》が戸惑っている。

「…………動いて炎の巨人」

スミレが炎の巨人に命じる。彼女の顔からは多くの汗が流れ出ている。魔法の制御に手間取っているようだ。

「ガアアアアア！！！」

そのすきに嵐竜《ストームドラゴン》が咆哮《ほうこう》を放つ。蒼い閃光が、炎の巨人の片腕を吹き飛ばした。

「いっけー！！！」

スミレの号令で、炎の巨人が嵐竜《ストームドラゴン》に抱きついた。

「ギャアアアアアアアアアアアア！！！」

嵐竜《ストームドラゴン》が絶叫をあげる。炎の巨人から逃れようと暴れるが、そもそも炎の巨人は実体のない仮初の魔法生物だ。それがどこまでも嵐竜《ストームドラゴン》を追いかける。

ちなみに炎の巨人の細かい制御を、スミレがやっているわけではないらしい。スミレが命じると、あとは勝手に動く。炎に飲み込まれた嵐竜《ストームドラゴン》が、ふらふらとしている。が、まだ致命傷を負うには至っていないようでなんとか逃げようとしている。俺はそれを見て、嵐竜《ストームドラゴン》のほうへ駆け出した。

「ユージン！　まだ炎が」

「大丈夫！　サラ、援護を頼む」

「もう！　わかったわよ！」

俺は、迷わず炎の中を突っ切り、巨人の足元へ向かった。

「オオオオオオオオオオオオ！」

嵐竜《ストームドラゴン》が天へ吠《ほ》える。巨大な竜巻が発生し、炎の巨人を巻き込んだ。

……オオ……オ……オ……

炎の巨人の身体《からだ》が徐々にしぼんでいく。やがて、蜃気楼《しんきろう》のようにかき消えた。しかし、炎の巨人がいた足元は火の海だ。

嵐竜《ストームドラゴン》はふらふらと低空を飛行している。羽ばたく力もないようで、おそらく魔力《マナ》で身体を浮かしているのだろう。俺は結界魔法を張り、炎の中を突き進んだ。

真上には、嵐竜《ストームドラゴン》。しかし、魔法剣の間合いではない。その時。

「聖剣魔法・光の刃《ライトセイバー》！」

サラの魔法が、嵐竜《ストームドラゴン》の片翼を撃ち抜く。サラの苦手な遠距離攻撃。

そのため威力は弱い。が、今の手負いの嵐竜《ストームドラゴン》のバランスを崩すには十分だった。

……ズ……ン
重い音とともに、竜の巨体が地面へ落ちる。スミレの炎によって湿地の水気は全て消え去っている。地面を強く蹴る。一瞬で、嵐竜《ストームドラゴン》のそばに到達した。この機は逃せない。

「ギャアアアアアアアアアアアアア！！！」

嵐竜《ストームドラゴン》が最後の抵抗で、大きな口を開き俺を喰《く》らおうと迫る。

「弐天円鳴流『雷の型』麒麟《きりん》！」

竜の首を一刀両断した。嵐竜《ストームドラゴン》の頭が、ごとりと落ちる。

（やった……よな？）

まさか神獣のように立ち上がったりはしない……はず。

俺の懸念に応えるように。

――挑戦者の勝利です。おめでとうございます
迷宮《ダンジョン》内に『天使の声《アナウンス》』が響いた。

「ふぅ……」一息つく。

「ユージンくん！」「ユージン！」スミレとサラに抱きつかれた。

「やったね！」

スミレがぎゅーっと、首に腕を回す。そのままキスをしてきそうな勢いで。

「だから！　スミレさんはひっつき過ぎなの！　離れて！」

それをサラが引き剥がそうとするが、スミレは離れない。

ますます強く抱きついてくる。

「やだよー」

「この女……。まぁいいわ。ねぇ、ユージン。階層主《ボス》の討伐おめでとう」

サラは微笑《ほほえ》み、俺の頬にキスをした。

「ちょっと!!　サラさん、何やってるの!?」

「ふふん、別にいいでしょ。私とユージンの仲だもの」

「サラさんなんて、臨時の仲間のくせに！」「スミレさんは、新入りでしょ！」

「なによ！」「そっちこそ！」

「落ち着けって二人とも」

こりゃクロードのこと言えないな。どうやってこの二人の仲を取り持てばいいものやら
……。その時、ふと視線に気づく。

天頂の塔《バベル》の中継装置《サテライトシステム》の魔導器の眼が、こちらをじーっと見ていた。

どうやらこの様子も大陸中に中継されているらしい。

（五〇階層ともなると、大勢に見られてそうだな……）

生徒会の連中から絡まれそう。生徒会棟には近づかないでおこう。

スミレとのことも、色々言われそうだな。

「……!!」「……っ!!」

スミレとサラは今もわーわー、言い合っている。

もっとも二人とも本気で怒っているのでなく、いつもの喧嘩《けんか》というやつだ。

「スミレ、サラ。五〇階層の突破祝いに飯でも食いに行くか？」

「行く！！！」

二人は、ぱっと言い合いを止《や》めて声を揃《そろ》えて返事をした。

……君たち、実は仲良くないか？

こうして俺たちは天頂の塔《バベル》・五〇階層を突破することができた。

◇

「ねー、ねー。ユージンってばー。いつまで寝てるの？」

ゆさゆさと身体をゆすられ、俺はゆっくりと目を開いた。

目の前に飛び込んできたのは、雪のように真っ白な肌。

そして、俺を包み込むように広がっている黒い翼だった。

「エリー……？」

「そんな格好でいると風邪引いちゃうわよ？」

「かっこう……？」

ぼんやりと自分の服装を確認する。だが、服は見当たらなかった。

なぜなら何も身につけていないのだから。そして、それは目の前の魔王《エリー》も同じだった。

「えっ!?」

慌てて飛び起きる。あれ……、俺はどうして大地下牢《だいちかろう》に……。

「どうしたの、ユージン。寝ぼけてる？」

「ああ……いや、思い出したよ。五〇階層をクリアして『B級』探索者になった報告に来たんだったな」

その後、「じゃあ、お祝いしなきゃね！」とエリーと酒を飲んだあと、エリーに襲われ、
睡魔に襲われた。探索終わりで体力も限界だった俺は、そのまま一晩ここで寝てしまったらしい。

「…………」「……なんだよ？」

俺をニヤニヤと見つめるエリーは、ぞっとするほど美しい。

魔王《エリー》は俺の問いにはすぐに答えず、俺の身体や頬をぺたぺたと触った。

「最近はいい顔になってきたわね。その調子でもっといい男になりなさい」

「……前までは駄目な男だったってか？」

「堕天の王《わたし》が目をかけた男よ？　こんなもんじゃないでしょ？」

「だといいけどな」

俺はベッドから立ち上がろうとすると、エリーに腕を引っ張られた。

「何よ、もう行っちゃうの？」

上目遣いのその目は、まだ行くなと訴えていた。

「今日はスミレとサラと一緒に、五一階層の探索をする約束をしてるんだ」

「あー、あの炎の神人族《イフリート》の女の子と聖女見習いの子たちよね。あの二人って仲悪過ぎじゃない？」

「………最近はましになってる……はず」

「そうかしら？　で、約束はいつなの？」

「今日の夕方」

「じゃあ、まだ時間あるじゃない」

そう言うや押し倒される。その時、コロンとなにかが転がった。

「あ」「なにこれ？」

俺が拾う前に、エリーに取られた。

「俺の探索者バッジだよ。返してくれ」

「ふーん、これがB級探索者のバッジかー」

エリーが、つまらなそうに眺める。こんなもので満足するな、ということだろうか。

五〇階層を突破すれば、B級探索者。

一〇〇階層を突破すれば、A級探索者。

二〇〇階層を突破すれば、S級探索者。

しかし、俺たちの目標ははるか上だ。それでも一年以上D級探索者で足踏みしていた俺にとって、B級探索者のバッジは素直に嬉《うれ》しかった。が、エリーの表情の理由は俺の予想と違った。

「知らない女の匂いがするわね。しかも二人も」

「………何の話かな？」

とりあえずごまかしてみる。多分、無駄だと思うけど。

「私に隠し事なんて無駄よ。さっさと吐きなさい。スミレちゃんとサラちゃんじゃ飽き足らず、さらに別の女にまで手を出してるの？」

「違うって。迷宮案内人《ダンジョンガイド》のアマリリスさんと、お世話になっている十二騎士のイゾルデさんに会ったんだよ」

「あら、生意気ね。B級探索者のくせにもう担当の迷宮案内人《ダンジョンガイド》が付いたの？」

「……ああ、色々あってな」

俺はつい昨日のことを思い出した。

◇

「わー☆　ユージンさん、五〇階層の突破おめでとうございますー！　いやぁ、お見事な討伐でしたねー。でも、ユージンさんが竜くらいで苦戦するとは思ってませんでしたよ？はい、これB級探索者のバッジです！　もう作っておきましたから！」

迷宮組合《ダンジョンユニオン》に入った途端、アマリリスさんが俺の所にすっ飛んできた。

「アマリリスさん。見ててくれたんだ、ありがとう」

先日、つまらなそうに受付で髪をいじっていた受付嬢とは思えない。

「ねー、ユージンくん。その女の子は……誰？」

「ユージン。私にそちらの女性を紹介してもらえるかしら」

仲間二人の声が冷たい。……何やら妙な誤解をされていないだろうか。

「紹介するよ、この人は……」

「はーい☆　はじめまして、私は迷宮職員《ダンジョンスタッフ》のアマリリス・フィオーレと申します！　普段は迷宮組合《ダンジョンユニオン》本部で、受付嬢やってますー！　貴女方《あなたがた》が異世界からやってこられた指扇《さしおうぎ》スミレさんと、カルディア聖国の聖女様の筆頭候補のお一人、サラ・イグレシア・ローディスさんですね！　ご高名はかねがね伺っておりますよ!!」

俺が紹介をする前に、アマリリスさんが二人に挨拶した。

どうやら俺の探索仲間についても、調べていたらしい。

「は、はい……はじめまして。スミレです」

「サラよ……。よろしくね」

スミレとサラが、アマリリスさんの勢いに押されている。

「そして、先日ユージンさんには私に迷宮案内人《ダンジョンガイド》を担当させていただけないか、ご相談しています！　それでお二人にもご挨拶をと思いまして！」

「ガイド……？」

「その話は詳しく聞かせてもらえますか？」

キョトンとするスミレと、目が鋭くなるサラ。スミレは迷宮案内人《ダンジョンガイド》という言葉が初耳らしい。俺は簡単にその仕事内容を説明した。

「ふーん、なるほどー。私たちのパーティー専属の迷宮職員《ダンジョンスタッフ》さんってことなんだね」

「人によっては複数のパーティーと契約している迷宮案内人《ダンジョンガイド》も居ますが、私に限っては他のパーティーは見ておりませんから、専属と考えていただいて大丈夫ですよ☆」

満面の営業スマイルを浮かべるアマリリスさん。そっか。

彼女は他の探索隊《パーティー》は見てないのか。

「アマリリスさん。通常、迷宮案内人《ダンジョンガイド》がつくのはA級探索者からですよね？　どうして五〇階層を突破したばかりのユージンにもう声をかけたのかしら？」

サラはアマリリスについて疑わしい目を向けている。まぁ、それは俺も気になった。

スミレを見ると、同じ疑問を持ったようだ。

「それはですね……」

「それは？」

俺たちは、アマリリスさんの言葉を待った。

「ふふふ……、勿論《もちろん》それはユージンさんが稼げる探索者だからですよ」

チャリーン、と目を光らせ指で金貨の形を作るアマリリスさん。……え？　お金？

「先日の神獣ケルベロスの素材は二億Gで売れましたし、ユージンさんはユーサー国王陛下とも懇意にしているって話じゃないですか！　こんな探索者を放っておく迷宮案内人《ダンジョンガイド》はいないですよ！」

思ったよりも現金な理由だった。というか、現金そのものだった。

が、俺はその理由に対しては好印象だった。

「わかりやすい理由でいいと思うけど。二人はどう？」

俺はスミレとサラに尋ねた。

「ふーん……、お金が理由かぁ……」

「本当にそれだけなのかしら……」

スミレとサラの表情は芳しくない。

そこにアマリリスさんは、さらにぐいぐい詰め寄っている。

「ふふふ……二人がご心配するようなことはありませんよ？　必要であれば、迷宮案内人《ダンジョンガイド》の契約要項にユージンさんに手を出したら即刻契約を破棄する、という条項を加えてくださってもいいですし」

「なっ!?」「えっ!?」「おいっ!?」

アマリリスさんの言葉に、二人だけでなく俺もびっくりする。

が、アマリリスさんは驚いている俺たちにキョトンとしていた。

「迷宮組合《ダンジョンユニオン》では有名ですよ？　たった三名で五〇階層を突破した優秀な学生の迷宮《ダンジョン》探索者。しかしそのチームワークは最悪。その理由は『リーダーを巡る痴情の縺《もつ》れ』だって」

「「…………」」

まじか。迷宮組合《ダンジョンユニオン》で噂《うわさ》になるほどなのか。でも、たしかに毎回天頂の塔《バベル》の中継装置《サテライトシステム》の目の前でスミレとサラは言い合いしてたっけ。ふと見ると。

スミレとサラが、非常に気まずそうに目を見合わせている。

一人アマリリスさんだけ、笑顔だ。

「ふふふ、最悪のチームワークでも五〇階層の階層主《ボス》を難なく倒す実力。迷宮組合《ダンジョンユニオン》としては是非、サポートさせていただきたいですから！　というわけで、契約しておきましょう！」

アマリリスさんは少々強引だ。

さっきまで難色を示していたスミレとサラが静かになったのでチャンスと思ったのかもしれない。

俺としては折角の縁なので、アマリリスさんに迷宮案内人《ダンジョンガイド》をお願いしても良いと思っている。一個だけ、気になることを聞いてみた。

「どうしてお金が必要なんです？」

無粋な質問だったかもしれないが、念のため聞いてみた。ちなみにうちの親父《おやじ》の言葉だが、「金の使い方を知れば、その人となりがわかる」んだそうだ。本当かはわからないが。

「……実は」

ずっと笑顔だったアマリリスさんの表情が少し曇る。彼女は少し迷った末に、迷宮職員《ダンジョンスタッフ》の帽子を取った。明るい茶色の髪の上に、ちょこんと可愛《かわい》らしい『獣耳』が生えていた。

「わっ！　猫耳さんだ」

「違います。これは虎耳族のものです」

驚いた声をあげるスミレに、アマリリスさんが訂正する。

「あなた……獣人族だったのね」

「はい……。蒼海《そうかい》連邦に所属する小さな島の出身です。そこに沢山の妹や弟がいて、長女の私は仕送りをしないといけないんです。ただ、獣人族の迷宮案内人《ダンジョンガイド》と契約してくれるA級探索者は全然居なくて……」

「だからB級の俺たちに目をつけたってわけか」

「駄目……でしょうか？」

上目遣いで見てくるアマリリスさん。南の大陸の国家全般に言えることだが、どこも人族中心の国家が多い。獣人族は、その種族別に習慣や宗教が異なり国としてまとまり辛《づら》いためだ。結果として、明確な差別はなくとも社会的な地位は人族が高い場合が多い。

迷宮《ダンジョン》都市ですら、その傾向はあるようだ。

「俺は気にしないですよ」

「私もいいよー」

「聖国の聖女候補は民を区別しません」

幸いうちのパーティーにそれを問題視するやつは居ない。

——というわけで、アマリリスさんは無事に俺たち探索隊《パーティー》の専属の迷宮案内人《ダンジョンガイド》となった。

◇

「ここが……十二騎士の一人イゾルデ・トリスタン様の屋敷」

俺とスミレとサラは、迷宮都市《ダンジョン》の一番街——通称『貴族街』へやってきていた。

理由は、アマリリスさんから「イゾルデ様から都合の良い時に訪ねてくれ」と伝言を受けたからだ。忘れないうちに、済ませておくことにした。

ちなみに、スミレとサラは無理にくる必要はなかったのだが、二人とも「「一緒に行く！」」と聞かなかった。門番に、名前を名乗って取り次いでもらう。

約束《アポ》はアマリリスさん経由で取り付けている。

屋敷から執事が出てきて、応接室に通された。

その後数分で、前回の鎧姿《よろいすがた》とは違うラフな格好のイゾルデさんが部屋に入ってきた。

「やぁ、まさかこんなに早く来てくれるとは思わなかったよ、ユージンくん。あと後ろの二人は初めましてだね。イゾルデ・トリスタンだ。迷宮《ダンジョン》都市の守護者なんて呼ばれているが、今日は休日だから気にせず楽にしてくれていいよ」

「カルディア聖国より参りましたサラ・イグレシア・ローディスと申します。お会いできて光栄です」

サラは迷わず跪《ひざまず》き、スミレは少し迷った末に同じように跪こうとした。

「は、初めまして私は指扇……」

「おいおい、堅苦しいのは無しにしよう」

イゾルデさんが、二人の後ろに一瞬で回り肩を摑《つか》んで立たせる。

そのまま応接室のソファーに座らせた。俺は二人の隣に腰掛けた。

「お話があると伺いました」

俺はイゾルデさんに尋ねた。

「あぁ、その通りだ。迷宮《ダンジョン》探索帰りで疲れているだろうから手短に。まずは五〇階層の突破おめでとう」

「ありがとうございます」

迷宮職員《ダンジョンスタッフ》のアマリリスさんはともかく、まさかイゾルデさんも知っていたとは。

「階層主《ボス》との戦い方は、見ていて少し危なっかしくもあったが余裕もあった。何か奥の手を隠しているように感じたよ」

鋭い。確かに五〇階層では、魔王の力は借りなかった。

「ま、それを聞くのは野暮だね。今日の話は別でね」

ここでイゾルデさんが声のトーンを落とす。

「二〇階層に突如現れた神獣ケルベロス。その原因らしきものがわかった」

「「!?」」

その言葉に俺とスミレは勿論、サラも表情を変える。

最終迷宮《ラストダンジョン》天頂《バベル》の塔において、階層主《ボス》をどうやって倒すかは、探索者にとって永遠の課題だ。

そして本来の階層主《ボス》はある程度探索者の強さに合わせて出現する。

全能なる天界の神様が天頂《バベル》の塔を、地上の民の試練として作ったからだ。

が、先日の二〇階層での神獣の出現でルールが崩れた。

現在の探索者たちは、新しい階層主《ボス》の出現のたびに神獣が現れないことを祈っている。

「一体、どうしてだったのですか?」

「その理由はまだ判明していない。わかったのは『誰が』やったのかだ」

イゾルデさんは、ここで声を潜めた。

「……三人は蛇の教団、という集団を知っているかい?」

「はい、魔王を信仰しているという人たちですよね？」

　イゾルデさんの質問にスミレが答えた。勿論、俺とサラも知っているこの世界の常識。

「南の大陸においては、魔王である堕天の王《エリーニュス》が信仰されている。もっともどの国家でも魔王信仰は認めていないから、表立って蛇の教団に所属していることを明かす者はいない」

「そいつらが、神獣を呼び出した……？」

　俺の疑問にイゾルデさんが首を横に振った。

「いや、蛇の教団に属する探索者が一〇〇階層に挑んだ記録があった。しかし、連中は神獣とは戦わずに神獣を『空間転移《テレポート》』させたのだ。理由はわからないが」

「それって一〇〇階層を突破したことになるんですか？」

「い、いや、ならないよ」

「じゃあ、意味ないですね」

「そうなんだ……、だから理由がわからない」

　イゾルデさんも不思議そうだった。

　一〇〇階層の神の試練《デウスディシプリン》を突破できる裏業なのかと思ったが、そうではないらしい。

「そいつらは今どこに？」

「指名手配中だ。が、連中は隠れるのがうまい。見つけるのには苦労するだろう」

「そう……ですか」

あまり解決してはなかった。

「どうしてその話を俺たちに？」

「君たちは、遠からず一〇〇階層に挑戦するだろう」

イゾルデさんが断言した。アマリリスさんといい、随分と買いかぶられている。

その期待に添えるようにしないと。

「気をつけてくれ。ご時勢柄、蛇の教団に対してこれまで以上に神経質になっているし、教団の連中も何をしでかすのかわからない。困ったことがあれば、いつでも相談して欲しい。議題があれば『円卓評議会《ラウンドカウンシル》』を開いてもいい」

「そ、そこまで……？」

円卓評議会《ラウンドカウンシル》というのは、ユーサー王が議長を務める迷宮都市《ダンジョン》の最高会議である。

勿論《もちろん》、参加どころか見たことすらない。

（……やっぱりイゾルデさんは、この都市の中心人物の一人なんだな）

しみじみと実感した。ちなみに、そのイゾルデさんの上席であるユーサー王《学園長》のほうが近しいのだが、あちらは気さく過ぎて偉い人であることを忘れてしまう。

なんにせよ、蛇の教団の話はまだ公になっていない。蛇の教団は表向きどこにも居ないため、下手に公表して民が疑心暗鬼になることを懸念しているらしい。この話はこの場のこととして、とどめてほしいと言われた。

俺たちは、勿論「はい」としか言えず、その場をあとにした。

◇

「どうしたの？　ユージン。難しい顔して」

「いや、なんでもない。ちょっと考えごとをしてた」

俺はイゾルデさんとの会話を思い出した。魔王を信仰している『蛇の教団』によって、神獣ケルベロスは二〇階層に出現した。

そして、神獣と戦うために俺は魔王《エリー》と契約した。

これは偶然だろうか？　俺の身体《からだ》の上にまたがり、可愛らしい顔で見下ろしてくる魔王《エリー》の表情からは何も読み取れない。

ゆっくりとエリーの顔が近づく。それを避《よ》けずにいると、唇を奪われた。

「駄目よ、一緒に居る時は私のこと考えてくれなきゃ♡」

（魔王《エリー》のこと考えてたんだよなー）

今は可愛らしいが、千年前は南の大陸の全てを支配していた魔王だ。

俺が聞いた所で、ボロを出すとは思えない。というわけで、寝起きの仕事はエリーの『お相手』。ちなみに、大地下牢《だいちかろう》を出たのは昼過ぎだった。

――天頂の塔《バベル》・一階層。

待ち合わせ場所に早めにやってきた俺は、軽く身体を動かして準備運動をしていた。そして待ち合わせ時間ぴったりに、こちらに駆け寄ってくる二つの人影がある。スミレとサラだ。

（二人がもう少し仲良くしてくれたらなぁー）

と思うが原因は俺なので、なんとも言いづらい。しかし、五一階層からは更に魔物の強さが跳ね上がる。より慎重に行こう、と誓った。二人の方に視線を向けると……。

「ユージンくん、おまたせー☆」

「ユージン！　遅くなってごめんなさい」

「スミレ、サラ。今日は…………………………え？」

俺は二人の姿を見て、ぽかんと口を開いた。

「どうしたの？　ユージンくん」

「ユージン、変な顔してるわよ」

スミレとサラがキョトンとしている。

いや、違うだろう。どう考えてもおかしい。あれほどいがみ合っていたスミレとサラが……仲良く手を繋いで現れるなんて。一体、何があった？

「サラちゃん♪　そっち魔物が行ったよ☆」

「スミレちゃん♪　はーい任せて☆　あ、向こうのはお願いね」

「おっけー☆」

──ギャアアア!!

──グワアアアアア!!

大きな魔物がサラの聖剣によって真っ二つになった。武器を構えた人獣型の魔物の集団が、スミレの巨大な火弾《ファイアボール》によって、爆発炎上している。

魔物たちは、悲鳴を上げて逃げ惑う。

その中で可憐《かれん》な女の子二人が、踊るように魔物たちを蹂躙《じゅうりん》している。

「グオオオオオオオオ！」

二人には敵《かな》わないと悟ったのか、いくつかの魔物が俺のほうに襲ってくる。

俺は炎の魔法剣で、魔物を切り飛ばした。

（五一階層はこれまでと一線を画する、と聞いてたけどな……）

俺の剣は、十分通用している。その事実は喜ばしい。が、スミレとサラの前では霞《かす》んでしまう。それほど、二人が連携した時の破壊力は凄《すさ》まじかった。

「いえーい☆」

「余裕だったわね」

笑顔のスミレと、パン！　とハイタッチするサラ。

二人の後ろには、魔物たちの残骸が広がっている。

「ユージンくん！　終わったよー☆」

「ユージン、私の勇姿はどうだったかしら？」

笑顔で手を振るスミレと、優雅に髪をかきあげるサラ。

そして、その二人はぎゅーっと、手を繋《つな》いでいる。

（……いつの間にこんなに仲良く？）

首をかしげた。つい先日までは、いがみ合っている二人を仲裁するのが日課になっていたのだけど。

「凄《すご》いな二人共。見違えたよ」

「でしょ？　えへへ～」

「ね？　ユージン、私に惚《ほ》れ直した？　惚れ直したわよね？」

「サラちゃん？」

「別にいいでしょ、これくらいなら」

「……ふーん。ねぇ、ユージンくん。今日は私頑張ったからご褒美が欲しいなぁ」

「スミレちゃん、協定違反」

「別にいいじゃん、これくらい」

「「………」」

じとー、と湿った目で見つめ合う二人。やっぱり、完全に打ち解けたわけではないようだ。

「スミレ、サラ。五一階層を突破した祝いに、飯でも食いに行くか？」

「「行く！」」

ぱっと、二人同時に振り向く。やっぱり息は、ぴったりだ。

――迷宮《ダンジョン》酒場『止まり木亭』

探索者の街である迷宮《ダンジョン》都市には酒場が多い。その中でも、魔法学園の生徒たちが多く利用するお店に俺たちはやってきた。

「「「かんぱーい！！！」」」

階層突破の祝杯をあげる。

俺はいつもの黒エール。スミレは赤い果実を使ったカクテル。サラは、発泡させた白ブドウ酒。あとは、つまみになる料理をいくつか。

チーズの盛り合わせ。酸味のあるソースの麺料理。

骨付きの肉に、塩胡椒《しおこしょう》をまぶした豪快な料理。あとは、季節の野菜を使ったサラダ、など。

「止まり木亭の料理、美味《おい》しいねー！」

スミレはすっかりこの店が気に入ったようだ。

「私はあまりこういう店には来たことなかったけど……。楽しいわね」

ガヤガヤした雰囲気に最初は戸惑っていたサラも、馴染《なじ》んでいるかく言う俺も、前からの行きつけというわけではない。クロードに教えてもらった店だ。

——数日前。

「ユージン、階層を超えたあとに仲間と宴会してるか？」

「やったほうがいいのか？」

「おいおい、当たり前だろ？　一緒に苦難を乗り越えて、宴会で一緒に祝う。そうやって部隊の結束を強めていくなんて常識だぞ」

「……そう、なのか」

学園の授業だと、そんなことは教わらなかったが一〇〇階層を突破しているA級探索者のクロードが言うのだから間違いないだろう。

「今度、スミレとサラを誘ってみるよ」

「おう、そうしろ」

「クロードもくるか？」

「………俺は二人に恨まれたくないからな。やめとくよ」

「クロードも誰か誘えばいいだろ？」

「このあと、レオナとテレシアに呼ばれてるんだ」

「…………、結局どっちと付き合うことになったんだ？」

「その話は今度な。ユージンこそ、さっさと身を固めろよ」

「この前と言ってることが違ってるぞ」

しかし、良い店は教えてもらえた。

ちなみにクロードは用事があるとかで、今日は合流できなかった。


——そして、現在。

「はい、サラちゃん。グラスが空いてるよ？」

「スミレちゃんこそ、飲み足りないんじゃない？」

スミレとサラが、景気よく飲ませ合っている。ペース速くないか？

俺の記憶が確かなら、サラはそんなに飲むほうじゃなかったはずだ。

スミレに至っては、最近になって覚えたばかり。

ちなみに、異世界転生者であるスミレの年齢は不明だが、学園長の見立てでは俺やサラと同い年くらいの年齢と見てよいらしい。

というわけで十五歳で成人扱いである帝国の流儀に倣って、飲酒は問題ない。

ここで俺は気になっていたことを聞いてみた。

「なぁ、スミレとサラは、何で急に仲良くなったんだ」

「「……………」」

それまでニコニコしていた二人が、ぱっと真顔になる。

ストレートに聞き過ぎただろうか？

「だって……」

「この前の迷宮案内人《ダンジョンガイド》の人が……」

「迷宮案内人《ダンジョンガイド》……アマリリスさん？」

「何か私とサラちゃんが仲悪いせいで噂《うわさ》になってるって」

「ユージンに迷惑かけたくないもの」

「いや、それは」

俺のため……なのか？　そう思うと、二人に申し訳ない。

「でね、サラちゃんと二人で話し合ったの」

「そう、そこで気づいたわ。私たちがいがみ合っている場合じゃないって」

「というわけで、仲良くすることにしました！」

「でも、露骨過ぎたわね」

「無理させたみたいで……悪い」

俺は二人に詫《わ》びた。

「えぇ！　全然、無理してないよ」

「ちょうど、いい機会だったもの」

「そっか」

ならよかった。

「というわけで、今日はもっと仲良くなるためにサラちゃんを酔わせてみようかなーって☆」

「とか言って、私を潰してユージンと二人きりになるって目論見《もくろみ》はバレバレよ？　スミレちゃん」

「サラちゃんだって同じ狙いのくせにー☆」

「ふふっ」

「あ、笑って誤魔化した！　もっと飲めー！」

「ちょっと！　混ぜないで！　貴女《あなた》も飲みなさい！」

「おい、もう少し落ち着いて……」

二人ともペースが速い。

——二時間後。

「ふふふ……、スミレちゃん真っ赤だよ？　酔っちゃった？」

「んー、まだまだ平気だよー☆　サラちゃんこそ眠そうだよ？　寝ちゃってもいいからね」

「あら、心配してくれるの？」

「もちろん、だよー」

「やさしー、スミレちゃん」

すっかり出来上がっていた。二人のろれつが回っていない。

「なぁ、二人とも飲み過ぎじゃないか？」

心配になって聞いた。ちなみに俺は、酔うというのを経験したことがない。

酔いづらい体質らしい。以前、魔王《エリー》に散々ワインを飲まされたがケロッとしていたら、

「ユージンが酔わないからつまんないー」とふて寝された。

帝国から魔法学園へ入学する前夜、初めて親父《おやじ》と盃《さかずき》を交わした。

親父は「俺に酒で勝てるやつは帝国内にもそういないぞ？」と言っていたのだが、あっさりと俺より先に酔いつぶれた。

おかげで、入学前夜だというのに酔っぱらいの介抱をするはめになった。

……酔えない体質というのも、難儀だ。

「ねー、ゆーじんくんってさぁ……」

「ゆーじん、聞きたいことがあるの……」

スミレとサラが、ずいっとこちらに身体《からだ》を寄せてきた。

「聞きたいことって？」

二人の目が据わっている。何を聞かれるのか、少し怖い。

「まだ、幼馴染《おさなな》ちゃんのこと忘れられないの？」

「ゆーじんは、今でも幼馴染《じみ》さんのことが好きなのかしら？」

「…………え？」

スミレとサラが聞きたかったことは、このことらしい。

「アイリのことか……」

そう言われて、久しぶりに幼馴染のことを思い出した。

そうだ、俺がリュケイオン魔法学園にくることになったきっかけ。

でも、最近はスミレと出会って、サラとのパーティーを復活して。最終迷宮《ラストダンジョン》『天頂の塔《バベル》』の階層を順調に進んでいる。

それが楽しかった。

魔法学園にやってきた当初の、情けない気持ちは消え去っていた。

そうか。もう、俺はあの時の絶望を忘れていたのか。

「俺は……」

それを言葉にしようとした時。

「………zzz」「………zzz」

「あれ？」

気がつくと、スミレとサラが寝ていた。質問に答えることができなかった。

仕方ない、寮まで送り届けよう。俺は止まり木亭の会計を済ませ、スミレとサラを抱える。

と言っても、荷物のように扱うわけにはいかないので、結界魔法でハンモックのようなものを作り、そこに二人を寝転がらせた。これなら落ちないだろう。

が、ひと目にはつくようで、学園の生徒に声をかけられた。

「おーい、ユージン。女の子をお持ち帰……って、サラ会長じゃん！」

「しかも、異世界人のスミレちゃんも居るぞ!?」

「二人揃《そろ》ってなんて！」

「鬼畜!!」

「もげろ!!」

「待て、二人を寮まで送り届けるだけだ」

「「「…………」」」

何で、こいつ信じられんって目で見られなきゃならないんだ。

酔った女の子に手を出すなんて、駄目だろ？

こうして、学園の生徒から絡まれながら俺はスミレとサラを女子寮に送り届けた。

入り口で寮の管理人に、二人を預けた。やっと一息つけた。

（……チームの結束力は強まったのかな？）

いまいちわからない。けど、以前より精神《こころ》は良くなった。多分、それはスミレとサラ、二人のおかげだろう。あとは魔王《エリー》と。明日からも頑張ろう。

◇

「ごめんなさい、ユージン。実はしばらく一緒に天頂の塔《バベル》の探索ができないの……」

サラから申し訳なさそうに言われたのは、翌日のことだった。その理由を尋ねると。

「リュケイオン魔法学園の学園祭？」

スミレが、キョトンとした顔になった。そうか、スミレは初めてだったな。

「年に一度。リュケイオン魔法学園で生徒主導で大きなイベントを行うんだ。学園内最強を決める武術大会や、新魔法の発表会。最終迷宮《ラストダンジョン》で発見された希少魔道具《マジックアイテム》のオークションなんかもあるから、迷宮都市《ダンジョン》だけじゃなくて南の大陸、はては他の大陸からも客が訪れることだってある」

「へぇ!! すごーい。楽しそう!!」

スミレが目を輝かせる。が、すぐに疑問を持ったようで。

「それを生徒会長のサラちゃんが仕切るの？」

「まさか。学園祭実行委員は別組織で立てられているわ。生徒会はあくまで手伝い。だから、本来はそこまで時間は取られないはずなんだけど……」

「もしかして、学園祭実行委員長が原因か？」

昨年の出来事を知っている俺は、そう予想した。

「そうよ！ あのお祭り女!! 何でもかんでも派手にすればいいと思って!!」

サラが声を荒らげている。

「ユージンくん、どーいうこと？」

「学園祭実行委員のトップはいつも問題を起こすのが恒例行事らしくてな。毎回生徒会がフォローに入ってたって噂は聞いたよ」

「今年も同じよ……。問題児なんだけど、カリスマだけはあって従う生徒が多いからすぐ暴走するの……」

サラの表情から苦労している様子が読み取れた。

「じゃあ、しばらくはサラの参加は難しそうだな」

「ごめんなさい、ユージン。スミレちゃん」

「そういう理由なら仕方ないね。じゃあ、ユージンくん二人で……」

「スミレちゃん、抜け駆けは駄目よ？」

「や、やだなー。勿論《もちろん》だよ☆　サラちゃん」

「ちょっと二人きりで話しましょうかー？」

「わかってるってー」

サラがスミレの手を引っ張っていった。何やらスミレとサラが、遠くで小声で何かを話している。しばらくして、どうやら決着はついたらしい。

「じゃあ、ユージン。待ってて……すぐ戻るから」

サラは名残惜しげに、生徒会棟のほうへ去っていった。

俺とスミレだけになる。

「しばらく探索はお預けかな」

「それってやっぱり、私とユージンくんだけじゃ力不足ってことかな？」

スミレが少ししょんぼりとした顔になった。

「それは……そうなんだけど、五二階層を目指すのに一度、戦力のチェックはしたほうがいい。サラは近距離、中距離、長距離に対応できる万能戦士だけど、俺とスミレだけだと近距離に偏るから。特に飛行型の魔物の相手がやっかいだ」

「そっか。そうだね。うん！　じゃあしばらく修行頑張る！」

スミレの表情が、元気に戻る。この切替の早さは流石《さすが》だ。

俺たちは生物部の部室のほうへやってきた。ちょうど、俺の生物部の仕事が残っていたからだ。今日は、第一牢《だいいちろう》の見回りの日だった。

スミレには、外で待っていてもらおうと檻《おり》の扉に近づいた時に違和感に気づく。

（……誰かが入ってる？）

檻の封印が外れている。

壊されたわけではなく、正しい鍵魔法を使って開かれている。

（ここの檻に用があると言えば……）

「おや？　ユージンちゃん？　久しぶりだねー」

ゆるい声が聞こえた。知っている声だ。

ボサボサの金髪に、白いよれよれのローブを着ている。白いローブは研究者の証《あかし》だ。

「カルロ先輩、半年ぶりですね」

「ユージンくん、えっと。あちらの方はどなた？」

当然、スミレが尋ねてくる。隠す必要もないので、俺は素直に答えた。

「カルロ先輩は生物部の先輩だよ」

そう言いながら気づく。そういえばスミレにまだ生物部部員の紹介をしてなかった。

……ただ、生物部の面々はめったに部室に顔を出さないどころか、学園の授業すらまともに受けていない奴《やつ》が多い。なかなか機会がなかったのは、確かだ。

（しかし、よりによって最初がカルロ先輩とは……）

癖の強い生物部の面々の中でも、ひときわ癖のある先輩。スミレが心配になった。

◇スミレの視点◇

「ところでユージンちゃん、そっちの可愛《かわい》い女の子はだーれ？」

へらへらと笑う男の人だった。ボサボサの伸び切った金髪で、目元はよく見えない。

ひょろりとした長身で、モデルのようにスタイルが良いけど猫背が台無しにしている。

もっと、しゃきっとすれば、きっとカッコいいだろうに。そんな印象を受けた。

「カルロ先輩、この子は指扇《さしおうぎ》スミレさん。異世界から転生してきたんですけど、知りませんか？　生物部に入部予定の新人です」

「へぇ～、異世界人かぁ～。初めて見たよー」

「は、はじめまして。指扇スミレと言います」

「よろしくねー。ところで、君って何ができるの？」

急にそんなことを聞かれた。

「何ができる……？　えっと、火魔法は得意です！　あとは体術を習っています」

「面白い魔物を使役したり、珍しい幻獣を召喚とかはできないの？」

「で、できません……」

「そっかぁ、ざんねん」

がっくりと肩を落とすカルロ先輩さん。私は少しびっくりした。

今まで会ってきた人たちは、みんな私が異世界人ってことで興味を持ってきたから。

でも、カルロ先輩って人はまったく興味を示していないようだった。

「じゃーねー、後輩ちゃんたち。ボクは研究室に戻るからー。次の発表会用の論文が全然できなくってさー」

ひらひらと手を振って、私たちに背を向けた。

うーん、ちょっと変わった人だなーとその背中を見送っていると。

「すいません、カルロ先輩！　お願いがあるんですけど！」

それを引き止めたのはユージンくんだった。

――天頂《バベル》の塔・五二階層

「いやぁ、迷宮《ダンジョン》探索なんて久しぶりだなぁ～！　う～ん、この淀《よど》んだ空気に濁った魔素！　最終迷宮《ラストダンジョン》は、いつ来ても辛気臭いね～！」

カルロ先輩は、言葉と裏腹にとてもテンションが高い。

魔物がくるかもしれないのに、あんなに大声上げてもいいのかな？

「あの……ユージンくん。どうして最終迷宮《ラストダンジョン》に来たのかな……？　サラちゃんが戻るまでは、しばらくは修行するんじゃなかったっけ？」

私は相棒のユージンくんに質問した。

「カルロ先輩の戦い方は見ておいたほうがいいと思って。これからの勉強になるから。俺にとっても」

「そう……なの？」

私は首をかしげた。前の世界で言うところの白衣のような服装のカルロ先輩は、何の武器も防具も持っていない。とても探索者のようには見えなかった。

「仲間の人は居ないんですか？」と訊《き》いたら、「ボクは単独《ソロ》なんだ」とのことだった。

学園では迷宮《ダンジョン》探索は部隊が基本と教わったけど……。

その時だった。

「プシュ！」

と何か霧状のものを吹きかけられた。冷たっ！　なにこれ!?

「きゃっ！」

「カルロ先輩、魔物避《よ》けの聖水を振りかけるなら一言教えてくださいよ。スミレがびっくりしてますよ」

「あ〜、ゴメン、ゴメン」

あまり申し訳ないと思ってなさそうに謝られる。

むぅー。あんまり悪いと思ってなくない!?　その騒ぎを聞きつけてだろう。

ガサリ、と武器を持った蜥蜴頭《リザードマン》が現れた。鋭い目で、獲物である私たちを物色するように睨《ね》めまわしてくる。

（こんなに近くに!?）

魔物避けの聖水効いてないんじゃない!?　私は慌てて構えをとったけど、ユージンくんは特に慌てていない。

「カルロ先輩。俺が時間を稼いだほうがいいですか？」

「大丈夫だよ〜、もう呼んであるから」

二人はすぐそばに魔物が迫っているのに、呑気《のんき》な会話をしている。ユージンくんは、剣を構えず魔物から私やカルロ先輩を守るように間に立っていたけど、すぐに脇に避けた。

蜥蜴頭《リザードマン》は、武器も持っていない先輩に狙いを定めたようで。じりじりと距離を詰めてくる。

カルロ先輩は、穏やかな声でぽつりと言った。

「おいで」

それは誰に言った言葉なのか、最初わからなかった。

が、すぐに知ることになる。

ブン、ブン……………

「…………え？」

耳障りな羽音。それは、前の世界でも時折耳にした音だった。

――蜂の大群。

しかも、大きさが尋常じゃない。拳ほどの大きさのある、スズメバチのような蜂が周囲を取り囲んでいた。

「ひっ!!」

私は悲鳴を上げ、腰を抜かしそうになった。

すると誰かに肩を抱き寄せられ、口を手で塞がれた。

「スミレ。あまり騒ぐと先輩の殺し蜂《キラービー》を刺激するから、大人しく見ていよう」

ユージンくんの声は真剣だった。

ともすれば、魔物と戦う時よりもずっと。

「失礼だなぁ、ボクの可愛い蜂ちゃんが君たちを襲ったりするわけないだろ～。それにちゃんと魔物避けの聖水もふりかけたんだし」

「さ、さっきの聖水って」

もしかして迷宮《ダンジョン》の魔物じゃなくて、カルロ先輩の操る魔物を避けるためだったの!? 私はごくりとつばを飲み込み、改めて周囲を観察する。

数千匹の蜂の大群。

それが綺麗《きれい》な隊列を組んで、優雅に飛翔《ひしょう》している。

確かに、迷宮《ダンジョン》で出会った魔物とは一線を画していた。

「ギャアアアアアアア!!……ァァ……ァ……」

絶叫が上がった。それがゆっくりと小さくなっていく。うわ……。

見ると先程のリザードマンが、全身を針で刺され血を吹いて倒れていた。

蜥蜴《とかげ》の遺骸には、数多くの蜂たちが群がっている。

カチ、カチ……カチ……、という羽音とは違う音が聞こえる。

何の音なのか、あまり想像したくない。

「蜥蜴ちゃんを倒した子は食べていいけど、食べ残しちゃ駄目だよー」

カルロ先輩が爽やかに言う。

カチカチカチカチカチ、と蜂たちが一斉に口を鳴らす。

喜んでいる……のだろうか。

「………」

私はもう声も出ない。魔物が魔物を食べてる……。思わずそっちから視線を逸《そ》らした。

「スミレ、もうわかったかと思うけどカルロ先輩は『魔物使い《テイマー》』。専門は『蟲《むし》』だ」

「うん……わかったけど、どうしてこれを見せたかったの？」

「それはあとで説明するよ」

うぅ……、私は蟲苦手なんだけどなぁ。

ユージンくんから、生物部の部員は魔物使い《テイマー》が多いってことは聞いていた。

でも、使役する魔物は違うものを想像してたなぁ。

もっと可愛い魔物ならよかったのに。

「ユージンちゃん、ここの階層。ボクがクリアしちゃっていいの？」

「ええ、大丈夫です。……というか、そんな細かい調整できないですよね？」

「あははっ！　そういえばそうだったね〜」

「ちなみに……迷宮《ダンジョン》破壊は駄目ですよ?」

「わかってる、わかってるって」

ユージンくんとカルロ先輩の会話に疑問を覚える。

「ねー、ユージンくん。迷宮《ダンジョン》破壊って?」

「ああ……、俺が学園に入る前の話なんだけど、天頂の塔《バベル》の草原領域……二から十階層を攻略する時に、カルロ先輩は鬼蝗《おにいなご》って魔物を使役してエリア中の草原や木々を食い荒らして、生態系をぶっ壊しながら突破したらしいんだ。そのせいで当時は大問題になったたって……」

「い、イナゴ……?」

「ちなみに、これが鬼蝗ちゃん」

「え…………、きゃああああああ!」

カルロ先輩が右手に何かを載せている。その手の上に載っているのは、赤ちゃんほどの大きさのイナゴだった。全身に鳥肌がたった。

こ、怖い! き、気持ち悪いようっ!!!

「カルロ先輩……」

「あー、ごめんごめん」

悲鳴を上げた私に謝りつつ、カルロ先輩はその巨大なイナゴを白いローブのポケットに入れた。えっ……？　どう考えても入るサイズじゃなかったんだけど。

「ゆ、ユージンくん!?　あれって！」

「カルロ先輩のローブのポケットには収納魔法がかけてあって、いつもポケットの中に数十種類の蟲の魔物を入れて持ち歩いているらしいんだ」

「そ、そうなんだ……」

私はじりじりとカルロ先輩から距離を取る。

常に数十種類の蟲の魔物を、ポケットに潜ませてるって。

もはや歩く生物兵器では？

「じゃあ、ボクの可愛《かわい》い蜂ちゃんたち～、探索をよろしくね～」

カルロ先輩が指示を出すと、大きな蜂の群れがゆっくりと五二階層――樹海領域の奥へと消えていった。

あれ？　私たちは、ここに居ていいのかな。

するとカルロ先輩は、いそいそとポケットの中から丸いボールのようなものを取り出し並べ始める。

（あれは……卵？）

それは薄い膜のようなもので覆われた、オレンジ色っぽい卵だった。

きっと孵化《ふか》するのは虫だと思うけど……。

「何か手伝えることとありますか？」

「んー、じゃあボクと一緒に卵に魔力《マナ》を込めてくれる？　そのほうが孵化が早まるんだ」

「わかりました」

そう言うとユージンくんは、カルロ先輩と一緒に大きな卵に手を当て魔力《マナ》を込めている。

あれくらいなら私でもできるかも……。

「あの！　私も手伝います！」

「ん？　そう？　ありがとうねー」

私は恐る恐るオレンジ色の卵に手を触れる。それはぶよぶよとしていて、生温かかった。

（こ、これくらいかな……）

魔法使いの授業で教わった、杖《つえ》に魔力《マナ》を込める要領で魔力《マナ》を伝わらせる。

しばらくして「ドクン！」と大きな鼓動が伝わってきた。

「え？」

さっきまでオレンジ色だった卵が、燃えるような赤色になっている。

こ、これって成功したのかな？

「おや？　後輩ちゃんたちの魔力《マナ》って変わってるねー」

「なんか、俺のは白くなっちゃいましたね」

みるとユージンくんの魔力《マナ》を込めた卵は、白く変色している。

ズシャァアア!!

突然、目の前の卵から何かが飛び出した。

「へ？……きゃあああああ!!」

今日何度目かの悲鳴を上げた。それは『蟻《あり》』だった。

直立すれば、人間サイズはありそうな巨大な赤い大蟻。

「おお！　こいつは変異種だね。へぇ！　異世界人の魔力《マナ》だからかな？」

カルロ先輩が興味深そうに見ている。周りを見ると、次々に卵から巨大蟻が孵化している。

それらの色は『黒色』だった。一四、白い大蟻が交じっているけどあれはユージンくんの魔力《マナ》を込めた卵から孵化したみたい。

「……え？」

周りを見ていたせいで注意が散漫になっていた。

気がつくと、私の魔力《マナ》で孵化した大蟻が私の上に覆いかぶさってきた。

「ぎゃあああああ！」

私はさっきの蜥蜴頭《リザードマン》に負けないくらいの絶叫を上げる。

「スミレ!!」

ユージンくんの焦った声と。

「あははっ！　軍隊蟻《アーミーアント》ちゃんは賢いから誰が魔力《マナ》を分けてくれたかわかるみたいだね。スミレちゃんに懐いているよ」

カルロ先輩の明るい声が聞こえたのが最後だった。

（……あ……やば、意識が……）

目の前が、真っ暗になる。

——私は意識を失った。

◇ユージンの視点◇

「スミレ！」

俺は軍隊蟻《アーミーアント》からスミレを奪い取る。

すーすーと、規則正しい寝息が聞こえた。気絶しただけのようだ。

「ありゃ……、悪いことしたね。大丈夫かな？　その子」

「刺激が強かったですね。しばらくは俺がおぶっていこうと思います。にしても壮観ですね」

俺は孵化した軍隊蟻《アーミーアント》たちを眺める。

合計百体以上はいるだろうか。

その一体、一体が非常に強力だ。

それをカルロ先輩は、難なく操っている。

凄《すさ》まじい技量の魔物使《テイマー》いだと思う。

「自慢の子たちだからね」

カルロ先輩は誇らしげに答えた。

「じゃ、出発しようか」

カチカチカチカチカチカチカチカチカチカチカチカチカチカチカチカ……、
一斉に、軍隊蟻《アーミーアント》たちが口から音を立てる。これは少し怖い。

行き先は、殺し蜂《キラービー》たちが偵察しているようで、暗い樹海の中をカルロ先輩は迷いなく進む。

俺たちの周りはぐるりと軍隊蟻《アーミーアント》が護衛している。

途中で、魔物に襲われたが全てカルロ先輩の使役する虫の魔物たちが、あっさりと倒してしまった。

飛竜《ワイバーン》やグリフォンなどの飛行系の魔物ですら、だ。

殺し蜂《キラービー》たちが翼を刺し、軍隊蟻《アーミーアント》たちがあっという間に食らいつく。

カルロ先輩の魔物（虫）の運用は、一言でいえば『数の暴力』だ。

こちら側が何匹倒されようが、次の魔物が押し寄せ敵を屠《ほふ》る。

そして、減った魔物は次々とカルロ先輩が補充していく。

そして、一番エグい点が。

ガツガツガツ…………

ガツガツガツガツ…………

ガツガツガツガツガツ…………

ガツガツガツガツガツガツ…………

倒した魔物は、その場で捕食していく。

魔物を食った軍隊蟻《アーミーアント》は、その力を吸収して自分のものにする。

「お、また進化したね。隊長蟻が増えた」

嬉《うれ》しそうな声が聞こえた。

こうしてカルロ先輩の虫軍団は、着実に強くなり、五二階層を蹂躙《じゅうりん》していった。

ちなみに、一度目を覚ましたスミレは軍隊蟻《アーミーアント》が魔物を食べている所を見て、もう一度気を失った。

話は後にしておくか……。

(……ん？)

魔物の相手は、カルロ先輩の魔物がやってくれるので俺は手持ち無沙汰だった。

周りを観察していると地面にキラリと光る、何かを見つけた。

（これは……）

俺はそれを拾っておいた。他の探索者の落とし物かと思うが、探索アイテムではない。

何で、こんなものがここに……？

「ユージンちゃん、行くよー」

「は、はい！」

疑問について考えている間にも、先輩は先へと進んでいく。

俺は、いったん拾い物のことは忘れカルロ先輩に、本題を尋ねた。

「今、戦わせている殺し蜂《キラービー》と軍隊蟻《アーミーアント》って、どっちの階層で出現するんでしたっけ？」

「えっとねー、六一階層あたりからだね。でも最初は群れじゃないよ」

「ですよね……」

五二階層の魔物たちを蹂躙しているこいつらは、あと九階層進むと普通に敵として出てくる。しかも、階層が進むにつれて数を増やし群れとなる。

何よりも厄介なのは、虫系の魔物は『進化』していくことだ。

軍隊蟻《アーミーアント》は、進化が激しく、
兵隊蟻　↓　隊長蟻　↓　団長蟻　↓　師団長蟻　↓　将軍蟻
とどんどん強くなっていく。

将軍蟻は、竜とすら互角に戦えるという噂《うわさ》がある。

というか、カルロ先輩の持っている将軍蟻が竜を倒しているのを見たことがある。

「こいつらの対策を考えないと……」

俺が頭を悩ませていると、カルロ先輩が話しかけてきた。

「ユージンちゃん、知ってると思うけど虫系の魔物が恐れられる理由、言ってみて」

「それは虫系の魔物の旺盛な食欲、ですよね？」

「正解ー！　この子たちって、倒した獲物はすぐに食べちゃうか、巣に持ち帰っちゃうから『復活の雫《しずく》』が使えないんだよね」

一〇〇階層までであれば、死者を復活させられるアイテム『復活の雫』。

それが虫系の魔物には通じない。

おかげで虫系の魔物は、一〇〇階層以下で探索者をもっとも悩ませている魔物と言われている。

五二階層は、カルロ先輩の助力（というかほとんど先輩一人の力）で難なく突破できた。

◇

「ボクはもう少し迷宮《ダンジョン》をぶらぶらするよ。この子たちがお腹《なか》を空《す》かせてるみたいだから」

「今日はありがとうございました」

「どういたしまして〜」

カルロ先輩は虫の軍団を引き連れて、五三階層へと進んでいった。

この調子では、しばらく魔物たちは蹂躙されていくことだろう。

他の探索者が、びっくりしないといいけど。というか、大抵腰を抜かすらしい。

さもありなん。俺はスミレをおんぶして、迷宮昇降機《ダンジョンエレベーター》のほうへ向かった。

「……え？　六一階層からあの虫の魔物たちが敵として出現するの？」

帰りの迷宮昇降機《ダンジョンエレベーター》で、その事実を伝えるとスミレが真っ青になった。

勿論《もちろん》、虫の魔物の恐ろしさも伝える。

何でもかんでも、復活できると油断していると危ないからな。

「…………」

スミレは青い顔で黙って聞いていた。

もっとも、俺も久しぶりに見て恐ろしさを再確認した。

「ユージンくん、……じゃーねー……」

ふらふらするスミレを女子寮まで送っていった。大丈夫だろうか……？

今日はゆっくり休んでもらおう。

そして、やっぱりこれから先の階層については課題があると感じた。

俺はポケットから、煤《すす》けた銀細工を取り出した。

さっき、五二階層で拾ったものだ。

俺はいくつか聞きたいことがあり、『彼女』のもとへ向かうことにした。

◇リュケイオン魔法学園生物部第七檻《だいななかん》・封印の大地下牢《だいちかろう》◇

「すー……、すー……」

魔王《エリー》の檻《おり》の前にやってくると、漆黒の翼を持った堕天使は穏やかな寝顔を見せていた。

(珍しいな……)

いつもは俺がくると「遅い〜！」と責めてくるのに。

俺は檻の鍵を開き、中に入った。魔王は目を覚まさない。

「エリー起き」

「…………ん？　ありゃ!?」

俺が肩をゆすって起こそうとした時、ぱっと魔王が目を開いた。

「……ユージン、どうしたの？」

エリーが目をこすっている。

「悪いな、寝てる所」

「そのまま襲ってくれればいいのに」

色っぽい流し目を、俺は目をそらしてかわす。

俺はポケットから、迷宮《ダンジョン》で拾った銀細工を取り出した。

「こいつを見てくれ」

それは、林檎《りんご》に絡みつく蛇の銀細工。見たのは初めてだったが、意味は知っている。

蛇は、魔族たちが信仰する悪神のシンボル。

つまり蛇をモチーフにした模様は、魔族信仰、魔王信仰の証《あかし》だ。

それが落ちていたということは、さっきまでいた五二階層に魔王を信仰する者が潜んでいたということだ。

──通称：蛇の教団。

「あら？　これって」

魔王が、興味を持ったようだ。

「エリー……、知ってるよな？」

魔王信仰の対象であるエリーに尋ねた。

「当たり前じゃない。この教団の印《マーク》。私がデザインしてあげたんだもの」

「……え？」

予想の斜め上の回答が返ってきた。

閑話／生徒会より

◇リュケイオン魔法学園・生徒会棟◇

ここには巨大な中継装置《サテライトシステム》の画面がおいてあり、最終迷宮《ラストダンジョン》・天頂の塔《バベル》の各階層の様子が二四時間映し出されている。

そして、現在生徒会のメンバーはとある画面に見入っていた。

それは五〇階層の階層主《ボス》と戦う『とある探索隊《パーティー》』の映像。

真っ赤な魔法剣を構える剣士と、炎を操る魔法使い。そして、聖剣を構える生徒会長の所属する三人だけの小規模な探索隊《パーティー》だった。

「サラ会長……よりによって階層主《ボス》が嵐竜《ストームドラゴン》だなんて」

「くそっ！　俺たちが助力できれば！」

「大丈夫かしら、嵐竜《ストームドラゴン》って竜種の中でも強い方だし……」

「五〇階層の階層主《ボス》としては最強クラスだよ！　それをたった三人で挑むなんて！」

「ユージンのやろう！　サラ会長に何かあったらただじゃおかねぇ！」

生徒会メンバーは口々に、画面に映る剣士の悪口を言う。

それはサラ会長への心配半分、ユージンへの妬み半分だった。生徒会メンバーは全員サラを慕っている。そのため、たった三人での階層主《ボス》攻略を心配した。しかし……。

——挑戦者の勝利です。おめでとうございます

「……………あっさり勝っちゃいましたね」

「ひ、卑怯《ひきょう》だ！　炎の神人族《イフリート》の魔法使いと、サラ会長の聖剣の力があればあれくらい俺だって……」

「あの炎の中に飛び込めます？」

「……………下手したらスミレさんの火魔法で死んじゃうよ」

「というかよく剣だけで、超大型の竜の首を落とせるよな……」

「てか、攻略早くない？　普通は階層主《ボス》って何度も挑戦するものだよね？」

「すぐに一〇〇階層に到達しそうな勢いだよなー」

「このままじゃ、俺たちの記録ってすぐに抜かれるんじゃ……」

「生徒会OBに連絡だ！　あいつらより先に一〇〇階層を突破するぞ！」

「A級探索者の生徒会OBなんてみんな忙しいわよ」

「誰か探すんだ！　後輩の頼みならきいてくれるはずだ！」

「都合よく見つかるかな～」

――こうして。

ユージンたちの与《あずか》り知らぬ所で、生徒会メンバーによるユージンたちの探索隊《パーティー》へ対抗するための臨時探索隊《パーティー》が組まれようとしていた。

「蛇の教団の印って私がデザインしてあげたの」

「……え？」

魔王《エリー》の言葉に、俺は戸惑いの声を上げた。

「オシャレでしょ？」

「う、うーん……オシャレ？」

霞《かす》んだ銀色の林檎に絡まる漆黒の禍々《まがまが》しい蛇の紋章。正直、不気味さのほうが勝る。

「ユージンにはこの価値がわからないのね～」

はぁ、やれやれと魔王はぽてんと、ベッドに寝転がった。少し機嫌を損ねたようだが、知りたいことは聞かないと。

「俺が探索をしていた五二階層に、蛇の教団の印が落ちていた。つまり同じ階層にいたと思うんだが……、これを持っていたってことは魔王《エリー》を信仰しているってことだよな？」

「うーん、本来は蛇の教団が信仰しているのは千年前に世界を支配していた大魔王様だけど、南の大陸に関しては実質『堕天の王《わたし》』で間違いないわね。だって私って可愛《かわい》いから☆」

パチンとウインクしながらポーズを決める魔王《エリー》は、悔しいが文句なしに可愛い。

そういえば蛇の教団の信仰対象は大魔王だったな。

だが、南の大陸においては魔王エリーニュスの影響が絶大なため実質魔王信仰となっている。

「五二階層を探索している時、嫌な視線を感じた。最初は魔物かな、って思ったけどもしかすると蛇の教団の連中だったのかもしれないな……」

「まぁ、最終迷宮《ラストダンジョン》天頂《バベル》の塔は来る者拒まずだから。それにしても何をしているのかしらねー」

「もしかしたら魔王《エリー》の封印を解こうとしてるんじゃないのか？」

「だったら直接、第七の封印牢《ここ》に来ればいいじゃない。わざわざ天頂《バベル》の塔に登る必要はないでしょ？」

「……確かに」

心配し過ぎだろうか。俺はもう一つの懸念を口にした。

「俺と魔王の契約が、他に漏れてる可能性はないかな？　少なくともユーサー学園長には気づかれている」

蛇の教団が俺に目をつけていたとするなら、エリー絡みしか考えられない。

「げっ！　あいつにバレてるの!?　うわっちゃー、こっそりユージンに取り入ろうとしてたのにー」

「……本人を目の前に言うか？」

「なによー、良い思いしてるんだからいいでしょー」

「…………」

俺の頬をツンツンとつつく魔王エリー。否定はできない。

「で、ユージンが心配している魔王《わたし》との契約についてだけど、おそらく誰にも気づかれていないと思うわ。天界で南の大陸を監視している運命の女神《イリア》ですらね。もし気づかれてたら、天使の一人でも寄越《よこ》すはずだもの。でも、まったくの無反応。とんだ節穴ね」

クスクスと笑うエリー。女神様ですら……気づいてない？　逆にそれに気づくユーサー学園長はマジで、何なんだ？　あの人は底が見えなさ過ぎる。

エリーから何か聞けるかと思ったが、取り越し苦労だったようだ。魔王信仰の集団が、何かを企《たくら》んでいるんじゃないか……と思ったが考え過ぎだろう。少し安心する。まぁ、こっちは本題じゃない。

「エリーに相談があるんだ」

「ん～、いいけどぉー。わかってるわよね？」

流し目のエリーが俺の首に腕を回し、顔を近づけてくる。この流れは、いつもならそのままベッドイン……なのだが。

「今日は『定例』の日じゃないだろ？」

俺はエリーを手で制した。俺が自分をエリーに捧《ささ》げるのは七日に一度。今日は、聞きたいことがあったのでイレギュラーでやってきた。

「え？　えっ!?　ナンデ！　生殺し!?　そんなぁ～」

うるうるした目で俺を見上げるエリーを見ると、心が揺らいだ。

「……………よ、用事が終わったあと、な？」

「やったー☆　じゃあ、何でも聞いて？」

一瞬で、泣き顔を引っ込め笑顔になるエリー。くっ……、手のひらで転がされている。が、聞くべきことは聞かないと。俺は口を開いた。

「五〇階層を超えて、天頂の塔《バベル》の魔物たちの強さが一段階上がった。今のままだとおそらく足止めを食らう。何か良い手はないかな？」

「ふーむ、……なるほどね」

俺の言葉に、顎に手をあてて考え込むエリー。

「ユージンは自分の強みと弱みをどう考えてるのかしら？」

エリーは俺の質問にストレートに答えず、質問で返してきた。……自分でも考えてみろ、ってことか。

「俺の強みは……『一対一』かな。今は炎の神人族《スミレ》や魔王《エリー》の魔力《マナ》を借りた魔法剣が使える

から、災害指定の魔物相手でも遅れは取らない自信がある」

「そうね。じゃあ、弱みは？」

「俺には中距離や遠距離の敵に対しての攻撃手段がない。それに俺の結界魔法や回復魔法は、効果範囲が俺の周囲一人分だけ。多数の敵に囲まれたら仲間を守れない。それが『弱み』かな」

「よくわかってるじゃない」

俺の言葉にエリーは満足げに微笑《ほほえ》んだ。

「あとは……、やっぱり俺自身の魔力《マナ》じゃないからかな。魔法剣の発動時間が短い。今はなんとかなってるけど、大量の魔物に囲まれた時は不安が残るな」

「ふふっ、それはスミレちゃんの炎の魔力《マナ》だけでしょ？　魔王《わたし》の魔力《マナ》を使った魔法剣はずっと発動していたはずよ」

「……そう言えば」

神獣ケルベロスと戦った時、魔法剣・闇刃《ダークブレイド》は敵を切りつけても威力は落ちなかった。

むしろ、魔法剣の発動に俺の体力が持たなかっただけで。

「スミレとエリーで魔力《マナ》の性質が違う……のか？」

「性質じゃなくて、『愛』よ『愛』。私とユージンが愛し合ってるから魔法剣も長く続くの♡」

「……あ、愛って……？」

なんか胡散臭《うさんくさ》いような……。

「当たり前でしょー！　私とユージンの付き合いの深さが、最近異世界からやってきたぽっと出の女の子に負けるわけないでしょ！」

「わかったよ。魔王とは付き合いが長いからってことか」

いざという時は、魔法剣・闇刃《ダークブレイド》に頼ろう。俺としては、最後の切り札のように考えているので、あまり気軽に使うことは抵抗があるが。

「で、他の弱みについて。遠距離攻撃できないことや結界魔法や回復魔法の範囲が狭いってことね。これなら簡単に解消できるわよ？」

「……どうやって？」

ここ最近、自分でも試行錯誤していた。例えば遠距離攻撃。

弐天円鳴流には、剣撃を飛ばす技がある。『風の型』飛燕《ひえん》、という技だがそれを放ったら魔法剣・炎刃が消えてしまう。

スミレに借りた魔力《マナ》を使っているせいだ。一発限りになってしまうので、実用的じゃない。

結界魔法や回復魔法の効果範囲の狭さは、帝国士官学校時代からの課題だった。

杖《つえ》を使ったりと呪文の詠唱を変えたりしたのだが、変わらなかった。生まれ持った性質らしい。回復も結界魔法も、効果は高いんだけどな……。そんなことを考えていると。

「ユージン、単独《ソロ》で探索してみなさい」エリーが答えた。

「単独《ソロ》で……？」

「ええ、そうよ。ユージンの能力ならそれが一番よ。それで全て問題が解決するわ」

「俺の能力……」

俺は考え込んだ。

「本当は自分でもわかってるんでしょ？　ユージンは一人で神獣であるケルベロスちゃんを撃退したのよ？　足手まといが居なければ、五二階層程度で苦戦するわけないじゃない」

キラキラした笑顔で、きつい言葉を言ってくるエリー。

言ってることはわからないでもないが……。

「でもさ。俺は白魔力《マナ》しか持ってないんだ。一人じゃ魔物を倒せない」

「いちいち魔物なんかと戦わなくていいのよ。ユージンの結界魔法は、封印の大地下牢《だいちかろう》の瘴気《しょうき》ですら防ぐんだから。全部、無視《スルー》すればいいじゃない」

その方法は、考えたことはある。結界魔法と、迷宮《ダンジョン》内の死角を使って魔物をやり過ごしていく方法。しかし。

「駄目だよ、エリー。途中の魔物を無視《スルー》しても階層主《ボス》とは必ず戦わないといけない」

それが最終迷宮《ラストダンジョン》の規則だ。神の試練《デウスディシプリン》である天頂の塔《バベル》で、不正は許されない。戦いを避け続けることはできない。

「そんなの私だってわかってるわよ。だから階層主《ボス》と戦う時だけ魔王《わたし》の魔力《マナ》を使えばいいでしょ？　通常階層の魔物は無視。階層主《ボス》だけ魔王《わたし》の魔力《マナ》で倒す。ね？　簡単でしょ？」

「…………」

気軽に言ってくれる。そんなに上手《うま》くいくとは思えない。が、反論は思いつかなかった。

「でもスミレは……。同じ探索隊《パーティー》仲間なのに」

「留守番しておいてもらえばいいじゃない。だいたいあのスミレって子は、ユージンに色目を使い過ぎなのよ。サラって聖女候補ちゃんも。女に囲まれてデレデレしたユージンなんて見たくないのに」

「……それはエリーの個人的な感想だな」

「でも、ユージンが単独《ソロ》のほうが力を発揮できるっていうのは本当よ？」

俺を見つめる目は、真剣なように見える。一人のほうが力を発揮できる、……か。

確かに、盲点だったかもしれない。

「参考にするよ。ありがとう、エリー」

俺はエリーにお礼を言った。そろそろ退散しようとして……

「ユージン、お礼は身体《からだ》で払いなさい」

魔王《エリー》からは逃げられなかった。その場で押し倒された。

「……じゃあな、エリー。またくるよ」

用事を終えた俺は、ベッドから立ち上がった。

「もう、帰るの？　忙《せわ》しないわね、ユージン」

エリーが唇を尖《とが》らせる。だが、俺はのんびりする気分ではなかった。身体は気怠《けだる》いが、やるべきことは見えてきた。

（今度、一人で迷宮《ダンジョン》探索に行ってみるか……）

勿論《もちろん》、スミレとの部隊を解消するわけじゃない。でも、色々と試すのは悪いことではないだろう。もともと一人で自分を鍛えるのは好きなのだ。これも修行の一環と思えば良い。

つい数ヶ月前までは、九階層以上進めずに腐っていたが、今なら攻撃の手段を手に入れた。

そう思うと、自然と腕が鳴る気がした。さて、では探索の準備をしようと地下牢を出ようと思った時。

「ねぇ、ユージン」魔王に声をかけられた。

「なんだ？」

「この最終迷宮《ラストダンジョン》の一つ『天頂の塔《バベル》』は何のために建てられたか、知ってる？」

急にそんなことを聞かれた。

「地上の民への試練。そして、最終迷宮《ラストダンジョン》を突破した者は天界へ住む権利を与えられて、永遠の命を得ることができる、だろ？」

俺が教科書通りの答えを言うと、エリーが意味深な笑みを浮かべた。

「それは表向き。どうして天界の女神たちが、地上の民にわざわざこんな巨大な迷宮《ダンジョン》を作ったのか、理由はわかる？」

「いや……」

神様の意図か。考えたこともなかった。

「女神たちを束ねる太陽の女神様《アルテナ》……あの御方《おかた》は、新たな神族を生み出したいの」

「……神族を……生み出す？」

俺は首をひねった。

「千五百万年前に起きた最後の神界戦争以来、新しい神族は生まれていない。天界はずっと停滞している……それを太陽の女神様は打破したい。そのための『天国への梯《ラダートウヘブン》』計画。そして、そのための道具が『天頂の塔《バベル》』。地上の民へ永遠の命という叶わない餌を与えて、登ってくる実験動物《モルモット》たちを観察している……」

「………」

魔王は一体何を言っている？　『天国への梯』計画？

モルモット……？　なにより、叶《かな》わない餌というのは……。

「エリー……、それは一体」

「なーんてね☆　冗談よ、冗談！」

先程までの意味深な表情は消え去り、いつもの能天気な笑顔に変わる。

「さっきのは忘れていいわよ、今はね。とりあえず一〇〇階層くらいはさっさと突破しちゃいなさい。どんな方法でもいいから。ユージンは真面目だから、正面突破しか考えてないみたいだけどそんなんじゃ、すぐに行き詰まるわよ」

「……わかったよ」

さっきのエリーの言葉は気になったが。多分、聞いても教えてはくれないだろう。

（とりあえず一〇〇階層か……）

そこを超えればA級探索者。南の大陸においては、最高の称号の一つだ。当面の目標としては妥当だろう。

勿論、俺の最終目的はスミレの目標である五〇〇階層だが。

「ふわぁ……」

魔王が大きくあくびをして、ごろんと横になった。すぐにすー、すー、と寝息が聞こえる。

穏やかな美しい寝顔だ。とても恐ろしい魔王とは思えない。

俺は、大地下牢をあとにした。

「おやすみ、エリー」

――翌日。

スミレは、魔法授業の短期集中コースを受講しているそうで、しばらく学園に引きこもるらしい。彼女の課題は、魔力《マナ》と魔法の制御。スミレも創意工夫している。俺も負けてはいられない。

(よし！　行くか)

俺は天頂の塔《バベル》の迷宮昇降機《ダンジョンエレベーター》へと向かった。久しぶりのたった一人での迷宮《ダンジョン》探索。

目指すは五三階層の突破。五〇階層から六〇階層にかけては、樹海のエリア。

迷宮昇降機《ダンジョンエレベーター》を降りると、そこには木々が重なり薄暗い景色と、「キキキキ……」「キョキョキョキョキョ……」と魔物や魔虫の鳴き声が、そこら中から聞こえる。

周りを見回した所、他の探索者は居ない。

(さて……)

今日はたった一人。炎の神人族《スミレ》に魔力《マナ》は借りられない。だから魔物とは戦わない。

(結界魔法・身隠し)

神獣ケルベロスの目も誤魔化せた魔法。いや、本当に誤魔化せていたか怪しいが……。

周りの景色と同化する結界魔法である。動かなければ、魔物にばれる可能性はかなり低い。

が、探索となると移動は避けられない。そのため、小動物のように気配を消して移動する弐天円鳴流の歩法を併用した。もともとは暗殺用の技術らしいのだが……。

俺は結界魔法と円鳴流の技を組み合わせて、五三階層の突破を試みた。暗い樹海の中を、慎重に進む。途中で、魔物と何度もすれ違ったが俺に気づく様子はなかった。

（これは……）

案外、有りなのでは？　流石《さすが》は魔王《エリー》の助言だ。

今度、お礼を言おう。また身体で払え、とか言われそうであるが。

（しかし、恐ろしいほど集中力が削られていくな……）

結界魔法は張りっぱなしで、弐天円鳴流の技も途切れさせられない。

戦闘がないとはいえ、ずっとは続かない。

俺は時々休憩をはさみつつ、一日がかりで上層への階段を発見した。

（一日に一階層が限界だな……）

そう感じた。だが、一人でも五〇階層以上を突破できるという証明にはなった。明日からも、この方法で行ける所まで行ってみよう。

◇

一人探索、七日目。

今日は五九階層。一人探索は、順調だった。

（次はいよいよ六〇階層の階層主《ボス》か……）

うーん、流石にボスに一人で挑戦するのはなぁ……。これはスミレやサラにも意見を聞いたほうがいいだろう。そんなことをぼんやり考えていると。

「ユージンくん！」「ユージン!!」

後ろから名前を呼ばれた。聞き覚えがあるその声には、少量の怒りが混じっているように感じた。振り返ると予想通り、スミレとサラがやってきていた。

「よ、二人とも久しぶ……」

「勝手に探索するなんて酷《ひど》いよ！　私のこと捨てるの！！！」

「どうして一人で探索してるの!?　私のこと飽きちゃったの!!」

二人に詰め寄られた。

どうやら中継装置《サテライトシステム》で、俺が一人で探索する様子を見ていたらしい。

（そういえば、一人で修行するとは二人に話していたけど修行方法については詳しく伝えてなかったな……）

俺が単独探索者《ソロ》に転向したと勘違いされた。

ここは天頂の塔《バベル》の一階層。つまりは、大勢の探索者が集まっている。

そこで女の子二人から「捨てる」だの「飽きた」だの言われていると、周りの視線が恐ろしく冷たくなっていると感じるのは勘違いではあるまい。

「待って！　落ち着いてくれ、二人とも！」

納得してもらうのに、しばらくの時間を取られることになった。

「ユージンくんは、これからずっと一人で探索するわけじゃないんだよね？　私との探索隊《パーティー》関係は解消してないよね!?」

「してないよ、スミレ」

俺は力強く断言した。

「ユージン、もう少しで戻ってくるから！　あと二十日もすると学園祭の企画内容が固まって生徒会長の仕事は一段落するから！　もう少しだけ待ってて！」

「わかったよ、三人揃《そろ》ったら部隊《チーム》での探索を再開しよう」

俺は興奮するサラをなだめた。二人は大きな瞳で、じっと俺を見つめる。

「ユージンくん。一人で無茶しちゃ駄目だよ？」

「ああ、気をつけるよ。スミレ」

目を潤ませ、俺の手をぎゅっと握りしめるスミレ。俺は彼女の頭をやさしく撫《な》でた。

「ユージン……、心配だわ。あなた一人だと魔物を攻撃できないでしょ？」

「そうなんだけど、これも修行だからさ。危なくなったらやめるよ、サラ」

スミレを押しのけて、サラが俺に身体《からだ》を寄せる。押し出されたスミレがサラを軽く睨《にら》む。

「サラちゃん、そろそろ生徒会に戻ればー？　ユージンくんの相手は私がするから」

「スミレちゃんこそ、魔法の授業があるでしょ？　ユージンとは私が話しておくわ」

「いやいや、忙しいんだから気を使わなくていいよ、サラちゃん☆」

「スミレちゃんのほうが立て込んでるでしょ？　遠慮しなくていいから☆」

「「ふふふ……」」

スミレとサラは、にこやかに笑みを交わす。

「じゃ、一緒に戻ろっか？　サラちゃん」

「そうだね、スミレちゃん」

ガシ！　と二人は力強く手を握り合う。ぎりぎりと音が聞こえそうなほど。

「じゃーねー、ユージンくん！」

「頑張ってね！　ユージン」

スミレとサラは、手を繋《つな》いだまま学園のほうへ戻っていった。途中、小声で何か言い合っているようだったが声は聞こえなかった。

（二人は仲良くなったなぁー）

ぼんやりとそんなことを考えていると。

（たまにユージンって馬鹿になるわよね？）

エリーの声が頭に響いた。会話を聞かれていたらしい。

（スミレとサラの関係は、前よりは良好だろ？）

（わかってないわねー。ユージンの前で争ってないだけで、裏だとギスギスのドロドロよ？）

（……そ、そーなのか？）

（ユージンはもっと女心を勉強しなさい）

魔王《エリー》に叱られた。しかし、女心なんてどこで学べばいいんだ？

一瞬、知り合いの軟派な竜騎士《ドラゴンナイト》の顔が思い浮かんだが、あいつなら「両方と付き合えばいいだろ？」と言ってきそうだ。

（いや、本当はそれも有りか……？）

帝国では一夫多妻は珍しくない。貴族なら世継ぎのために、複数の奥方を迎えることは多い。皇帝陛下なんて妃《きさき》が、数十人もいる。

「義理の母の顔と名前を一致させるのが大変なのよね～」

よく幼馴染《おさななじみ》のアイリがぼやいていた。

（いや、親父《おやじ》に言えねえ……）

俺の母が亡くなって以来、一度も再婚しておらず独身を貫いている。

母に操を立てているからだ。だから俺も一途《いちず》に一人と添い遂げたいと思っていた。

その相手には残念ながら振られたが……。

（あら、私がいるじゃない？）

（……何つった？　エリー）

（ユージンの初めての相手なんだから、嫁にするにはぴったりでしょ？）

（……あ、あのなぁ）

魔王を嫁にすると言えば、親父は仰天するだろうか？　適当な人なので、案外大笑いするだけかもしれない。そして何より。

（いや、そもそも俺とエリーの関係は……）

あくまで封印されている魔王を、生物部の仕事として俺が世話しているだけだ。

流れで契約までしてしまったが。なによりエリーは俺のことをどう思っているのか。

（私はユージンのことは好きよ？）

（………………）

既に百回以上言われた言葉。甘い言葉に、心が揺れそうになる。

（ねーねー、ユージンは私のことどう思ってるのよ？）

（感謝しているよ、エリーには）

（つまんないわねー、もっと欲望に忠実な男のほうが強くなれるわよ。英雄色を好むって言葉を知らないの？）

（…………）

英雄にそういう逸話が多いことは知っているが……、本当にそうなのだろうか。

そんな言葉を魔王《エリー》と交わしていると、迷宮昇降機《ダンジョンエレベーター》の前までやってきていた。

（そろそろ今日の探索に行くよ、エリー）

（はーい☆　頑張ってね、ユージン）

（ありがとう、頑張るよ）

（そーだ！　そろそろ階層主《ボス》でしょ？　その前には私の所に顔を出しておきなさいよ。魔力《マナ》を補充しておいたほうがいいわよ）

（……ああ）

正直、階層を一つ突破するよりもエリーの相手を一晩するほうが体力を使ったりする。

（エリーに会う時は、探索は休みにしよう）

そんなことを思いながら、俺は迷宮昇降機《ダンジョンエレベーター》に乗り込んだ。

◇三日後◇

――六〇階層・階層主《ボス》の縄張り前《テリトリー》

「ユージン・サンタフィールドは、六〇階層の階層主《ボス》へ挑む」

俺は一人で、階層主《ボス》と対峙《たいじ》していた。ボスに挑むことは、スミレとサラに伝えている。

えらく心配はされたが、危なくなれば逃げると約束してある。

ワシャ……ワサ……ワサ……ワサ……ワサ……

俺の前には、巨大な動く木がそびえ立っている。巨木の幹の中央には大きな顔があり、凄《すさ》まじい威圧感でこちらを見下ろしていた。

「六〇階層の階層主《ボス》は樹人王《トレントキング》か……」

樹海領域の階層主《ボス》としては妥当な所だろう。木の魔物だけあって、とにかくでかい。

――探索者ユージンの挑戦を受理しました。健闘を祈ります

天使の声《アナウンス》が、階層内に響く。

……ボコ、……ボコ、……ボコ、……ボコ、……ボコ、……ボコ

樹人王《トレントキング》の周辺から、多くの樹人《トレント》が生えてくる。樹人王《トレントキング》はその場から動けないが、樹人《トレント》は

自由に動ける。そいつらを倒さないと、王のもとにはたどり着けない。さらに。

ヒュン、ヒュン、ヒュン、ヒュン、ヒュン、ヒュン、ヒュン……

樹人王《トレントキング》の木の葉が、俺のもとへ降り注ぐ。樹人王《トレントキング》の葉には、魔力《マナ》と瘴気《しょうき》が含まれており鋭い刃物のようになっている。生身の人間なら簡単に切り裂くことができる。

それが、投げナイフの雨のように降ってくる。地上には数百体の樹人《トレント》たち。

空中からは、葉刃が絶え間なく襲ってくる。

（スミレがいれば楽なんだろうけど……）

樹人王《トレントキング》が魔力《マナ》や瘴気で守られているとはいえ、所詮は木だ。

火には弱い。だから炎の神人族《イフリート》であるスミレの魔法なら、焼き尽くすことは可能だろう。

が、今はそれを言っても仕方がない。

――弐天円鳴流・『林の型』猫柳

俺は剣技を使い攻撃を避《よ》けつつ、機会を窺《うかが》う。

が、葉刃の勢いはまったく衰えず、樹人《トレント》の数は増える一方だ。

（これは厳しいな……）

まず、剣士の俺は樹人王《トレントキング》に近づかないと攻撃できない。しかも、ただの魔物なら首でも狙えばいいが、相手は木の魔物だ。魔物にとっての心臓である魔核を見つけ、そこを正確に破壊する必要がある。出直すか？　と思い始めた時。

(な一にを気弱になってるの？　ユージン)
エリーの声が、脳内に響いた。
(そうは言っても、ここから打開は難しいんじゃないか？)
魔王《エリー》の黒魔力《マナ》を借りれば、攻撃はできる。
しかし、樹人《トレント》の数が多過ぎて樹人王《トレントキング》にたどり着く前に、魔力《マナ》切れになるだろう。
(ふふふ……、そんな時は私の『藍』魔力《マナ》の出番よ)
(藍……毒か)
魔王エリーニュスが持つ三色の魔力《マナ》の一つ。
藍魔力《マナ》が司《つかさど》るのは毒と呪い。毒は、物理的に。呪いは、精神的に相手を蝕《むしば》む。
(さぁ、望みなさい。魔王の藍魔力《マナ》を使いたいと)
少し迷ったが、このままだとジリ貧だ。棄権するくらいなら、試してみようと思った。
剣を構え、俺は心の中でつぶやいた。
(契約者ユージンは、魔王エリーニュスに望む……。ほんの少しの藍魔力《マナ》をこの手に
……)
ドクン、と身体中の血液が沸騰するような錯覚を覚える。
ズズズ……、と刀身が不気味な紫色に染まってゆく。
「結界魔法・心鋼！　風の鎧《よろい》！」

嫌な予感がした俺は、慌てて結界魔法で精神と身体を護《まも》った。手に持っているだけで、嫌悪感を持つような魔法剣ができあがった。

(魔法剣・毒刃《ヴェノムブレイド》……、初めてにしてはいい出来じゃない？)

エリーが機嫌良さそうにつぶやく。

(でも、これでどうやって樹人王《トレントキング》の魔核を攻撃する？)

俺はスミレのような、大量の魔物をまとめて吹き飛ばせるような大魔法は使えないし、サラのように遠距離からの攻撃を連続で行うこともできない。

エリーは何も言わない。だが、決して意味のないことをさせる奴《やつ》じゃない。

俺はドクドクと脈打つ紫色の魔法剣を眺める。おそらく魔法剣で攻撃できるのは、せいぜい二回程度だろう。それで魔王から借りた魔力《マナ》は尽きる。

樹人王《トレントキング》からの葉刃の攻撃はやまない。そして地面からは次々に樹人《トレント》が生まれてくる。

ここでふと気づいた。

(樹人《トレント》が生まれてくる場所はもしかして……)

目を凝らす。そして、気づいた。

(根だ……、樹人王《トレントキング》の根が六〇階層中に張り巡らされている)

攻撃する場所は決まった。

俺は葉刃の雨を避けつつ、樹人《トレント》が地面から生えてくる瞬間を狙った。今だ！！！

剣技も何も使わず、樹人《トレント》が生まれる瞬間のむき出しになった根に魔法剣・毒刃《ヴェノムブレイド》を突き立てた。どろり、と剣を突き立てた樹人王《トレントキング》の根が、変色し、溶けた。

最初は、樹人王《トレントキング》に大きな変化は見られなかった。

が、徐々に葉刃の数が減ってきた。樹人《トレント》が増える速さも鈍っている。

樹人王《トレントキング》の顔が、苦悶《くもん》に歪《ゆが》んでいる。もしかして、毒が効いている?

(これなら……──空歩)

樹人王《トレントキング》との距離を一気に詰める。

巨木の幹には、樹人王《トレントキング》の顔があり憎々しげにこちらを睨《にら》んでいる。樹人王《トレントキング》の大きさが巨大過ぎて、ただ斬るだけでは倒せそうにない。

魔法剣・毒刃《ヴェノムブレイド》が使えるのは、おそらく残り一回。だったら、俺が使える最大の一撃を食らわせよう。

──弐天円鳴流『火の型』獅子斬《ししざん》
かつて一〇階層の階層主《ボス》を屠《ほふ》った技を、樹人王《トレントキング》の顔に叩《たた》きつけた。

「……オオオオオオオオオオオオオオオオオオオオオオ!!!!!」

樹人王《トレントキング》が苦しげに、巨体を揺らした。

地面が揺れ、地中の巨大な根が地上に現れ暴れ始めた。

やがて、しばらくは蛸《たこ》のように、うねうねと動いていた樹人王《トレントキング》の根がぐったりと動かなくなる。そして、それを取り囲んでいた樹人《トレント》たちもバタバタと倒れていく。

俺を襲っていた葉刃は、ただの落ち葉となった。凄《すご》いな……、魔王の魔力《マナ》。

(でしょ？　ユージン、感謝なさい)

(……ありがとう、エリー)

俺は素直に謝辞を述べた。どうやら六〇階層のボス相手でも、エリーに力を借りれば単独でも撃破可能らしい。

◇スミレの視点◇

――探索者ユージンの勝利です。おめでとうございます
私は魔法学園の食堂にある巨大な画面に映るユージンくんを見ていた。

画面では、無機質な勝利の宣言のアナウンスが響いている。

ちょうど昼休みの時間だったから、友人と食堂に来ていたのだ。

「うわー、ユージンさん一人で六〇階層のボスを倒しちゃったわよ、スミレちゃん」

レオナさんが、ぱくっと肉と野菜を挟んだパンを頬張りながら、呆《あき》れたように言った。

「六〇階層を一人で……、流石《さすが》にどうかと思いますよ。ユージンくんらしいですが」

と同じく呆れ気味に話すのはテレシアさんだ。

そう、今日はレオナさんとテレシアさんと私の三人で食事をしているのだ。

どちらも仲の良い友人なんだけど、三人で集まるのは初だった。

だって……レオナさんとテレシアさんは、ユージンくんの友達のクロードくんに二股されてるし！　二人は恋敵のはずなんだけど……。

「それにしても、クロードは誘わないのかしら？　ユージンさんは」

「声をかけたらしいですね、クロードくんのほうから。でも、一人で修行したいからって断られたらしいですよ。しょんぼりしてました」

レオナさんとテレシアさんは、普通に会話している。

「へぇー、そーなんだー。いつ聞いたの？」

「昨日の夜ですね。今夜はレオナさんの番ですから、聞いてみればいいんじゃないですか」

「そうね。ユージンさんに振られて落ち込んでるクロードをからかってやるわ」

「クロードくんをあまり虐《いじ》めては駄目ですよ、レオナ」

「あら、そう？　でもテレシアも結構きついこと言うじゃない？」

「そうですか？　レオナのほうがクロードくんに厳しいと思いますけど」

「そうかなー」

「そーですよ」

「…………」

私は口を閉じて、二人の会話を聞いていた。

どうやらレオナさんとテレシアさんは、二人とも、クロードくんの恋人になる方向で落ち着いたらしい。そ、それってどうなのかなー？

「ねぇ、スミレちゃん。ユージンさんと一緒に探索しなくて良いの？」

私がぼんやりしていると、レオナさんに話しかけられた。

「う、うん！　ユージンくんには魔法使いの授業の集中講座が終わったら、合流するって伝えてあるから」

「とはいえ、彼一人で階層主《ボス》まで倒してしまうのは異常ですね。どこまで一人で行く気なのやら」

「何だか伝説の探索者クリストみたい」

二人の会話から、ユージンくんのやっていることがかなりの規格外であることがわかった。いや、中継装置《サテライトシステム》の画面を観《み》ているだけでもわかるけど。六〇階層のボスである樹人王《トレントキング》は、大きさだけなら過去のどのボスより大きかった。

それに攻撃の激しさも過去一番だったかもしれない。それをあっさり……。

「私の魔法がもっと上手《うま》く制御できたら……」

右手に魔力《マナ》を集め、小さな火弾《ファイアボール》を浮かべる。

……ジジジ、パチ！　パチ!!　ぽん！

小さな火弾ですら、未《いま》だに安定しない。爆発前の爆弾のように、不安定だ。

私はため息を吐《つ》いて、火弾を消した。

「不思議ですね。スミレさんの魔法は、まるで魔力《マナ》が生きているみたい……。でも、今のままでは安定して使うのは難しいですね」

賢者見習いのテレシアさんから指摘された。

「うーん、スミレちゃんは異世界に来たばかりだから十分だと思うけど」

レオナさんがフォローしてくれた。

「でも、ユージンくんの探索進捗はスミレさんの魔法習得より早いでしょうね」

「どうやったら、もっとユージンくんの力になれるだろう……」

「スミレちゃん……」

私の言葉にレオナさんが、心配そうな顔を向ける。焦っても仕方ないのはわかっている。

それでも、ユージンくん一人がどんどん先に進んでいるのが私は気が気でなかった。

果たして相棒と言えるのだろうか？

「ねぇ、スミレさん」

そんな私を見てか、テレシアさんが言った。

「テレシアさん？」

「ユージンくんのために、どんなことでもするつもりはあるかしら？」

「テレシア、何か良い手があるの？」

「そうなんですか!? テレシアさん！」

　私は思わず身を乗り出した。

「ちょっと、……いやかなり特殊な方法なのでお勧めはしませんけど。というか私が話したと言えば、サラ会長に怒られそうですが……。うーん、どうしましょうか」

「えー、そこまで言って秘密はないでしょー、テレシア。言いなさいよー」

「まぁ……レオナの言う通りですね」

　そう言って、テレシアさんは『その特殊な方法』を教えてくれた。確かに、それはかなりぶっ飛んだ手段だった。

◇天頂の塔《バベル》・六一階層◇

　俺は迷宮昇降機《ダンジョンエレベーター》で、樹海領域にやってきた。

　大きく息を吸う。空気が湿っている。霧が深い。

　六〇階層以降も引き続き樹海領域だが、六一階層からは視界が悪い。

……ブーン…………ブーン……ブーン…………ブーン

白い霧の向こうから、耳障りな羽音が聞こえる。おそらく殺し蜂《キラービー》の斥候たちが、見回りをしているのだろう。

「ギャッ!!」

濁った悲鳴が聞こえた。気配を殺しながら、悲鳴の上がったほうに向かう。

もしも他の探索者なら助けないと、と思ったが。

(運ばれているのは、ゴブリンか……)

俺の隠れている上空を、ぐったりとしたゴブリンが殺し蜂《キラービー》たちに摑《つか》まれ、宙に浮いている。

あのゴブリンはきっと殺し蜂《キラービー》の巣に持ち込まれ、女王蜂か幼虫たちの餌になるのだろう。

天頂《バベル》の塔の低層階では、初心者探索者にとってやっかいなゴブリンであるが、六〇階層においては蟲《むし》魔物たちの捕食対象だ。そして、それは探索者も例外ではない。

天頂《バベル》の塔において一〇〇階層以下であれば、たとえ死んでも『復活の雫《しずく》』で生き返ることができる。が、それは魔物に捕食されなかった場合だ。

六〇階層あたりから出現し始める『殺し蜂《キラービー》』や『軍隊蟻《アーミーアント》』、そして七〇階層以上から出現する『蜘蛛女《アラクネ》』や『蛇女《ラミア》』。

どの魔物も群れており、獰猛《どうもう》だ。そしていずれの魔物も食欲が旺盛で、狩った獲物を巣に持ち帰る習性がある。

（魔王《エリー》の助言を聞いて正解だったな）

今の俺は単独《ソロ》の探索者だ。それに攻撃手段に乏しい。余計な戦闘は回避しよう。

幸いに霧によって視界は悪い。俺は気配を殺して、薄暗い樹海の中をゆっくりと進んだ。

しばらく奥に進んだ頃だろうか。

「……!!」

「………っ！」

「………!!」

遠くの方から声が聞こえた。ゴブリンやオークじゃない。人間の声だ。戦闘をしているのだろう。剣撃や魔法の爆発音が聞こえる。それに混じって、焦ったような人の声が聞こえた。

（魔物に襲われている探索者か……？）

俺は足音を立てないよう、しかし急いでそちらへ向かった。

「くそっ！　こいつら、キリがねぇ!!」

「軍隊蟻《アーミーアント》は、隊長を倒さないと永遠に襲ってくるわ！　軍隊蟻《アーミーアント》が死んだ時に仲間を呼び寄せる匂いを放つ体液が飛び散るから！」

「んなことは知ってる！　問題は隊長を倒すには、百匹以上の軍隊蟻《アーミーアント》を倒す必要があるってことだ！」

「駄目だ！　また一人やられた！　くそっ！」

「あんな怪しい奴《やつ》に関わらなければ！」

「愚痴るのは後だ!!　誰か回復道具を!!」

会話から危機的状況と判断した。いや、見ればわかる。馬よりもでかい軍隊蟻《アーミーアント》の成虫の群れに、探索者部隊が取り囲まれていた。探索者たちの腕には、赤地に黒剣の紋章。グレンフレア帝国の探索者だ。俺は迷わず、助けに入った。

「手伝います」

俺はそう言うと、大量に血を流して倒れている探索者に回復魔法をかけた。

失血で気を失っていた探索者が目を覚ます。

「……え？」

「他に怪我《けが》をしている人は!?」

「他は何とか動ける！　し、しかし君は一体!?」

「リュケイオン魔法学園の生徒で、帝国出身者です」

「学生探索者か！　助力感謝する！　しかし、この軍隊蟻《アーミーアント》の群れを何とかしないと……」

「軍隊蟻《アーミーアント》の隊長を倒しましょう。そうすれば群れの統率が取れなくなって逃げられます」

軍隊蟻《アーミーアント》に出くわした時の基本戦術については、カルロ先輩に教えてもらった。

「隊長蟻《あり》はあいつだ……、しかし仲間の軍隊蟻《アーミーアント》に守られていて手がだせんっ！」

探索隊《パーティー》のリーダーらしき人が、悔しそうに一匹の軍隊蟻《アーミーアント》を指さした。

群れの中にいる一回り身体《からだ》が大きく、頭に角の生えている軍隊蟻《アーミーアント》が目に留まった。

（あいつか……）

俺は腰の剣を引き抜く。ただし、堅い軍隊蟻《アーミーアント》の外殻はただの鉄の剣では刃が通らないだろう。やるしかないか……。

（契約により魔王エリーニュスの魔力《マナ》を借り受ける……）

ズズズ……、とただの鉄剣の刀身が闇よりも黒く染まる。

――魔法剣・闇刃《ダークブレイド》。

（く……、やっぱり魔王《エリー》の魔力《マナ》はきついな……）

あまり時間はかけられそうにない。俺は下段に構え、腰を落とした。

「お、おい！　少年。何をするつもりだ！」

探索隊《パーティー》の一人が焦ったように声をかける。

「……隊長蟻を倒します。一瞬でいいので、蟻たちの注意を引き付けてもらえませんか？」

「む、無茶だ！　あの群れに突っ込むつもりか!?」

「そうです。時間がないので、行きますね」

「くっ……！　誰か少年の援護を!!」

一瞬迷ったようだったが、リーダーが指示を出してくれた。
「降り注ぐ火の矢《レインオブファイアアロー》！」
探索隊《パーティー》の一人の魔法使いが、魔法を放った。
数は多くないが、十数本の魔法の火の矢が軍隊蟻《アーミーアント》たちに降り注ぐ。
一瞬、軍隊蟻《アーミーアント》の足が止まる。
（……弐天円鳴流・空歩）
俺は一陣の風となり、軍隊蟻《アーミーアント》の群れに突っ込んだ。
蟻たちは、互いの身体が触れ合うほど密集しており間を抜くのは不可能だ。
俺は軍隊蟻《アーミーアント》の堅い外殻の上を駆け抜け、それを蹴って奥の蟻の身体に飛び移る。
それを繰り返して隊長蟻との距離をつめた。
「シャアアアアア！！！」
軍隊蟻《アーミーアント》たちも黙って見ているだけでなく、当然俺を攻撃してくる。
蟻の武器は、鋭い牙を持った顎とナイフのような爪がある六本の足だ。
（結界魔法・風の鎧《よろい》）
強固な結界を張ってしまうと動きが鈍る。
俺は軍隊蟻《アーミーアント》の攻撃を防ぐのでなく、避《よ》けるための結界を用いた。
「キシャアアアアアア！！！」

目の前の隊長蟻が、威嚇の雄叫《おたけ》びを上げる。他の軍隊蟻《アーミーアント》より一回り大きいやつが俺に襲いかかってきた。が、既に俺は隊長蟻の間合いに入っている。

「弐天円鳴流・鬼太刀！」

黒い刃を振り下ろす。音も手応えもなかった。柔らかいゼリーを斬るかのように、すとんと隊長蟻の首が地面に転がった。

「いやぁー、助かった。助かった!!」

隊長蟻を倒した後、軍隊蟻《アーミーアント》の群れは統制を失いパニックになった。

もっとも、時間が経《た》つと群れの中から新たな隊長蟻が現れる習性があるため俺たちは素早く群れから逃げ出した。現在は、迷宮昇降機《ダンジョンエレベーター》の付近まで戻ってきている。

エリーの魔力《マナ》を借りた後遺症で、身体が重い。今日の探索はこれ以上は無理そうだった。

「あらためてお礼を言わせてくれ。私は帝国軍所属の探索隊《パーティー》のリーダーをやっている者だ。さっきは助かった。今は手持ちがないが後ほど礼金を払わせてもらうよ」

「俺はリュケイオン魔法学園二年のユージンです。父は帝国軍に所属しています」

俺は隊長が差し出した手を握った。

なにもおかしくないやりとり……のはずだが、隊長の顔がこわばった。

「ユージン……？」

「リーダー、もしかしてこの子、例の……」

「なあ君。名字を教えてくれないか」

「ユージン……サンタフィールドです」

「「「!?」」」

俺の言葉に、全員が反応する。

「帝の剣《インペリアルソード》のご子息……」

「神獣ケルベロスを単独撃破したという……」

「道理で強いはずだ……」

あっという間に色々なことがバレた。

まぁ、南の大陸では珍しい名字なので仕方がないが。

「失礼いたしました！　ユージン殿の御父上《おちちうえ》とは、先の『古竜《エンシエントドラゴン》』討伐計画でご一緒したこともあります！　共に帝国の危機に立ち向かえたのは我々の誇りであります！」

口調ががらりと変わり、俺に対して敬礼された。

「ちょ、ちょっと待ってください。父は確かに帝国軍の高官ですが、俺は士官学校も中退したので今は一般人で学生です。普通に話してください」

「しかし……」

十歳以上は年上に見える彼らから、敬礼をされたままでは話しづらくて仕方ない。

納得していないようだったが、俺はなんとか隊長に普通に話してもらうようお願いした。

「ところで、さっきは危なかったですね。六一階層って群れの数はそこまで多くないと聞いてますが」

俺はさっきの軍隊蟻《アーミーアント》との戦いについて尋ねた。カルロ先輩にも聞いたが、六一階層から蟲魔物たちは出現し始めるがそれはあくまで単体での出現が多い。

百匹を超えるような群れに遭遇するのは、稀《まれ》なはずだ。

「ああ……、そうなんだ。実はあの軍隊蟻《アーミーアント》は妙な奴にけしかけられて……」

探索隊《パーティー》のリーダーが説明してくれた。

なんでも六一階層を探索していると『帝国』『連邦』『同盟』のどの紋章もつけていない、灰色のローブで顔を隠した探索者がうろうろしていたらしい。

勿論《もちろん》、学園の生徒でもなかったそうだ。リュケイオン魔法学園の生徒の探索服には、校章がついているため一目でわかる。通常、同じ所属の探索者なら挨拶程度はするし、違う所属なら余計なトラブルを避けるため近づかない。

南の大陸において『帝国』『連邦』『同盟』のどこにも所属していない者は珍しい。

外の大陸からやってきた冒険者か、もしくは……。

「最近、迷宮組合《ダンジョンユニオン》から天頂の塔《バベル》に『蛇の教団』が出入りしていると通達されてな」

「見つけたら報告するように組合《ユニオン》からは言われているの」

「だから、念のためと思って声をかけてみたんだが……」

その怪しい探索者に呼びかけた所、何も言わずに走り去ったらしい。

追いかけるか迷っていた所、魔物の群れが突然襲ってきたということだった。

「おそらく魔物たちへの『呼び寄せの笛』を使われたのだと思う」

「確かに微《かす》かに魔力《マナ》の混じった笛の音が聞こえたわ。でも、どうしてそんなことを……」

「さあな、だが見つかってはまずいことをしていたんだろう」

「そう言えば、俺も以前……」

俺は以前蛇の教団の印をかたどった銀細工を拾った話をした。

ちなみに、その銀細工は組合《ユニオン》に提出してある。

「蛇の教団か……」

「魔王信仰の連中、何を考えているのかしら」

「そりゃ魔王の復活だろう」

「勘弁してほしいぜ」

「とにかく今日は切り上げだ。次の探索は十分な準備をしなければ」

隊長さんが、パンパンと手を叩《たた》きながら言った。

「ところでユージン殿は、どうして六一階層をわざわざ単独で？」

探索隊《パーティー》の一人に、不思議そうに尋ねられた。

「仲間は二人いるんですが、今は別の用事がありまして」

「確かカルディア聖国の聖女筆頭候補と、異世界からやってきた炎の神人族《イフリート》でしたね」

「なぜ、そこまで……？」

　把握されてる!?

「ははは。今の帝国軍では、ご子息の噂《うわさ》でもちきりですよ」

「おいおい、ユージン殿であれば、すぐに士官候補生へと戻れるのではないですか？」

「おいおい、ユージン殿は五〇〇階層の伝説に挑まれてるんだぞ。六一階層くらいで満足するはずないだろう」

「いや、俺は……」

　残念ながら士官候補に戻るのは、不可能だ。エリーの話だと、彼女の魔力《マナ》が借りられるのはあくまで天頂の塔《バベル》の近くでないといけないらしい。

　もちろん、スミレを帝国に連れて行くこともできない。結局、俺は一人では戦えない剣士のままだ。

「ところでお父上からは何か連絡はないのですか？　神獣を倒した時にでも」

「いえ、うちの親父《おやじ》は放任ですから」

「流石《さすが》は帝の剣《インペリアルソード》様ですな。神獣を倒したくらいでは満足するなと」

「ははっ……」

俺は苦笑した。確かに、帝国軍で噂になっているくらいなら一報をくれてもいいと思う。が、うちの親父は「しばらく学園でのんびり過ごして見聞を広めろ」と言ったっきり、戻ってこいとか言ってこない。昨年は帝国に戻らなかった。

（次の母さんの命日にでも顔を出すか……）

そんなことを思った。それから俺と帝国の探索隊《パーティー》のみんなで、迷宮昇降機《ダンジョンエレベーター》を使い地上へと戻った。魔王の魔力《マナ》を使ったせいで身体は重かったが「是非お礼に夕食を奢《おご》らせて欲しい！」と言われ、彼らの行きつけの酒場で夕食をとることになった。

そこで最近の帝国や、帝国軍の近況を聞くことができた。と言っても俺が帝国を離れてまだ一年とちょっと。そこまで大きな変化はなかった。

皇帝陛下は、南の大陸統一を目指しているため軍拡路線であるが、神聖同盟や蒼海《そうかい》連邦もそれに対抗して軍を増強しているのは、いつもの通りだ。

南の大陸特有の『大魔獣』と呼ばれる天災級の魔物の発生が頻発しており、各国はその対応に追われているとか。

また『伝説の大魔王の復活』という噂もあるため、当面は大きな戦争は起きそうにない。

最後に『次代の皇帝争い』については、現役の皇帝がまだ精力的なためそこまで激化していないが、徐々に候補は絞られているらしい。

……その候補に、幼馴染《おさななじみ》の名前が入っていた。

「では、今日はありがとう、ユージン殿！」

「困った事があったらいつでも呼んでね！」

「俺たちのほうが助けられたんだぞ？」

「いえ、今日は楽しかったです。皆さんも次回の探索は、気をつけてください」

「一つだけ……、余計なお世話と思って聞いていただきたいのですが」

「何でしょう？」

隊長が真剣な顔で言った。

「単独での探索は控えませんか？　特に怪しい連中が最終迷宮《ラストダンジョン》内をうろついているような現状です。才能ある探索者は単独や少数精鋭を好みますが、一度のミスで命を落とすことが多い。ゆめゆめ油断されることのないよう」

「わかりました」

忠告を聞き、俺はうなずいた。こうして探索隊《パーティー》の人たちと別れ、俺は寮へと戻った。

久しぶりに故郷の話で盛り上がれたのは、楽しかった。

◇数日後◇

「……ゆ、ユージンくん。魔物って本当に私たちに気づいてないの？」

俺と手を繋《つな》いだスミレが、きょろきょろと不思議そうに迷宮《ダンジョン》内を見回している。

現在は五二階層。先日、カルロ先輩とやってきた続きだ。俺にとっては三度目なので、勝手知ったる階層となる。

「ああ、結界魔法・身隠しで俺たちの姿は風景の一部と化してるから。スミレの魔力《マナ》が高いから魔物に気づかれるのが心配だったけど平気みたいだな」

俺は答えた。ここしばらく単独で探索をしていたが、スミレの魔法の授業が一区切りしたらしいので、俺はスミレを誘って天頂の塔《バベル》へやってきていた。

現在の俺の記録は『六五階層』。スミレは『五二階層』となっており、差が開いている。

それを無くしておこうと考えた。無駄な戦いは避け、着実に上階を目指す。

ちなみに、今回の六〇階層の階層主《ボス》は前回より小型になった『樹人王《トレントキング》』だった。

スミレが最近マスターした火の王級魔法・不死鳥《フェニックス》とかいう強力な魔法で焼き払われていた。前回の俺の苦労は一体……。

そして、現在の俺たちは六五階層を静かに進んでいる。

「……ひ、ひぃぃぃ」

スミレが小声で悲鳴を上げている。

ブン……ブン……ブン……ブン……ブン……ブン……ブン……ブン……ブン……ブン
……ブン……ブン……ブン……ブン……ブン……ブン……

樹海の上空を、殺し蜂《キラービー》たちが忙《せわ》しなく飛び回っている。

「ピギー！！！」

時たま、殺し蜂《キラービー》に囚《とら》われた哀れな魔物の断末魔が聞こえる。

さっきの悲鳴は、オークのものだろう。

カシャ、カシャ、カシャ、カシャ、カシャ、カシャ、カシャ、カシャ、カシャ、カシャ、カシャ、カシャ、カシャ、カシャ、カシャ、カシャ……。

奇妙な足音は、軍隊蟻《アーミーアント》たちのものだ。

こちらも運悪く遭遇したゴブリン数匹が、咥《くわ》えられている。

過酷な弱肉強食の世界だ。

「…………」

スミレは青ざめて、目をそらしている。

「スミレ、大丈夫か？」

「だ、大丈……夫」

健気《けなげ》に頷《うなず》く。あまり大丈夫ではなさそうだ。俺は気を紛らすために、話題を振った。

「樹人王《トレントキング》を倒した魔法、すごかったな。火魔法は、蟲《むし》魔物にも有効だからいざとなったら頼むよ」

「う、うん……。でも、確か蟲魔物って火魔法に寄ってきちゃうんだよね？」

「そうだった、全部焼き尽くすよ！」

「その時は、悲壮な顔で決意された。もっとも俺たちが魔物に気づかれることはなかった。

殺し蜂《キラービー》や軍隊蟻《アーミーアント》は戦闘力は高いが、知能の高い魔物ではない。

習性や動きを理解して、適切に避けていけば戦闘になることはなかった。

◇

「なんか……あっさり六九階層に着いちゃったね」

スミレが拍子抜けしたような顔になっている。

「ああ、だけどこの上は階層主《ボス》だ。戦いは避けられない」

「サラちゃんは……来ないんだよね？」

「声はかけたんだけど、忙しそうだったな」

サラの記録は『八九階層』。なので、七〇階層にはくることができるのだが……。

「わ、私、蟲の魔物がどうしても苦手で……」

サラには非常に申し訳なさそうに謝られた。なので、却《かえ》って足を引っ張ってしまうから
と参加は見送った。それに、サラにはまだ生徒会の仕事が残っている。

俺たちの目の前には、七〇階層へと上がる階段がある。

「どうするスミレ？　階層主《ボス》の顔を見ておくか？」

「う、うん……、そうだね」

乗り気ではなさそうだが、泣き言は言わなかった。俺たちはゆっくりと七〇階層へと足を踏み入れた。

バババ！！！！！！

七〇階層を訪れた俺たちを迎えたのは、爆音だった。

一拍遅れて、それが『殺し蜂《キラービー》』たちの羽音だと理解する。

「…………っ！」

隣のスミレが、小さく息を飲む音が聞こえた。そして、見回した景色を見て俺も一瞬、呼吸が止まった。数万匹はいるであろう『殺し蜂《キラービー》』たちが、七〇階層へ侵入した俺たちを見つめていた。そして、その中でもひときわ目立つ黄金に輝く美しい女性の姿をかたどった魔物。

その女形の魔物が、冷酷な瞳でこちらを見下ろしている。

「殺し蜂《キラービー》の女王蜂か……」

数万匹の『殺し蜂《キラービー》』を従える女王蜂。それが現在の七〇階層の階層主《ボス》だった。

「クク……、愚カナ人族ガ我ラノ餌トナルタメニ現レタカ……」

殺し蜂女王《キラービークイーン》が、俺とスミレを見下ろし酷薄に笑った。

「しゃ、喋《しゃべ》ってる!?」

スミレが驚きの声を上げた。あれ。驚く所ってそこ？

「高階層の魔物は、知能も高い。普通に会話できるよ。もっとも交渉はできないけど」

魔物にとって探索者は敵であり餌だ。戦う以外の方法はない。

「だったらどうして襲ってこないの？」

「まだ階層主《ボス》への挑戦を宣言してないからだと思う。それにしても七〇階層は殺し蜂《キラービー》の巣だらけだな」

殺し蜂《キラービー》の巣は土を積み上げて作るのだが、それが城のように幾つもそびえ立っている。

おかげで、とんでもない数の殺し蜂《キラービー》たちに囲まれているわけだ。と、様子見はここまでにしよう。階層主《ボス》である殺し蜂女王《キラービークイーン》を倒さないと、先には進めない。

「スミレ、準備はいいか？」

「うん！　いいよ！」

俺が握った手をぎゅっと、スミレが握り返す。

ドクン、と熱い炎の魔力《マナ》が伝わってきた。

続けて俺の手にある剣の刃が炎を纏《まと》う。

俺は魔法剣・炎刃を構え、探索者バッジに囁《ささや》いた。

「ユージン・サンタフィールドと指扇《さしおうぎ》スミレは、七〇階層の階層主《ボス》に挑む」

俺が宣言すると、天使の声《アナウンス》が七〇階層内に響く。

――探索者の挑戦を受理しましたー。武運を祈ります～

以前と少し声が違う気がするのは気の所為《せい》だろうか。

が、それを気にする暇はなかった。

俺たちを取り囲む殺し蜂《キラービー》たちが一斉に襲いかかってくる。

俺は結界魔法で、スミレを守りつつ殺し蜂《キラービー》たちを撃退しようとした時。

（ん？）

ふと視線に気づく。スミレが俺を見つめている。

何か思い詰めたような、真剣な表情。

「スミレ？」

「……ユージンくん。私の魔力《マナ》ってユージンくんに渡してもすぐに無くなっちゃうんだよね？」

「ああ、それは仕方ないよ。もともと俺は『赤魔力《マナ》』を持ってないんだ。それがスミレの魔力《マナ》なら少しの時間だけ俺でも使えるようになる。他の魔法使いじゃ、俺の白魔力《マナ》で打ち消してしまうから借りることすらできなかったんだから十分だよ」

「もし……もっと長持ちするならユージンくんの役に立てるよね？」

「それは、そうだけど」

「じゃあ、任せて！　私がもっと沢山の魔力《マナ》をユージンくんに渡すから！」

「え？……スミレは一体何を……」

俺が声をかける前に、スミレが俺の身体《からだ》に抱きついてきた。

そして、ぎゅーっと強く抱きしめる。

何をしてるんだ？　と言うよりも早く。

――ドドドドドドドド……

と早鐘のような音と振動が身体に響いた。

それがスミレの心臓の鼓動だと気づく。

……一拍遅れて。

「っ!?」

スミレの魔力《マナ》が、俺の身体に激流のように入ってきた。

あまりに大量の魔力《マナ》の波に、溺れそうになる。

息ができなくなるほどの圧迫感。

そして、燃え上がるような高揚感。

（こ、これが炎の神人族《イフリート》の魔力《マナ》……）

……ブブブブブブ
羽音が近づいている。

スミレの魔力《マナ》に気を取られ、殺し蜂《キラービー》たちの接近を許してしまった。

（くっ！）

俺は慌てて剣を構えたが。

「……え？」

目を疑った。そこに広がるのは、一面の火の海だった。

見れば俺たちを中心に巨大な炎の竜巻が発生し、殺し蜂《キラービー》はボトボトと黒焦げになって落ちている。

ゴオオオオオオ!!　と、天を焦がす勢いで燃え盛る炎の竜巻を俺は呆然《ぼうぜん》と見上げた。

その間にも、スミレの魔力《マナ》は俺に流れ続けている。

既にいつもの数十倍の量だ。

これなら当面、魔力《マナ》切れはないだろう。

その時、違和感に気づいた。耳元に荒い呼吸音が響く。

「はぁ……はぁ……はぁ……♡　ユージン……くん♡　ユージン……くん♡」

「す、スミレ!?　大丈夫か！」

俺に抱きついたままのスミレの顔は紅潮し、全力疾走したかのように息が荒い。

俺を見つめるその瞳は、獲物を狙う肉食獣のように思えた。

どう見ても様子がおかしい。

（あー、まずいわね。スミレちゃん、重度の魔力《マナ》酔いしちゃってるわ）

その時、魔王《エリー》の声が脳内に響いた。

（エリー!? 魔力《マナ》酔いって魔法使いの初心者が、いきなり慣れない強力な魔法を使った時に体内の魔力《マナ》が暴走して気分が悪くなるってやつだろ？）

（ええ、そうよ。だけどスミレちゃんは曲がりなりにも炎の神人族《イフリート》。魔力《マナ》量は人族の比じゃないわ。それが頑張って強い魔法が発動しちゃったものだから、酷《ひど》い症状になってるわね。どうやらユージンの役に立ちたくて無理しちゃったみたいねー。にくいわねー、色男！　でも、これが長時間続くとスミレちゃんに後遺症が出ちゃうかも）

（そんな……エリー。どうすればスミレをもとに戻せる？）

怪我《けが》なら俺の回復魔法で治せるが、魔力《マナ》酔いの治し方など知らない。

下手に回復魔法を使って、却って酷くなると取り返しがつかない。

（んー、スミレちゃんの体内で暴れている魔力《マナ》を誰かが引き受けるしかないわね。その場にいるのはユージンだけだから、つまりあなたね）

（どうやれば、それができる!?）

（…………）

俺は心の声の語気を荒らげて尋ねたが、エリーからすぐに返事はなかった。

（エリー!!）

（……いつも私にしてるでしょ？）

（……なに？）

（だーかーらー。いつも私から魔力《マナ》を盗《と》ってる時みたいに、すればいいのよ。あーあ、教えちゃったー）

俺がエリーにしていること。それは、つまり……。

「はぁ……はぁ……はぁ……」

俺に抱きついたスミレの腕の力が弱まっている。

徐々にぐったりとしてきている。迷っている時間は無かった。

「ごめん、スミレ」

俺は一言詫《わ》びて、スミレの唇を奪った。

◇スミレの視点◇

（……え？……あれ？）

ユージンくんに抱きついた後、しばらく意識を失っていた。

――魔力連結《マナリンク》で魔力《マナ》を渡す時に、手を握るだけより抱きついたほうが効率よく魔力《マナ》を流すことができる。

これは以前に、賢者見習いのテレシアさんに教わったことだった。

「へぇ！　そんな方法があるんですね、知らなかったー！」

「あともう一つ理由があって……、これは誰にでも使える手じゃないんだけど」

「それってなんですか!?」

私は身を乗り出して聞いた。

ユージンくんの役に立てるなら、何でもするつもりだ。

するとテレシアさんは意味ありげに微笑《ほほえ》んだ。

「魔力連結《マナリンク》をする時は、相手のことを好きになるほど効率がいいの」

「そうなの？　それは私も知らなかったわ」

一緒に昼食を食べていたレオナちゃんが、驚いた声を上げた。

「戦略的に使えないことが多いので、学園の教師陣も教えないことが多いですね。通称『恋の契約』と呼ばれる魔法効果の一つですが、発動条件は簡単です。互いに好意を持つ者同士は、魔力連結《マナリンク》や共同魔法が円滑にできる、というものですね」

「「へぇー」」

体術が専門で魔法に詳しくないレオナちゃんと、魔法初心者の私は感嘆の声をあげた。

ここでレオナちゃんがふと、なにかに気づいたようだ。

「じゃあ、私とテレシアで魔力連結《マナリンク》するとどうなるの？」

「……実際にやってみますか？　レオナ、手を出してください」

「別に、わざわざやらなくても……」

「これも実験です。理論は知ってますが、実践が一番ですね」

「うわぁー、言うんじゃなかったわ」

嫌そうに手を差し出すレオナちゃんと、その手を握るテレシアさん。

「じゃあ、いきますよ」

「はいはい、さっさとしてね」

私はなぜか、緊張感を持ってその様子を眺めていた。

バチン！

と、電気が弾《はじ》けたような音がした。

「痛っ！！！」「いたっ！！！」

レオナちゃんが大きな声で叫び、テレシアさんが小さく呻《うめ》く。

見ると二人の手が真っ赤に火傷《やけど》したようになっていた。

「ちょっと！　テレシア、何するのよ!!」

「わざとではありません。先に回復魔法をかけます。……理論は知っていましたが、本当にこうなるのですね」

テレシアさんがレオナちゃん、そして自分に回復魔法をかけた。

幸い軽い火傷だったようであっさりと治った。

「えっと、テレシアさん。さっきのは？」

私がおずおずと尋ねると。

「仲が悪い者同士が魔力連結《マナリンク》すると上手《うま》くいかないって実験結果ですね。予想通りでした」

「わかってるならやらないでよ！」

すました声で答えるテレシアさんに、レオナさんが怒鳴った。

「一つはっきりしたことがあります」

「なによ？」

「スミレさんとサラ会長は魔力連結《マナリンク》をしないほうがいいでしょうね」

「え？」

テレシアさんの言葉にキョトンとする。

「あー、確かに。私やテレシアの魔力《マナ》でさっきの威力だから、スミレちゃんとサラさんはどっちも魔力量《マナ》が莫大《ばくだい》だから……」

「うっかり暴発すると大変なことになりますね」

「そ、そうなんだ!? 前に私の炎の魔力《マナ》を、サラちゃんの聖剣に付与したらどうなるかな?って雑談しててまだ試してなかったんだけど……」

「やめておいたほうがいいでしょうね。多分、魔力《マナ》が暴走します」

「怖っ!」

試さなくてよかったぁー。

「じゃあ、スミレちゃんが魔力連結《マナリンク》する相手はユージンくんだけってことね。で、いっぱい抱きつけばより効果が高いと。スミレちゃん、思いっきりやっちゃえ☆」

「わ、わかったよ。レオナちゃん!」

煽《あお》ってくるレオナちゃんに私は乗っかった。

だって、これは探索のためだもんね!

別に邪《よこしま》な心じゃなく!

「ところでレオナは随分と私のことが嫌いなんですね。悲しいですよ」

「あら、そんなことないわ。テレシアこそ私を嫌ってるでしょ?」

「ふふふ、そんなことありませんよ。クロードくんの前だといつも仲良しじゃないですか」

「ええ、そうねー。クロードの前だとテレシアはカマトトぶるもんねー」

「あらあら、レオナこそクロードくんの前だと猫を被《かぶ》って下手な演技をしているじゃないですか☆」

「ストップー!!　そろそろ昼休みが終わるし、教室に戻ろっか！」

不穏な空気を察して、私は慌てて二人の間に入った。

――という、かつての記憶がうっすらと蘇《よみがえ》りつつ私は今の状況がまだ把握できていない。

目の前にユージンくんの顔が、視界いっぱいに広がっている。

（あ、あれ……？　私ってユージンくんにキスされてる？）

しかも軽くじゃなくて。

すっごく深《ディープ》いやつを!!

混乱のあまり私が手をばたばたしていると。

「スミレ！　気がついたか!?」

「……えっと、ユージンくん。私は一体……」

ここで気づく。

私の周りが一面の火の海になっていることを。

それは初めて異世界に、天頂《バベル》の塔の五階層に迷い込んだ時のような……。

え、これ私がやったの？

う、うそ……。

「よかった……、魔力《マナ》酔いは治ったみたいだな。顔色も戻った」

「ああ、それでスミレの身体《からだ》で暴れていた魔力《マナ》を俺に移したんだ。上手くいってよかった」

「魔力《マナ》酔い!?」

ホッとした顔でユージンくんが私に笑顔を向けた。

（私、失敗したんだ……）

その事実に落ち込む。

その時、ユージンくんの身体の異変に気づいた。

「ユージンくん、その髪って……」

「ん？　あれ、髪の色が赤くなってる？」

ユージンくんが前髪を見てつぶやく。

「だ、大丈夫!?　体調に気になることはない？」

「いや、むしろこれは……」

ユージンくんが何かを言いかけた時。

「貴様ラ！！　ヨクモ私ノ可愛《カワイ》イ子供タチヲ！　マトメテ挽《ヒ》キ肉《ニク》ニシテクレル！！！」

怒り狂った殺し蜂女王《キラービークイーン》が、号令をかけた。

まだ一万匹以上いる殺し蜂《キラービー》の群れが一斉に私たちに向かう。

おそらく先程までは私の魔法の暴走で、炎が魔物の行く手を阻んでいたみたいだけど、今は炎が弱まっている。

「ユージンくん……」

「ごめんなさい、私のせいで」と言おうとした口を指で押さえられた。

「あとは任せてくれ、スミレ」

いつもの落ち着いた声。

そして、いつもよりも自信に満ちた表情。

何より赤髪となって雰囲気が変わったユージンくんに、どきりとした。

殺し蜂《キラービー》の群れはすぐそこに迫っている。

ユージンくんは、慌てずゆったりと上段に剣を構えた。

（うわっ……）

素人の私でもわかるほどの威圧感。

ビリビリと空気が震えている。

「……弐天円鳴流・『風の型』飛燕《ひえん》」

ユージンくんが剣を振り下ろす。

ゴオオオオオオ!!　とユージンくんの振るう剣から、巨大な炎の鳥のような形の剣撃が飛び出す。

それは一瞬で、殺し蜂《キラービー》の群れを貫き、女王をも真っ二つに切断した。

(す、凄《すご》い!!)

悲鳴すら上げること無く、階層主《ボス》が絶命した。

女王を失った殺し蜂《キラービー》たちは、四方へ逃げていく。

煩《うるさ》かった羽音は聞こえなくなり、静かな七〇階層となった。


——おめでとうございまーす、探索者さんの勝利ですー

天頂の塔《バベル》のアナウンスが響く。……なんか、いつもと声が違くないかな?

でも、その前に話すことがある。

「ユージンくん!」

「スミレ!」

お互いに名前を呼び合い、目が合う。そこでさっきの出来事《キス》を思い出してしまった。

「…………」「…………」

二人とも無言になる。時間の流れがやけに遅く感じた。

「あのさ、スミレ」

「は、ひゃい!」

噛《か》んでしまった。

「さっきのは悪かった。他に方法が無くて。でも今後はこんなことがないように……」

「ユージンくん！」

私は彼の言葉を遮った。

ちなみに、ユージンくんの髪色は未《いま》だに赤いままだ。

「今ってユージンくん自身に炎の神人族《イフリート》の魔力《マナ》が付与《エンチャント》されてるんだよね？」

「多分そうだと思う」

「やっぱり！」

私の推察をユージンくんが肯定した。理屈はわからない。

普通、付与魔法《エンチャント》の効果があるのは武器や防具だけって魔法の授業では教わった。

でも、実際にユージンくんに対して魔力《マナ》付与ができている。

「じゃあ、この方法は使えるね!!」

「え？」

「私の魔力《マナ》がすぐ時間切れになる問題は解消だね！　これからもガンガン使っていこうね！」

私は頰が熱くなるのを感じながら、一気に喋《しゃべ》った。

「スミレ、本当にいいのか？」

「当たり前じゃん、私たち相棒でしょ？　五〇〇階層に向けて全力で挑まなきゃ！」

「……わかった」

ユージンくんは、迷いつつも最後にはうなずいてくれた。

というわけで、一気にユージンくんとの距離が縮まりました！

◇サラの視点◇

「ん～、やっと学園祭の計画も一段落つきそうですね……」

私は生徒会長室で、大きく伸びをした。

目の前には、承認の捺印《なついん》をした書類と差し戻しの書類が山になっている。

「サラ会長、お疲れ様です。お茶を淹《い》れました」

「ありがとう、テレシアさん」

私はお礼を言って、一口お茶を飲みました。

「ユージンは、どうしてるかしら」

ぽつりと口にでたのは、想い人《おもびと》のことだった。

かつては二人部隊で、現在はスミレちゃんを入れた三人部隊。

ただ、私は生徒会の仕事に追われてここ二十日ほど同行できていない。

ユージンが単独で天頂の塔《バベル》で修行していると聞いた時は少し心配したけど、結局今はスミレちゃんと二人部隊に戻っているみたい。

……それは、それで心配があるのだけど。

いや、スミレちゃんとは『不可侵条約』を結んだ。

抜け駆けはしないはず……。

それでも私は気になって、生徒会室にある中継装置《サテライトシステム》の大きな画面のスイッチを入れた。

ぱっと画面が映り、天頂の塔《バベル》の様子が表示される。

「あら……？」

幾つかに分割されて映っている中に、気になるものがあった。

「一〇〇階層……『神の試練《デウスディシプリン》』に挑んでいる部隊がありますね。あの探索服は学園の生徒ですか？」

「生徒会に連絡がきています。『剣術部三軍と太陽魔法研究部二年』の合同部隊ですね。かなり気合が入っていましたよ」

「へぇ……あ！　神獣が召喚されましたね」

画面の中では、七色に輝く魔法陣から巨大な獣が姿を現す。

「双頭の巨犬……オルトロスですか」

「また随分と凶悪な神獣を引き当てましたね……」

私は彼らに同情しました。

神界の番犬、双頭のオルトロス。

古《いにしえ》の神界戦争で名前の出てくる、由緒正しき伝説の神獣だ。

「既に腰が引けている者も多いですね」

「これは厳しいでしょうね」


──一〇〇階層、『神の試練《デウスディシプリン》』が開始されました

天使の声《アナウンス》が響く。しかし、画面上の部隊の士気は大きく落ちていた。

数分後。予想通り、『剣術部三軍と太陽魔法研究部二年』の合同部隊は神獣の前にあっけなく蹴散らされた。

「やはり難しいですね、一〇〇階層は。彼らもあんなに気合を入れていたのに」

「まぁ、私たちも一〇〇階層はまだなので兎《と》や角《かく》言う資格はありませんよ」

私の言葉にテレシアさんは、小さく肩をすくめた。

「いえ……、ただ神界の番犬オルトロスの兄とされる神獣・冥府の番犬《ケルベロス》に単独勝利したユージンくんは、本当に呆《あき》れるしかないと思っただけです」

「やっぱり、そうよね！　テレシアさんもそう思うでしょ！　ユージンは凄いの!!」

あぁ、やっぱりユージンのことを思うと気持ちが高ぶる。

最近、本国カルディアとの通信で『運命の巫女《みこ》』様から、『帝の剣《インペリアルソード》』の息子と極力仲良くしなさい、という指示までいただいた。

そのおかげで、大手を振ってユージンと同じ部隊になれる。

ああ！　早くユージンに会いたい！

生徒会の仕事が終わったら、すぐに会いに……

その時だった。最終迷宮《ラストダンジョン》の中継装置《サテライトシステム》の画面が切り替わる。

それは八〇階層の階層主《ボス》と戦おうとしている部隊の映像だった。

そして、部隊の面子《メンツ》は知り合いだった。

「ユージンとスミレちゃん？」

まさか八〇階層まで来ているとは、驚いた。

「あ、ヤバ」

と小さく呟《つぶや》くテレシアさんの声が耳に届いた。

「テレシアさん、どうしたのですか？」と聞く前に、私の目にその映像が飛び込んできた。

「…………………………は？」

脳が砕ける音がした。

（……イッタイ、私ハ何ヲ見セラレテイルノ？）

中継装置《サテライトシステム》に映るのは――――八〇階層の階層主《ボス》の前で、抱き合い口づけを交わすユージンとスミレちゃんだった。

六章／ユージンは、神の試練へ挑む

――魔法の世界には『契約』という仕組みがある。

自分に不足している能力を、別の者と補い合うことを目的とした魔法技術だ。剣士の俺には馴染《なじ》みがなかったのだが、最近になって詳しくなった。

契約の種類は全部で五つ。

・言葉の契約……いわゆる口約束だが、お互いが信頼していないと効果が薄い。
・身体《からだ》の契約……身体的接触で効果が発動する。別名『恋の契約』。
・血の契約……兄弟、もしくは義兄弟の契をかわすことで発動。徒弟でもよいらしい。
・命の契約……最も重い契約。片方が死ぬともう一方も命が尽きる。ただし得られる効果は他の契約とは別格。帝国や聖国では違法であり禁止されている契約。
・魂の契約……人同士では結べない。主に天界の神様への信仰に身を捧《ささ》げる時に発動。代わりに信者は運命の女神様からの『才能《アビリティ》』を与えられる。

ちなみに魔王《エリー》とは……言うまでもなく『身体の契約』だ。

共に『天頂の塔《バベル》』の攻略を誓い合ったスミレとは『言葉の契約』を結んだ状態だった。
が、その契約内容に変化があった。
「ユージンくん……♡」スミレにキスをされる。
ゴオオオオオオ！！！！！　と恐ろしい勢いの炎の竜巻が発生した。
「ギャアアアアア！！！」「ギイイイイイイ!!」
ここは八〇階層の階層主《ボス》である蜘蛛女女王《アラクネクイーン》の縄張り。
そして女王を守る蜘蛛女《アラクネ》たちが、スミレの火魔法で焼き尽くされている。
感情が高ぶると発生するという魔法なのだが、日に日に威力が増している。
階層主《ボス》の階層以外では、他の探索者の迷惑になってしまうので使えない手だ。
つい先日に七〇階層を突破したばかりなのだが、『身体の契約』によってスミレとの
『魔力連結《マナリンク》』が大幅に強化された。
現在、俺の魔法剣・炎刃はほぼ時間制限なく扱えている。だが、スミレの発する炎に
よって、そもそも蜘蛛女《アラクネ》は近づけない。さらに。
（…………クスクスクス）
（…………フフフフフ）
（……キャッ！　キャッ！）
スミレと魔力連結《マナリンク》すると、時折奇妙な声が聴こえてくるようになった。確認したが、ス

ミレには聞こえないらしい。しばらくすると八〇階層を火の海に変えた俺たちに激高したアラクネ女王《クィーン》が、こちらへ襲いかかってきた。

女王を守ろうと、蜘蛛女《アラクネ》たちも四方から襲ってくる。

が、悲しいかな彼らの最大の武器は、『蜘蛛《くも》の糸』。

摑《つか》まれば大型の魔物さえ縛り上げることができる強度のある糸だが火には滅法弱い。俺たちに到達する前に、全て焼き切れてしまった。

「キサマァァアアア！！！」

直接スミレを狙ってくるアラクネ女王《クィーン》の背後を取る。

そして、大きく上段に構え、一気に振り下ろした。

「ッ!?」

慌てて振り向くアラクネ女王は、悲鳴を上げる間もなく首を落とされた。

「シャー!!」「キーッ！！」「キシャー!!」

女王を失った蜘蛛女《アラクネ》たちは、散り散りに逃げていった。スミレの方を見るとまだ、ぼんやりと俺のほうを見つめながらも周囲から炎が吹き出している。

「…………………」

「スミレ、ボスは倒した！　火魔法をおさえてくれ！」

「……んー？　ユージンくん……♡　もっとぉ♡」

「す、スミレ、落ち着け！」

ぽーっとした顔で、スミレがキスをねだってくる。まだ、魔力《マナ》酔いが冷めていない。

——挑戦者の勝利ですー☆　おめでとうー！

天使の声《アナウンス》が響くが……最近はいつもより声が明るい。

以前は、もっと冷たい声だったのだけど。

「……はっ」

ただし、声のおかげでスミレが我に返った。

「ありゃ？　もう終わっちゃった？」

「終わったというか、スミレが終わらせたというか……」

七〇階層の殺し蜂《キラービー》や、八〇階層の蜘蛛女《アラクネ》はいずれも群れる魔物たちだ。

女王の統率のもと、探索者たちを数で圧倒してくるタイプの階層主《ボス》。

通常なら十分な対策と、探索者側も人数を用意したほうがいいのだが……。

周囲を見回すと、スミレの魔法による炎がやっと下火になってきた。

何百とあったアラクネの巣は、全て焼け落ちている。

（迷宮破壊者《ダンジヨン》……）

女王を倒したのは俺だが、実質の貢献者はスミレだろう。

「次は九〇階層目指して頑張ろうー!!」

魔力《マナ》酔いが冷めたスミレは、元気いっぱいに「エイエイオー」と腕を上げている。

異世界の文化らしい。

「ね☆　ユージンくん！」

「ああ、そうだな」

何にせよ探索は順調だ。魔物の群れをスミレが撃退し、階層主《ボス》を俺が倒す。俺たちの探索隊《パーティー》は、破竹の勢いで天頂の塔《バベル》を攻略していた。

◇探索者たちの集う酒場・止まり木亭◇

八〇階層突破の祝杯を上げていると、サラが乗り込んできた。

「待って!!　落ち着いてサラちゃん！　あれは違うの！　探索に必要な行為だったの！」

「フフフ……、スミレちゃんを信じた私が馬鹿だったわ……。裏切り者は聖剣のサビにしてあげる……」

「すとっぷ！　すとーっぷ！　その聖剣って大切なものなんでしょー！　そんなことに使っちゃ駄目だよー！」

「大丈夫よ……、私の好きに扱いなさいと巫女様から許可を得ているもの。さぁ、スミレちゃん。懺悔《ざんげ》の言葉のあとに、断罪してあげるわ……」

「キャー！　コロされる――！」

「これは罰よ。堕落した雌犬に、罰を与えるの……」

サラの目が据わっている。これは止めないと。

「サラ、生徒会の仕事は落ち着いたのか？」

俺が声をかけると、サラはキッ！　と強い視線を向けて睨《にら》んできた。

「ユージンも非道《ひど》いわ！　私というものがありながら、スミレちゃんとあんなことをして！」

「サラ……説明しただろ。あれはスミレの魔力《マナ》酔いを抑えるための措置で」

「天頂の塔《バベル》の中継装置《サテライトシステム》の記録を確認したわよ！　七〇階層の階層主《ボス》の時は、仕方なかったかもしれないけど、その後のキスは本当に必要だったのかしら！」

「そうは言っても、道中の魔物はやり過ごしているから階層主《ボス》相手の時だけだぞ？」

「ねぇ、ユージン。私たち同じ部隊の仲間よね？　だったら立場は対等じゃなきゃ駄目だと思うの」

「さ、サラ……？」

「サラちゃん!?」

頬を染め、妖艶な視線で俺の頬に手を添えるサラ。そしてゆっくりと顔を近づけてくる。

え……？　一体何を。

「何してるの!?　サラちゃん！」

「スミレちゃんはそこで見てなさい。私とユージンの愛の深さを」

「お、おい、サラ」

酔ってるのか？　と聞こうと思ったら、テーブルの上にあった葡萄酒《ぶどうしゅ》のグラスが空になっていた。どうやら俺の頼んだ酒を飲み干していたらしい。つまりサラは、酔っていた。

「ふふ」

髪を耳に掻《か》き上げながら、椅子に座る俺に覆いかぶさるようにサラの顔が迫る。

「あわわわ……」

目を見開き、オロオロしているスミレは何も言ってこない。居酒屋の客たちも、「何だ何だ」とこっちに注目している。

（これは拒否できないな……）

決して嫌なわけではないが、人前だしなぁ。どうしたものか、と思っていた時だった。

「サラ会長！」

「何をしてるんですか!?」

「そいつから離れてください!!」

突然、周りを体格の良い連中に取り囲まれた。顔には見覚えがある。

生徒会執行部の面々だ。

「ユージン！　お前はサラ会長に何をする気だ！」

その中の一人に胸ぐらを摑み上げられた。

「何と言われてもな」

いや、どちらかというと俺のほうが迫られていたのだが。

「ちょっと、乱暴は……」

スミレが慌てて止めようとした時。

「ユージンを摑んでいる手を離しなさい」

さっきまでと打って変わって、凛《りん》とした声でサラが窘《たしな》めた。

「サラ会長、でも……」

「私の声が聞こえなかったのかしら？」

「は、はい！」

一度は拒んだその男も、サラの呼び声に慌てて手を離した。

俺は少し乱れた服の襟を正した。

「そこに正座しなさい。これは一体、どういうことかしら？」

男たちは大人しくその場に座り込んだ。

「そ、それは……」

「はっきり言いなさい！」

サラが厳しい口調で詰問している。スミレはその様子を珍しそうに眺めている。

「いつもと全然違う……」

「サラはカルディア聖国だと聖女候補だからな。俺たちと一緒の時は素を出してるけど、同郷の人たちと話す時はいつもあんな感じだよ」

「そっかぁ……大変なんだね、聖女様の候補って」

「ああ、かつて世界を救った聖女アンナ様……、その肩書にあやかって聖国の最高指導者たちを『八人の聖女』と呼ぶ。もっとも世襲じゃなくて、選挙で選ぶから王族とはちょっと違うかな」

「選挙なんだ!?　近代的!!」

「噂《うわさ》だと不正票やら買収やらが横行して大変らしいけどな」

「そ、そうなんだ……」

以前に聞いた所だと、スミレのいた世界でも選挙が行われていたらしい。

帝国はここ数百年グレンフレア皇家によって統治されているため、国の指導者を民が選ぶという風習には馴染《なじ》みがない。

「サラ会長！　どうして普通科のユージンなんかとパーティーを組んでるんです！」

「あなたは聖女様の筆頭候補のお一人なんですよ！」

「神殿騎士である我々と共に最終迷宮《ラストダンジョン》を攻略すべきです！」

「我らはもうじき一〇〇階層『神の試練《デウスディシプリン》』に到達します！　あんな零細部隊ではなく、こちらへお戻りください！」

あっちではサラが、正座をした生徒会執行部の面々に懇願され困った顔をしている。

助けにいきたいが、俺が行くと却《かえ》って揉《も》め事《ごと》になりそうな気がする。

「貴方《あなた》たち……、リュケイオン学園では祖国の立場は忘れるという話だったでしょう？　それにユージンたちも八〇階層ですから、神の試練《デウスディシプリン》はそう遠い話ではありませんよ」

「し、しかし！」

「納得できません！」

「貴方たちに納得してもらう必要はありません。話は終わりです！」

ぴしゃりと、サラが言い放った。生徒会執行部の男たちは、とぼとぼと、しかし俺のほうに鋭い視線を向けながら去っていった。

サラはため息を吐《つ》きながら、俺たちの席へ戻ってきた。

「おかえりー、サラちゃん」

「はぁ、困った人たちだわ」

「悪いな、俺のせいで」

「ユージンのせいではないわ。……ところで」

ジトッとした目で、俺とスミレを見つめる。

「さっきの話の続きです。これからは私も部隊に復帰します」

「えー」

「えー、じゃないの！　これ以上スミレちゃんの抜け駆けは許しません！」

「……………はーい」

「ユージンもわかった!?」

「もちろん。けど学園祭の準備や生徒会の仕事はいいのか？」

「主要なものは終わらせたわ。細かい仕事はテレシアさんが代わってくれたから！」

ということらしい。というわけで、再びパーティー全員が揃《そろ》っての探索となった。


翌日。八一階層。

迷宮昇降機《ダンジョンエレベーター》を降りた先に広がるのは、真っ暗な洞窟である。

俺とスミレとサラは、ぴったりとくっつきながら迷宮《ダンジョン》内を慎重に進む。くっつく理由は、単に俺の結界魔法の効果範囲が狭いからだ。……ズズズ、とすぐ近くをゴブリンを丸呑《まるの》みにできそうな大蚯蚓《ビッグワーム》が通り過ぎる。

八一階層より上層は、大蚯蚓《ビッグワーム》たちの巣だ。

（ヒィイイ……怖いよ～）

スミレが震えている。

（凄《すご》いわね。ユージンの結界魔法ってここまで魔物に気づかれないものなの？）

サラが驚いた声を上げた。彼女は既に来たことがある階層なので、落ち着いている。ちなみに初回の時は、スミレと似たような反応だったらしい。

（神獣ケルベロスの鼻を誤魔化した結界魔法・身隠しだからな。あと大蚯蚓《ビッグワーム》は視覚が弱い魔物だから、今みたいに消音魔法も使えば気づかれる心配はないと思ってた）

（それにしたってこれは反則ね。どうりで『ここ百年で最速』と言われる探索速度で踏破してくわけね……）

（ん？）俺は耳慣れない言葉に、思わず振り向いた。

（どういう意味だ？）

（そのままの意味よ。こんな無茶苦茶なスピードで階層記録を更新していく探索者部隊はいないわ。それこそ第九位の探索記録保持者のロザリー部隊の再来と生徒会では噂されてるわよ）

（ロザリー・J・ウォーカー……西の大陸の紅蓮《ぐれん》の魔女か）

驚いた。そんな噂がされているとは、まったく知らなかった。

（ユージンくん、それって有名な人？）

（ああ、昔リュケイオン魔法学園に在籍してたらしいけど、たしかわずか数年で三〇〇階層に到達したっていう伝説の探索者部隊だよ）

（へぇ！　凄いね。でもどうして三〇〇階層で探索をやめちゃったんだろう？）

（謎だよな。俺も詳しくは知らないんだ）

（私は知ってるわよ。生徒会記録に残っているもの）

（そうなの!?　教えて、サラちゃん）

（…………）

俺も興味があってサラの言葉を待ったが、しばらく言いづらそうに口をつぐんでいた。

そして、ぽつりと言った。

（部隊長のロザリーさんは天才的な魔法使いだったけど、同時にとんでもなく好色だったらしいの……。部隊内の男、全員に手を出してそれが発覚して部隊が解散した。記録にはそう書かれていたわ）

（…………え？）

俺とスミレが、同時に声を上げる。伝説の探索者の裏の顔を知ってしまった……。

（というわけで部隊内で不埒《ふらち》な行為は、今後禁止です。いいわね、スミレちゃん）

（……!!　ずるい！　私のは魔力《マナ》酔いを止めるための正当な行為なんです！　不埒じゃありません！）

（そもそも魔力《マナ》酔いしないように、魔力《マナ》制御の上達を目指すべきでしょ！　二度とユージンとキスなんてさせないから）

（私怨だ！　キスじゃないし！　魔力《マナ》酔いの応急処置だし！）

（二人とも、少し静かに。魔物に気づかれる）

（……はーい）

ヒートアップし始めた二人を慌てて止めた。

――こうして俺とスミレとサラは、危なっかしくも階層記録を更新していった。


九一階層。

「うわ！　凄い綺麗《きれい》！」

「中継装置《サテライトシステム》では見ていたけど、実際に見ると圧巻ね……」

スミレとサラが、迷宮《ダンジョン》内の景色に感嘆の声を上げている。

「これは確かに壮観だな……」

俺も冷静ではなかった。九一階層も洞窟領域ではあるのだが、これまでの薄暗い雰囲気とは一変する。洞窟の壁が様々な色で輝く魔石で彩られている。ちなみに魔石は好きに採掘してもいい。もっともその音に魔物が寄ってくるのだが……。

（じゃあ、行くか）

（うん！）

（よろしくね、ユージン）

俺が言うとスミレとサラが、俺に身体《からだ》を寄せる。少し落ち着かない。結界魔法を張り、キラキラと輝く迷宮《ダンジョン》内をゆっくりと進む。

「ギャッギャッ！」「ケッケッケッ」

ふと見ると、ゴブリンの集団が遠くで動物を狩っている様子が見えた。俺たちはそれを迂回《うかい》して進む。別の場所では、大きな飛竜《ワイバーン》がいびきをかいて眠っていた。

そっちももちろん避けて進んだ。この辺に出現する魔物には、法則性がない。

これまでに出てきた魔物たちが、不規則に出現する。

だから対策は立てづらいが運が良ければ弱い魔物しか出てこないこともある。

俺たちは、静かに迷宮《ダンジョン》内を進んだ。

（それにしても九〇階層の階層主《ボス》は、大変だったねー）

最初にスミレが無言を破った。

（えぇ、本当に辛《つら》かったわ。倒せたのはユージンのおかげね）

（みんなで協力したからだって。スミレの炎が効かないのは焦ったよ）

サラと俺が答える。

――悪食竜。

それが九〇階層の階層主《ボス》だった。

竜《ドラゴン》の名を冠してはいるが、見た目はとてつもなく巨大に育った大蚯蚓《ビッグワーム》の親玉だ。

正直、長く見ていたい魔物ではなかった。

しかし、九〇階層のボスともなれば一筋縄ではいかず。まずスミレの炎が効かない。悪食竜は、地竜の一種だ。地上を火の海にしても、地面の中に潜ってしまう。

さらに皮膚の鱗《うろこ》が分厚く、剣で斬ってもダメージにならない。俺の炎刃や、スミレの聖剣でも同様だった。

どうしようかと迷った末、俺は悪食竜にわざと喰われて、体内から攻撃することで倒すことができた。

（ユージンくんが食べられた時、サラちゃん大慌てだったたねー）

（ちょっ！　スミレちゃんこそ、泣いてたくせに）

（な、泣いてないし！　サラちゃんは聖剣を落っことしてたよねー）

（それは忘れて！　スミレちゃんは腰を抜かして下着が見えてたっけ？）

（え!?　うそ！）（嘘《うそ》よ）

（騙《だま》したね！）（騙されるほうが愚かなの）

（二人とも、そこまでだ。驚かせた俺が悪かったから）

スミレとサラが摑《つか》み合いを始めたので止めた。

九〇階層を超えても、緊張感に欠ける。まぁ、緊張し過ぎるよりはいいのかもしれない。

俺たちは一日ずつ、マイペースに階層を上げていき、ついには九九階層まで到達した。

――こうして、ついに正式な一〇〇階層『神の試練《デウスディシプリン》』への挑戦権を得ることとなった。


「ねぇ、ユージン。今日は『神の試練《デウスディシプリン》』でしょ？」

七日に一度、学園の大地下牢《だいちかろう》にいる魔王《エリー》に会いにいく日。

俺はエリーの好物の葡萄酒《ぶどうしゅ》や林檎《りんご》、燻製肉《くんせいにく》を渡し、その他の用事を済ませた。

その後、雑談をしていた時の言葉だ。

「ああ、やっとここまで来られたよ」

「ふふ……、どんな『試練の獣《ディシプリンビースト》』が召喚されるかしら。楽しみね」

「あんまり強いやつじゃないといいけどな」

「何を言ってるのよ。ユージンはとっても強い神獣の冥府の番犬《ケルベロス》ちゃんを倒してるのよ？　怖いものなしでしょ」

「あれは運が良かったし、多分手加減をしてくれてたよ」

今ならわかる。二〇階層に変則《イレギュラー》で呼び出された神獣ケルベロスは戸惑っていた。

先日、とある探索隊《パーティー》が挑戦していた『神の試練《デウスディシプリン》』の記録魔法で見た双頭の神犬《オルトロス》は、凄《すさ》まじかった。正規の召喚でやってきた『試練の獣《ディシプリンビースト》』はとてつもなく強かった。

「誰が出てくるかしらねぇー。神狼《フェンリル》ちゃんとか、不死鳥《フェニックス》ちゃんあたりだったら面白いかも。九首竜《ヒュドラ》ちゃんは毒が怖いけど、ユージンの結界魔法ならなんとかなるでしょ。メデューサちゃんは、ちょっと危ないわね。あの子の『石化の魔眼』は準神級だし」

「いまエリーが名前をあげたのは全部、上位神獣だろ……」

どれにあたっても、まだ勝てる気がしない。特に後半の二柱はかつての神界戦争で敗れた神族についた怪物たちだ。その罪により、普段は奈落の底に囚《とら》われており召喚された際の獰猛《どうもう》さは他の神獣を凌《しの》ぐのだとか。それに比べると俺が戦ったケルベロスは、普段は冥府で眠っていることが多いと言われる大人しい神獣らしい。

「にしてもエリーの口ぶりだと、どの神獣にも会ったことがあるような言い方だな」

「勿論《もちろん》あるわよ」

「あるのか……」

やはり、元天界の大天使長にして魔王の経歴は凄まじい。

「エリーが天界で仕えていたのは確か木の女神様《フレイア》だったよな？」

「……………………嫌なこと思い出させないでくれる？」

魔王が顔をしかめた。エリーはこの話題を嫌がる。なんでも、地上に堕《お》ちたのは女神様と喧嘩別《けんかわか》れしたからだそうだ。

「悪かったよ。俺からすると羨ましいけどなぁ、女神様と会えるなんて」

「そんな良いもんじゃないわよ、女神たち《あいつら》みんな超がつく我が儘《わがまま》だし」

「それは正義の女神《アルテナ》様もか？」

　グレンフレア帝国の主神。そして、親父《おやじ》も含めサンタフィールド家でも代々信仰している女神様でもある。別名、勝利の女神。伝承では相対するだけで、全ての者はひれ伏すほかないとか。武人であれば、憧れる頂。

「太陽の女神《アルテナ》様は……あの御方《おかた》は別格よ。素晴らしい女神様よ」

「ふうん、話したことはあるんだっけ？」

「せいぜい、一言、二言ね。あの御方は、管理している世界が多過ぎるのよ。私たちの世界に目を向けてくださるタイミングなんてほんの一時ね。あぁ、私が仕える女神様を選べたらよかったのに……」

「アルテナ様に仕えていたらエリーが堕天使になることもなかったたってわけか」

　それは嘆くべきことなのだろうか？　それでも俺が一〇〇階層に挑戦できる要因の一つは、間違いなくエリーのおかげだ。

「懐かしいわね……天界の慌ただしい生活も。地上だとずっとだらだらしていればいいし。でも『天頂の塔《バベル》』を管理してる運命の女神《イリア》ちゃん配下の天使なんて、寝る暇もなさそうだからなぁ。やっぱ地上のほうがいいや☆」

「運命の女神様の部下って大変なのか？」

「この世界を担当してる運命の女神の三姉妹ね。どこも大変よー。あそこに配属された天使はご愁傷さまね」

「へぇ……」

想像もつかないな。運命の女神様は、南の大陸全般で信仰されているが特にサラの故郷であるカルディア聖国の主神だ。その女神様に仕えるなんて、光栄以外のなんでもないと思うが。

「じゃあ、そろそろ行くよ。一〇〇階層突破したらエリーの昔の苦労話でも聞かせてくれ」

「えぇ～、ヤダ。魔王時代の武勇伝ならいっぱいピロートークしてあげるわよ☆」

「それは散々聞かされたからいいよ」

俺は苦笑すると、魔王が封印されている地下牢をあとにした。

◇

「じゃあ、そろそろ向かおうか。スミレ、サラ」

俺は二人に声をかけた。ここは『天頂の塔《バベル》』一階層。今日は一〇〇階層の『神の試練《デウスディシプリン》』

に向かうため、待ち合わせをしていた。

「うん！　準備できてるよ！　ユージンくん」

「私も問題ないわ、ユージン」

スミレは、魔力《マナ》制御に特化した杖《つえ》を新調している。

サラはいつもの聖剣を腰にさげ、生徒会特注の探索服だ。

俺は予備を兼ねて剣を二本持ってきている。

ちなみに知り合いには『神の試練《デウスディシプリン》』に挑むことは伝えてある。レオナからは「もう神の試練《デウスディシプリン》なの!?　スミレちゃん、早過ぎるんだけど！」と驚かれたらしい。

テレシアは「サラ会長……どうか無理はしないでくださいね。あとスミレさんとケンカしちゃ駄目ですよ」「わかってますよ。心配性ね、テレシアさんは……」「はぁ、できれば私も一緒に行きたかったですが……」

テレシアは、まだ九九階層に達していない。

それと、サラから引き受けた生徒会の雑務が残っているそうだ。

「えー！　俺は一緒に連れてってくれないのかよ！」

悪友のクロードは大いに文句を言ってきた。クロード・パーシヴァルは『A級』探索者。

つまり、既に一〇〇階層を突破している。

「初回は、三人で挑戦してみるよ。最初から引率付きだと緊張感に欠けるからさ」

「そっかぁ。じゃあ、健闘を祈ってるよ。無茶するなよって、お前に言うことじゃないか」

「なんだよ」

「でもお前、単独で神獣につっこむじゃん」

「もうやらねーよ」

クロードとはそんな会話をした。

今回の『神の試練《デウスディシプリン》』は、前回のような不測の事態ではない。

準備と覚悟は、十二分に済ませてある。三人で雑談しながら『迷宮昇降機《ダンジョンエレベーター》』の前にやってきた時、問題が起きた。

リュケイオン魔法学園の探索服を着た部隊が、俺たちを見つけ取り囲んできた。

「サラ会長！　ユージンと一緒ってことは……っ！」

そこに居たのは、先日俺に絡んできた生徒会執行部の男の一人だった。

他にも見覚えのある面々が、完全武装をして集まっている。

「俺たちはこれから一〇〇階層に挑む！」

「へぇ、じゃあ俺たちと同じか」

「ユージン！　A級探索者となった者がサラ会長の部隊には相応《ふさわ》しい！　俺たちが『神の試練《デウスディシプリン》』を突破し、お前が失敗した場合、サラ会長には我々の探索隊《パーティー》に入ってもらう！」

「ちょっと、勝手なことを言わないでくれる!?」

俺と生徒会の男の会話に、サラが割り込む。

「うわ……、サラちゃんを取り合うユージンくんと生徒会の男たち。薄い本にありそう。NTR本だとサラちゃんが凌辱《りょうじょく》されちゃうんだよね」

「……スミレちゃん？　なにか馬鹿なこと言ってない？」

「ナンデモナイヨー」

「私の目を見なさい。嘘をついてもすぐ魔法で見抜くから」

「怖っ！」

ワイワイと盛り上がっている所で、俺は生徒会の探索隊《パーティー》の中に一人気になる人物を見つけた。服装は、一般的な迷宮都市《ダンジョン》の探索服。身につけている魔道具《マジックアイテム》は、使い込んではいるがどれも高価なものばかりだ。

胸には『蒼海連邦《そうかい》』の紋章と、リュケイオン魔法学園の校章。どうやら『蒼海連邦』を出身とする学園の卒業生のようだ。

小柄ながらも、その身に纏《まと》う闘気《オーラ》が他の生徒と一線を画している。

俺が見ていると、視線に気づかれた。

「おや、君は……確か先日『冥府の番犬《ケルベロス》』に単独で挑んだ命知らずくんだね」

「はい、ユージン・サンタフィールドです。貴方《あなた》は？」

「おっと、失礼。ボクはミシェル。学園の卒業生で、今は探索者兼、傭兵《ようへい》って所かな。今回はこの子たちに依頼されて、探索隊《パーティー》に同行してるんだ」

ニカッと笑う笑顔は、子供のようにあどけない。

差し出された右手を握ると、その大きさとは裏腹に力強いものだった。

そして、近づいた時にその胸に『S』と書かれたバッジがあるのに気がついた。

「ミシェルさんは、S級探索者なんですか？」

「そうだよ。今の記録は二〇九階層。もっともここ数年は、二一〇階層の階層主《ボス》で手こずってて、最近は『天頂の塔《バベル》』より外での傭兵業がメインになっちゃってるかな」

「数年……？」

目の前のミシェル先輩は、俺より一つ二つくらい年上にしか見えない。

「ボクはエルフと人族のハーフなんだよ。耳が人族と変わらないから分かりづらいけどね。年齢は秘密☆」

「な、なるほど」

どうやら見た目通りではなく、実際は歴戦の探索者らしい。

……あと、そもそもミシェル先輩は男なのか女なのか、それすら不明だ。

わからんことだらけの先輩だ。

「おーい！　君たち、どうせ目的地は一緒なんだから一〇〇階層まで向かっちゃおうよ。そのあと、どっちが先に『神の試練《デウスディシプリン》』に挑戦するか、決めればいいだろー？」

ミシェル先輩が、生徒会の男たちに提案した。先輩の意見は強いようで、生徒会の連中は不満そうだったが、一緒に迷宮昇降機《ダンジョンエレベーター》へ乗り込んだ。

生徒会の探索隊《パーティー》は、合計十二名。六人が前衛職。五人が後衛。持っている武器から判断した。ミシェル先輩の職業《ジョブ》だけは、よくわからない。

剣を下げているが、身につけている魔道具《マジックアイテム》は魔法使い用のものが多い。

俺が観察していると、その心を読んだようにミシェル先輩が話しかけてきた。

「ボクは魔法剣士だよ。だから戦闘スタイルは万能型かな」

「魔法剣士……、いいですね」

もともと目指していた職業《ジョブ》だ。

一応、今の俺も借り物の魔力《マナ》を使った魔法剣士ではあるが。

「ボクはキミに興味があるなぁ。相棒のスミレちゃんは炎の神人族《イフリート》なんだって？　その上、排他的なカルディア聖国の聖女候補筆頭を従える若い剣士くん。どうだい？『神の試練《デウスディシプリン》』が終わったら、ボクと模擬戦でもしてみない？」

「いいんですか？　ぜひ、お願いします」

S級探索者にして、迷宮《ダンジョン》都市外でも活躍しているベテラン探索者。断る理由はない。

「じゃあ、よろしくね☆」

ぽんぽんと、笑顔で肩を叩《たた》いてくるミシェルさん。

「あ、あの！　ミシェル先輩はどうして生徒会の人たちと一緒にいるんですか!?」

スミレが会話に入ってきた。

「ん？　キミがスミレちゃんだね。はじめまして。ボクが学園にいた時、生徒会に入ってたんだ。お世話になった学園の先生に挨拶をしていたら、彼らから一〇〇階層の手伝いを依頼されたんだよ。通常の依頼額は百万Gからなんだけど、彼らは学生なのと、後輩価格ってことで五万Gの特別価格！」

「「安っ！」」

俺とスミレの声が揃《そろ》った。十分の一以下って……。ミシェル先輩は、お金にあまり頓着しない人らしい。もしくは、単に後輩思いなだけか。

「サラ会長！　俺たちは貴女《あなた》のために『神の試練《デウスディシプリン》』を突破しますから！」

「見ていてください！」

「あなたたちねぇ……、見ていてと言われてもS級探索者の助っ人《すけと》を連れてきてるじゃない……」

「人脈も力です！」

「ユージンは、A級探索者のクロードの助力を断ったわよ？」

「手段など選んじゃいけないんですよ！」

生徒会の面々は、今もサラと話し込んでいる。

大変そうだけど、俺が間に入るとさらに揉《も》めることになるので見守る。

「ねぇ、ユージンくん。ところで『神の試練《デウスディシプリン》』に挑む順番なんだけどさ」

「俺たちは後でいいですよ。問題ないよな？　スミレ、サラ」

俺は仲間二人に声をかけた。

「え？　いいの、ユージンくん」

「ユージン、遠慮しなくても」

スミレとサラは、納得いかない顔をしている。

「先にしちゃうと、ミシェル先輩の戦いが見れないからさ」

「お！　ボクの勇姿が見たいってわけだね？　いいよーいいよー、見てってよ☆」

ミシェル先輩がバンバンと俺の腕を叩く。って、痛っ！　この人、力強っ！

「ミシェル先輩！　なんでユージンと仲良くしてるんですか⁉」

「俺たちの味方なんですよ！」

「あはは！　ボクの依頼人はキミたちだけど、他の隊と仲良くする分には自由だろ？　それに同じ学園生なんだからもっと繋《つな》がりを大事にしたほうがいいよ。学園を卒業すると、探索仲間を作るのだって苦労するからね。迷宮組合《ダンジョンユニオン》に行けば探索者を紹介はしてもらえるけど、余ってる探索者は微妙な実力か、人格に問題がある人が多いからさ」

「それは……」

「そうかもしれませんけど……」

「あと、ボクが学園に寄ったのは恩師に挨拶する意味もあったけど、良い探索者がいたら今から声をかけておきたかったんだよね。リュケイオン学園の生徒の才能は保証されてるから」

「「「!?」」」

ミシェル先輩の言葉に、みんなの目の色が変わる。

「ミシェル先輩の探索隊《パーティー》のメンバー!?」

「S級の探索者に誘われる機会が?」

「もしかしたら俺も……」

「他の隊と揉め事を起こす子は駄目だよー☆」

「「「はいっ!!!」」」

俺を敵視していた連中は、大人しくなった。

「ミシェル先輩、ありがとうございます」

「ふふっ、いいってことさ。ボクはキミともっと話してみたかったからね☆　ユージンくん」

　ぱっちりとした目で、上目遣いされるとドキリとする。いや、何を考えているんだ。

「ミシェル先輩～、助けていただきありがとうございますー。でもユージンと近過ぎませんか？」

　生徒会メンバーから解放されたサラが、俺の腕を摑《つか》んだ。

「キミが今の生徒会長くんか、よろしくね」

「は、はい！　サラと申します！　よろしくお願いします」

「聖剣使いなんだってね。キミの剣技も是非、見せてほしいなー」

「そ、それは構いませんがユージンを引き抜くのは駄目ですよ！　ユージンはカルディア聖国に嫁ぐことになっているんですから！」

「「ん？」」

　前半はともかく、後半は変なこと言ってないか？　俺とスミレが首をかしげる。そんな会話を繰り広げていると一〇〇階層にたどり着いた。九九階層までと異なりだだっ広い原っぱだった。中央にぽつんと、円形のリングが設置してある。リング上には、複雑な魔法陣が描かれている。

（あの場所に『試練の獣《ディシプリンビースト》』が召喚されるのか……）

「よし！　俺たちが先だ！」

「いくぞ!!」

生徒会執行部の武闘派の連中が、我先にとリングへ駆け寄る。

さっき順番については話がついたから、抜け駆けなんてしないけど。

「ちょっと！　みんな、気をつけなさいよー！」

サラが心配そうに声をかけている。

「任せてください、サラ会長！」

「一〇〇階層の神の試練《デウスディシプリン》くらい、余裕ですよ！」

「ユージンより先に突破してやりますから！」

生徒会執行部の面々は、自信満々だ。

「もう……」

サラがため息を吐《つ》いた。その時。

――一〇〇階層『神の試練《デウスディシプリン》』が開始いたします～

天頂の塔《バベル》の管理者からの天使の声《アナウンス》が響く。

……………ズズズズズズ
黒い霧が、リングの周囲を覆い始めた。

これは……瘴気《しょうき》、か？

　じっとりと嫌な空気が広がる。天界の使いたる『神獣』らしからぬ気配だ。

「これは……、どうやら今回の『試練の獣《ディシプリンビースト》』は、『罪の獣』のようだね」

　ミシェル先輩が、ポツリと言った。

「『罪の獣』……、天界の神々に逆らって敗れた古い神の眷属《けんぞく》ってことですね」

「ああ、ボクは二〇〇階層の神の試練《デウスディシプリン》で『闇の大精霊』ってのが召喚されたんだけど、あれは焦ったよー。逃げ遅れたら全員が廃人にされる所だった」

「大精霊……、古《いにしえ》の神界戦争で滅んだと言われる種族ですね。現存したんですか」

「精霊は滅びないよ。ボクたちに見えていないだけで、どこにだっているさ。もっとも彼らを使役するのは至難の業だけどね……ん？」

　俺とミシェル先輩が会話している間に、リングの周囲に変化があった。

　ゴゴゴゴゴゴゴゴゴゴゴゴゴゴゴゴゴ……

　何も無かった広場に、次々と見たことのない植物や木が生えてくる。あっと言う間に、リングを取り囲んだ森のようになった。瘴気の溢《あふ》れる黒い森だ。

「あの木の葉っぱって黒いよ……なんだか気味が悪い」

「あれは瘴気を含んだ魔樹ね。最終迷宮《ラストダンジョン》のひとつ『奈落』や、西の大陸の魔王の墓がある『魔の森』に多く生育しているという植物よ、スミレちゃん」

「なんだか不気味……」

スミレが、ぎゅっと俺の服を掴む。

「じゃあ、ボクも行ってくるよ。そこで見ててね！」

ミシェル先輩は、明るい表情で俺たちに手を振り生徒会の部隊に合流した。

ただその横顔は、少し緊張で強張《こわば》っているように思えた。

警戒する生徒会メンバーに、ミシェル先輩が合流する。

それと同時くらいのタイミングで、魔法陣が七色に輝き始めた。

（一体、何が召喚されたんだ……？）

俺は静かに見守った。スミレとサラも、何も喋《しゃべ》らない。

「うあああああああああああああああああっ!!」

悲鳴が上がった。突如現れた黒い森。

そこから、黒い蔦《つた》が生徒会メンバーの一人に絡まり森の中へ引きずり込もうとした。

「やぁっ！」

それを見たミシェル先輩が、蔦を切り裂き助け出した。

「気をつけて！　既に僕らは『神の試練《デウスディシプリン》』中なんだ！」

「でも、ミシェル先輩！　相手の姿が見えません！」

「隠れて攻撃してくるなんて卑怯《ひきょう》な……！」

生徒会の探索隊《パーティー》が、警戒しながら周囲を見回していると。

――あら、私はさっきからここにいるわよ？


上空から美しい声が降ってきた。

森の上に何者かがいる。が、姿は見えない。

（この声……）

聞き覚えがある気がする。それを思い出そうとした時。

「っ!?」「……うぅ」

サラが小さく声を上げ、スミレが苦しそうに胸を押さえて膝をついた。

「大丈夫か!?」

慌てて二人に駆け寄り、結界を張る。

「私は平気……、聖剣の結界があるから。スミレちゃんを見てあげて」

「ユージンくん、これ……何？」

「おそらくここら一帯に満ちている瘴気と、さっきの声の魔力《マナ》に当てられたんだ」

気がつくと、地面も空も灰色の奇妙な空間へと変わっている。一〇〇階層そのものが、
異界のようになってしまった。これはまるで、学園の封印の大地下牢《だいちかろう》のような……。

「きゃあああああああああああ！」

再び悲鳴が響く。別の生徒が悲鳴を上げ、黒い蔦に連れ去られている。が、今度はミシェル先輩でなく別の生徒会メンバーが助け出した。

「魔法剣・雷光《ライトニング》！」

ミシェル先輩の構える剣が光り輝く。そして上空にいる何者かに、斬りかかった。

バチン！！！　と大きな音が響く。

「やったか!?」

生徒会のメンバーの誰かが、叫んだ。どさり、とその数秒後に落ちてきたのはミシェル先輩だった。

「駄目だ……、皆……逃げるんだ……」

地面に落ちたあと、すぐに立ち上がるが表情は苦悶《くもん》に歪《ゆが》んでいる。

「うわあああああ」「S級探索者の先輩が！」

生徒会メンバーは、パニックになって逃げ出すもの、その場で構えているもの様々だ。

「あら？　もう帰っちゃうの？」

黒い風が舞い、音もなく『彼女』は現れた。

白銀の長い髪に、白い肌。

この世のものとは思えぬ美貌と、妖艶な肢体。

女神様かと見紛《みまが》う美しさだが、その背中から生えている漆黒の翼がそれを否定していた。

ミシェル先輩や生徒会の面々、隣にいるサラは呆然《ぼうぜん》としている。

南の大陸の住人で『彼女』のことを知らないやつはいないから。

スミレだけは、状況が理解できていない。

「そ……ん……な」サラが真っ青な顔で呟《つぶや》く。

「ゆ、ユージンくん！　あれは何!?　あれが『試練の獣《ディシプリンビースト》』の神獣なの!?　なんか、女の人に見えるけど！」

「あれは……」

俺が答えるより早く、彼女はこちらを振り向いて言った。

「エ、エ、エリーニュスよ。よろしくね☆　炎の神人族《イフリート》ちゃん」

「……っ！」

スミレがびくりと身体《からだ》を震わせた。

俺たちの前で、悠然と微笑《ほほえ》んでいたのは千年前に南の大陸を支配していた魔王。

堕天の王エリーニュスだった。

――千年以上前の暗黒時代。

この世界は大魔王が牛耳っており、地上の民は九人の魔王に支配されていた。

人々は家畜のように魔王や魔族に使役されていた。そして救世暦〇年。

大勇者アベルによって大魔王は討ち滅ぼされた。

九人の魔王たちも敗れ去り、あるものは魔大陸へ逃げ込み、あるものは姿を消した。

南の大陸を支配していた『堕天の王』エリーニュスも例外ではない。

しかし、その強大過ぎる力ゆえ大勇者アベルをもってしても滅ぼすことはできず『天頂の塔《バベル》』の魔力《マナ》を利用した『封牢』に閉じ込めるのがやっとだったらしい。

その伝承を根拠に、南の大陸では九人の魔王の中でも『堕天の王《エリーニュス》』は、格別に強いと信じられている。

残念ながら、それを確認する術《すべ》はなかった。――――今日、ま、で、は、。

「きゃあああああ！！！」「うわあああああああ」「た、助け…………!!」

生徒会のメンバーたちが、黒い蔦に次々に身体の自由を奪われ、宙に吊《つ》り下げられる。

頼みの綱であるミシェル先輩は……。

「……雷魔法・雷龍」

ミシェル先輩の周囲を、巨大な蛇のような魔法の龍がとぐろを巻いている。

雷の王級魔法を用い、雷の魔法剣を構えるミシェル先輩。

それを余裕の表情で見下ろす、魔王エリーニュス。

（……スミレ、魔力《マナ》を借りる）

俺がスミレの手を握る。

（…………）

瘴気《しょうき》と魔王の魔力《マナ》に当てられ、言葉は発せないようだったが、コクコクと頷《うなず》いてくれた。

サラは青い顔をして宝剣を抜けてすらいない。女神教会に属する聖女候補として、魔王エリーニュスは強敵のはずだが恐怖で固まっている。

（サラ、スミレを頼む）

（…………ユージンは何をするつもり？　神の試練《デウスディシプリン》に割り込むの!?　罰を受けるわよ！）

（ミシェル先輩が敵《かな》わなかったら助けに入る。生徒会の連中をあのままにはしておけないだろ？）

ミシェル先輩以外の探索メンバーは、全員黒い蔦に囚《とら》われ戦意を喪失している。

気を失っている者も多い。このあと、ミシェル先輩との勝敗結果で、今回の『神の試練《デウスディシプリン》』は終了するはずだ。

（待って……、それなら私も一緒に行くわ。おいで……『慈悲の剣《クルタナ》』）

サラの呼び声に応え、宝剣が輝く。そして剣の複写《コピー》がコトリと転がった。

（スミレちゃんは、この複写《コピー》を持っておいて。結界が張ってあるから瘴気を弾《はじ》いてくれる）

（あ、ありがとう……）

スミレは極寒の中にいるかのように、ガタガタ震えている。ここに一人で残してよいのか、不安になった。その時。

「雷龍波斬！！！」

巨大な魔法の斬撃が、魔王エリーニュスを両断しようと迫る。

遠目にもその威力は、帝国における黄金騎士団長……、いや最高位の天騎士に届くと感じた。

ドン！！！！！

という爆発と、突風と砂埃《すなぼこり》で視界が遮られる。そして、視界が徐々に開けてきた。

「そんな……」

サラの声が耳に届いた。俺にはこの光景は驚くことではなかった。

普段からエリーに接している俺には。

「……う……うぁ……かはっ！」

「ん～、ちょっとだけ痛かったかしら？」

ミシェル先輩の切り札とも言える全力の一撃は、魔王エリーニュスの黒い翼に傷一つ与えていない。そして、ミシェル先輩は首をエリーに摑《つか》まれギリギリと絞められていた。

（どう見ても勝負はついた）

「探索者ユージンは、神の試練《デウスディシプリン》に挑む！」

俺は探索者バッジに叫ぶと、そのまま魔王とミシェル先輩に向かって駆け出した。一拍遅れて、後ろにサラが続くのに気づいた。天使の声《アナウンス》による案内はまだだ。しかし、のんびりしていると生徒会メンバーとミシェル先輩が死んでしまう。

魔王が弐天円鳴流の間合いに入る直前。

――エリーと目が合った。

「エリー！！！！」

思わず声が出る。魔王は、俺のほうを見て薄く笑った。

「駄目よ。順番は守らなきゃ☆」

そう言った魔王が、大きく漆黒の翼を羽ばたかせた。

黒い竜巻が巻き上がる。それはちょうど、リングを中心に発生した。

中央にいる魔王とミシェル先輩、その近くで囚われている生徒会メンバーは黒い竜巻の中に見えなくなった。

「きゃあ！」サラの悲鳴が上がる。

「サラ！　どうした!?」

「大丈夫……、この竜巻に近づくと刃物で切られたみたいになるみたい。ユージンは平気？」

「俺は平気だ。サラに回復魔法を……」

「待って、それよりも皆を」

俺とサラは、どんどん大きくなる黒い竜巻を見上げる。天使の声《アナウンス》は聞こえない。

（おかしい……）どうして『神の試練《デウスディシプリン》』が終わらない？

「探索者ユージンは、神の試練《デウスディシプリン》に挑む！！」

俺は再びバッジへ叫んだが、やはり返事はない。

「サラ、力を貸してくれ。あの黒い竜巻を打ち破る」

「わかったわ……、力を貸して慈悲の剣《クルタナ》」

サラの剣が、強い光を発し始めた時。

「止まるんだ、二人とも！」

突然後ろから肩を掴まれた。俺とサラは、構えを解く。振り向いた先にいたのは……。

「イゾルデさん？」

「第七騎士様!?」

そこに居たのは迷宮《ダンジョン》都市の守護騎士の一人、花の騎士のイゾルデさんだった。

「ユージンくん。引くんだ。今回の神の試練《デウスディシプリン》は何かがおかしい」

「でも、まだ捕まっている探索者や生徒が……」

「心配はいらない！　今第二騎士のロイド殿のパーティーが一〇〇階層に向かっている！　魔王の対処は、ロイド殿に任せるんだ」

「第二騎士様が？」

サラが驚きの声を上げる。第二騎士ロイド・ガウェイン。通称『王の盾』と呼ばれる、迷宮《ダンジョン》都市の守護者。確かに彼がくるなら、俺たちが出しゃばる意味はない。

「わかりました……、スミレ。立てるか？」

「う、うん……」

俺は未《いま》だに立てずにいるスミレに肩を貸した。リングは見えなくなっている。黒い竜巻の向こうの様子はわからない。

（エリー……、ミシェル先輩……）

俺は後ろ髪を引かれながらも、一〇〇階層をあとにした。

◇迷宮都市《ダンジョン》　円卓評議会《ラウンドカウンシル》◇

円卓をぐるりと取り囲むのは九人の騎士と王である。王以外は、一様に難しい顔をしている。円卓席の主は、以下の通り。いくつか、空席が目立つ。

ユーサー・メリクリウス・ペンドラゴン王
第一騎士：クレア・ランスロット
第二騎士：ロイド・ガウェイン
第三騎士：アリスター・ライオネル
第四騎士：エイブラム・ガラハッド
第五騎士：シャーロット・ケイ
第六騎士：ブラッド・エクター
第七騎士：イゾルデ・トリスタン
第八騎士：パイロン・ガレス
第九騎士：コリン・ボールズ
第十騎士：ハリソン・ラモラック
第十一騎士：デイジー・パロミデス

第十二騎士：ジェフリー・モードレッド

この中で、第一騎士クレア、第二騎士ロイド、第九騎士コリンの姿はない。

「困ったことになったな……」

「まさか第二騎士のロイド殿が、魔王エリーニュスに敗れるとは」

「やはり迷宮都市《ダンジョン》にいる十二騎士全員で向かうべきだったのだ！」

ドン！　と最年長の第四騎士エイブラムが机を叩《たた》く。

「そうは言ってもロイド殿はもうすぐ三〇〇階層に届く記録保持者。そして当日の天頂の塔《バベル》の監視当番であったから、探索者救出のために急行したのだ。任務に忠実であったことは責められない」

「だが、相手は伝説の魔王だ。もう少し慎重になるべきでしたな」

「それにしても人質を取られるとは……、魔王とはもっと誇り高いのではないのか？」

「魔王エリーニュスは、千年前にどの魔王より狡猾《こうかつ》だった……と言われている。正面からまともに戦うのは愚策だったな」

「そもそもどうして魔王エリーニュスが出てくるのだ……。封印の大地下牢《だいちかろう》で眠り続けているはずでは」

第八騎士パイロンは、心底面倒くさそうに、頬杖《ほおづえ》をついている。

「それについては、迷宮組合《ダンジョンユニオン》がレポートを上げてきています。おそらくここしばらく、天頂の塔《バベル》で目撃されていた魔王信仰者たち『蛇の教団』の仕業ではないかと。狙いは魔王の復活でしょう」

「組合《ユニオン》は『生贄術《いけにえ》』を使ったと見ているようですな。命を犠牲にして魔王を呼び出すとは」

「つっても実際は魔王の復活じゃなくて、神の獣に魔王を召喚しただけだ。命を賭けたにしてはショボいよな」

最年少の第十二騎士ジェフリーは口が悪い。

「そうとも限りませんヨー。南の大陸には隠れ魔王信者が多いですからネー」

「その通りだ。しかも、中継装置《サテライトシステム》によって魔王の美貌が大陸全土に映し出されている。間違いなく魔王信仰がこれから活発化するぞ……」

「あー、いい女だよなー。魔王じゃなきゃ、口説いてやるのによー」

「不謹慎ですよ！　ブラッド！」

「冗談だよ、冗談。怒るなってシャーロット」

「まったくもう」

喧々囂々《けんけんごうごう》として会議はまとまらない。ユーサー王は、その様子を興味深そうに眺めている。

「第一騎士クレア殿とは連絡が取れたのだな？」

話題が変わった。

「はい、蒼海《そうかい》連邦の依頼で大魔獣の撃退作戦に参加しておりましたが、緊急で迷宮《ダンジョン》都市へお戻りいただいています。が、到着は明後日《あさって》になる予定で……」

「遅いな」

「最新鋭の飛空船でも、どうしても二日はかかります。距離がありますから」

「帝国と神聖同盟は何と言ってきてるのだったか？」

「帝国からは魔王討伐の援軍として黄金騎士団《ゴールデンナイツ》の第一師団と、指揮官の天騎士。さらに帝国が抱える唯一の勇者もこちらへ向かっています。到着は三日後の予定です」

「おいおい、帝国の最高戦力が揃《そろ》い踏《ぶ》みかよ。よく惜しげもなくあの皇帝が寄越《よこ》したな」

「むしろ狙っていたのでしょう。グレンフレア皇帝は迷宮《ダンジョン》都市の運営に関わりたがっているという噂《うわさ》でしたから」

「……ここで力を借りれば、口実を与えるわけか」

「神聖同盟は……言うまでもないな」

「あちらは聖神様を称《たた》える宗教国家の集まりですからね。魔王は宿敵です。神聖騎士団《ホーリーナイツ》の精鋭たちに加え、こちらもカルディア聖国の勇者が魔王滅殺を掲げて、向かっていますよ。到着は同じく三日後です」

「帝国と同日か……」

「対魔王という目的は合致している。神聖同盟の到着を待って、合同で魔王と戦うのは有りでは？」

「いや……、神聖同盟を率いる『八人の聖女』共は腹黒だ。ここで頼っては、弱みを見せることになる」

「ああ、帝国と同じく今後は迷宮都市《ダンジョン》の運営に口出ししてくるだろうな」

「ただでさえ、大魔王の復活に備え天頂の塔《バベル》で発見された武具や魔道具《マジックアイテム》の共同管理を提唱している」

「面倒なことになるか……」

「やはり我々だけで対処するしかないな」

「それには何よりも第一騎士様が戻ってこないと……」

「おいおい、クレア殿がいないと我々は何もできないのかぁー！」

「そうは言っても、第一騎士クレア殿と第二騎士ロイド殿は迷宮都市《ダンジョン》の双璧です。その片方が崩れたとなれば、残りの十二騎士で団結しなければ……」

　ここで初めてユーサー王が口を開いた。

「ふむ……、やはり私が出ていくしか……」

「「「「「「「「「「「「それだけは、絶対に駄目です!!」」」」」」」」」」」」

これまで意見がまとまらなかった十二騎士たちが口を揃えて同じことを言った。

「おいおい、そこまで反対することはないだろう？」

ユーサー王はわざとらしく悲しい顔をする。

「貴方様《あなたさま》にもしものことがあれば、迷宮《ダンジョン》都市は終わりです！」

「帝国やカルディア聖国が、この都市国家に手を出せないのはユーサー王が健在だからですよ」

「ユーサー王、ご自重を」

「わかっている。言ってみただけだ。……残念」

冗談を言っただけ、のような口調だが自分たちが止めなければこの自由奔放な王は嬉々《きき》として魔王に挑戦することは十二騎士全員が知っていた。

「しかし、どうするのだ？　クレアくんが戻ってくるのは、明後日。それまで何も手を打たないのか？」

ユーサー王の言葉に、十二騎士たちが押し黙る。

「一応、S級の探索者に迷宮組合《ダンジョンユニオン》経由で、魔王討伐の依頼を出しています……」

「普段なら喜んで挑戦する命知らずばかりの連中だが、今回は予定が急過ぎるな。なんせ明日中だ」

「上位探索者は、暇さえあれば最終迷宮《ラストダンジョン》に潜って、休んでいるのは怪我《けが》をした時だけ、という変態ばかりですからね」

「流石《さすが》に万全でない時に、魔王に挑む愚か者はいないか……」

「S級のミシェルくんですら、歯が立たなかったからな」

「あれは依頼者の生徒たちに気を取られていたのだろう。普段のミシェルくんならあそこまで遅れは取らないはずだ」

「誰かめぼしい者はいないのか？」

「A級探索者なら数はいますが、正直魔王エリーニュスに挑むには実力不足です。A級の学生探索者の中には、魔王と戦いたがっている勇敢な生徒もいますが迷宮組合《ダンジョンユニオン》の判断で、挑戦は引き止めています」

「迂闊《うかつ》に挑んでも、人質が増えるだけか……」

やはり結論は出ない。ここで第七騎士イゾルデが、ユーサー王に話しかけた。

「あの……、ユーサー王」

「ふむ、なんだ？　イゾルデくん」

「ユーサー王は大陸外にも多くの知り合いがいらっしゃると聞きます。帝国や聖国に力を借りられないなら、そちらを頼ってはいかがでしょう？」

その言葉に、十二騎士の何名かが期待の表情を浮かべる。

ユーサー王は、その言葉に小さく頷《うなず》いた。

「ああ、実は西の大陸にある大国太陽の国《ハイランド》の白の大賢者殿からは連絡をもらっている」

「白の大賢者様!!」

「伝説の大魔王討伐のパーティーメンバーの子孫殿ですか」

円卓評議会《ラウンドカウンシル》がざわめいた。白の大賢者は、西の大陸において最強の魔法使いと呼ばれており、ユーサー王と肩を並べるほどだと言われている。確かに彼女の助力があれば、魔王エリーニュスとてなんとかなるかもしれない。

「だが、大賢者殿は太陽の国の最高戦力の一人。その協力を仰ぐとなるとハイランドの王族や大貴族は黙っていないでしょうな」

理屈屋の第八騎士パイロンが釘《くぎ》を刺す。

「あの……ユーサー王。白の大賢者様はなにか条件を出されたのでしょうか?」

「本人は何も言ってきておらんよ。かの賢者殿は欲のない人物だからな。が……、太陽の国の上層部は色々と言っているそうだ。どうしようもない状況になればいつでも声をかけてくれ、という伝言だ」

「最後の手段……というわけですね」

「ああ。対魔王への協力は惜しまないが、しがらみが面倒だと通信魔法越しにぼやいていたな」

「うーむ……」

「他にめぼしい人材は……」

「あの……、学園の卒園生である紅蓮《ぐれん》の魔女殿はいかがでしょう？」

「おお！　ロザリー殿か！」

「一応訂正しておきますが、彼女は卒園はしていません。中退ですから」

「卒業試験で、天頂の塔《バベル》を破壊してしまって管理者に最終迷宮《ラストダンジョン》の出禁をくらったのだったな」

「彼女は魔王との戦闘経験もあります。うってつけの人材でしょう」

「ユーサー王！　紅蓮の魔女様と連絡はとれませんか!?」

「実は何度か通信魔法を送っているのだが、不通だ。どこにいることやら」

「……そんな」

「頼みの綱が……」

十二騎士たちの顔が暗く沈む。

その後も円卓評議会《ラウンドカウンシル》は続いたが、有効な結論は出なかった。

やがて意見も出し尽くし、会議は終了となった。

「では、まとめよう」

十二騎士で最年長である第四騎士エイブラム・ガラハッドが、円卓を見回した。

「現在、第九騎士コリンが一〇〇階層を監視している。我ら十二騎士は順番《ローテーション》で魔王を監視。ただし、決して単独では戦ってはならない。決戦は第一騎士クレア殿が戻られた明後日。十二騎士全員で魔王エリーニュスを討伐する。異論はないな？」

「「「「…………」」」」

その場の全員が小さく頷く。全員が納得した顔ではないが、それ以上の妙案は結局出てこなかった。

「探索者への依頼は継続する。ただし、挑戦して良いのはS級以上のみ。我らとの合同戦線は、連携が取れないため無しだ。なんとしても三日後帝国と神聖同盟の勇者が訪れる前に我々の力で決着をつける！」

エイブラムの力強い言葉に、十二騎士たちが頷いた。

「もしも、我らが全滅した場合は？」

第三騎士アリスターが面白そうに言う。彼だけは、あまり危機感を持っていないようだ。

エイブラムは一瞬、顔を歪《ゆが》めすぐに表情を戻した。

「その場合は……、ユーサー王。貴方様の判断にお任せいたします。帝国や神聖同盟の力を借りるか……、あるいは他大陸へ助力を求めるか……」

「ふむ、心得た。まぁ、そんなことにはならんと期待しているよ」

真剣な顔のエイブラムと対象的に、王の言葉は軽い。

「「「「「「はっ！」」」」」」

十二騎士たちは、胸に手を当て短く返事をした。

これにて最高会議は終わりか、と思われた時。

「あー、会議を終える前にひとつだけいいかな？」

王が何かを思いついたような顔をして、手を上げた。

「「「「「「……」」」」」」

十二騎士全員が予感する。こういう時に、王はろくなことを言い出さない。

「何でしょうか？　ユーサー王」

皆を代表してエイブラムが尋ねた。

「明日は魔王に挑戦する部隊は、決まっていないのだろう？　勿論《もちろん》、S級の探索者が名乗りを上げないとは限らないが」

「ええ、そうですね」

「もったいないじゃないか。伝説の魔王がわざわざ一〇〇階層に出向いてくれたのだ。私から一組、挑戦する探索部隊を推薦したい」

「お言葉ですが、実力のある探索部隊には一通り声をかけております。まさか、A級の探索者を推薦するおつもりではありませんよね？」

「ん？　A級ではなかったな。たしか、あいつはまだB級だったはずだ」

「B級!?　まだ一〇〇階層も突破していない探索者に魔王と戦わせるのですか!?　無茶です！」

「ユーサー王、貴方様が言っているのは……」

第七騎士イゾルデだけは、該当の探索者に心当たりがあるようだった。

「なに、心配するな。私のこれは独断だし、強制ではない。本人が嫌がるなら無理強いはしないさ」

ユーサー王が立ち上がると、周囲に小さな無数の魔法陣がふわりと浮かび上がる。

空間転移の魔法だ。

「では、会議は終了だな。私は学園に顔をだすから、用事があるならいつでも来てくれ」

ユーサー王はそう言い残すと、シュインと姿を消した。

取り残された十二騎士たちは、大きくため息を吐《つ》いた。

◇ユージンの視点◇

（……ミシェル先輩大丈夫かな？）

俺は学園の訓練場で、素振りをしていた。

一〇〇階層からイゾルデさんと一緒に学園に戻り、そのまま天頂の塔《バベル》へは戻らずに待機しておくように言われている。

ミシェル先輩や、生徒会メンバーの救出には第二騎士様が向かっているらしい。

直接話したことはないが、迷宮都市《ダンジョン》において三番目に強いと言われる実力者だ。

きっと一〇〇階層の『神の試練《デウスディシプリン》』など余裕で突破するだろう。

ただ、相手が魔王であることだけは少々心配だったが。

（エリーのやつは、何を考えてるんだ……？）

念のため大地下牢《だいちかろう》の魔王の檻《おり》を確認した所、もぬけの殻だった。

まだ戻ってきてはいなかった。

（落ち着かないな……）

無心とは程遠い心地で剣を振る。ちょうど千回の素振りを終え、もう千回くらいやろうかと思っていた時。

「精が出るな。ユージン」「っ⁉」

突然、後ろから声をかけられた。慌てて振り向くと同時に、癖で剣を振るってしまう。

疲れていたとはいえ、俺の全力の横薙《よこな》ぎを「ぱしっ」と片手で受け止められた。

「学園長？」

「良い太刀筋だ」

褒められたが、片手で剣を受け止められた身としては微妙な顔になる。

「どうしたんですか？」

「喜べユージン。いい話を持ってきた」

「…………」

嫌な予感がする。学園長の、この顔は知っている。俺は入学初日に学園長に魔王に引き合わされた時の記憶が蘇《よみがえ》った。

「ユージンの探索隊《パーティー》に依頼があるのだ。メンバーを集めてもらってよいか？」

「……どんな依頼ですか？」

「なぁに、大したことではない。三人が揃《そろ》った時に説明しよう」

学園長はニヤニヤしたまま詳細は語らなかった。怪しい……。

俺は適当に学園内を探して「二人とも見つかりませんでした」と言おうと思ったのだが、思いの他あっさり二人は見つかった。

サラは生徒会室。スミレも一緒だった。どうやら天頂の塔《バベル》の様子を中継装置《サテライトシステム》で見ていたらしい。そして俺は二人から、第二騎士ロイドが魔王エリーニュスに敗れたことを聞かされた。

（それにしても、エリーのやつまだ一〇〇階層に居座ってるのか……）

「……どうも」

通常、神の試練《デウスディシプリン》はせいぜい二～三時間だと言われている。召喚されてから既に半日は経《た》っている。どういうことだろうか。

「がくえんちょー、用事ってなんですかー?」

「ユーサー王……、突然の呼び出しですね」

スミレとサラは戸惑っている。もっとも俺も同じだ。

俺たち三人は、学園の裏手にある第九訓練場に集まっている。

ここは教師陣が使う訓練場で、普段は鍵がかかっており生徒は入ってこれない。

「さて、揃ったな」

ユーサー学園長が俺たちを見回す。そして、ゆっくりと口を開いた。

「ユージン、サラくん、スミレくん。君たちには魔王と戦ってもらいたい」

「やっぱりですか」

「……魔王と」

「えっ!?」

三者、反応が違った。俺はうっすらと予想していた。サラは真剣な表情で学園長を見ている。スミレは完全に予想外だったようで、大きく口を開けて驚いていた。

「ふむ、ユージンとサラくんは驚いていないな。スミレくんは驚いているのがわかりやすいな」

学園長が、顎ヒゲをなでる。

「えええええっ！　魔王とか絶対嫌ですよ!!　ねぇ、ユージンくん、サラちゃん!?」

「第二騎士が敵《かな》わなかった相手に、俺たちが勝てるとは思えませんけど」

「ユーサー王、それはカルディア聖国への救援依頼ということでしょうか？」

俺たちの反応を聞いて、ユーサー学園長は予想通りだという顔をする。

「もちろん、これは強制ではない。嫌なら断ればよい。そして、サラくんの質問に答えよう。これは聖国への救援依頼ではなく、学園の一生徒への提案だ。対魔王の作戦については、十二騎士たちが立案、準備をしている。二日後には実行される計画だが、明日は魔王エリーニュスの予定が空くからな。せっかくの『神の試練《デウスディシプリン》』を中断されてしまった君たちに声をかけたというわけだ」

ユーサー学園長がよどみなく答えた。

「相手は伝説の魔王です。私たちよりも相応《ふさわ》しい者がいるのではないですか？」

サラがもっともな質問をした。

「迷宮組合《ダンジョンユニオン》からS級以上の探索者に声をかけているが、集まりが悪くてな。A級以下は残念ながら、戦いにならないという予想で挑戦を断っている」

「俺たちはB級なんですけど……？」

もちろんユーサー学園長はそれを知っているだろうけど、俺は念のため口にだした。

「ハハハ！　五〇〇階層を目指すにしては慎み深いな。遠慮をすることはないぞ、ユージン。お前にとって魔王エリーニュスは恐れる必要などないだろう？」

「それは……まぁ、そうですけど」

　俺個人はエリーに対して恐怖心は一切ない。

が、仲間のスミレとサラは違う。俺は二人の顔を見ると、スミレは首を横に振っている
し、サラはじっと何かを考えている。

　少なくとも乗り気ではなさそうだ。

「ユーサー学園長。申し訳ないですが、この話はお断り……」

「では、ユージンたちがどうして魔王退治に最適なのかを説明しよう！」

　俺の言葉にユーサー学園長が言葉を被《かぶ》せる。

「さいてき？」

　スミレが首をかしげた。

　魔法剣士としては日が浅い俺。異世界に来たばかりのスミレ。

　宝剣持ちだが、剣術の腕は普通なサラ。まだまだ魔王と戦えるような探索隊《パーティー》ではない、
はずだ。ユーサー学園長が「パチン！」と指を鳴らす。

　すると、空中に巨大な映像が浮かび上がった。

「これは……一〇〇階層の様子ですね」

映像には真っ黒い森が映っている。魔王《エリー》の姿は……あった。木の上で、手作りのハンモックでだらしなく眠っている。気持ちよさそうに、むにゃむにゃと寝言を言っている。いつものエリーだ。

「なんだか猫みたい」

「あれが伝説の魔王……？」

俺には見慣れた光景だが、スミレとサラは戸惑っている。

「……ん？」突然、映像の中の魔王が目を覚ました。

「ちっ」不機嫌そうな顔で『こちら』を指差すと、映像は「バチン！」と音を立てて消えてしまった。

「盗み見しているのがバレたか」

ユーサー学園長が肩をすくめる。

「さて、学園の授業で習って知っていると思うが、魔王エリーニュスはかつて天界で木の女神フレイアに仕えた大天使長。そのため木魔法を得意としているわけだが、先程の映像に映っていた黒の森《ンガイ》は、木魔法を使った生きた結界だ。あの黒の森がある限り、魔王には手が出せぬ。S級探索者のミシェルくんや、第二騎士ロイドくんは黒の森《ンガイ》に囚《とら》われた人質を盾にとられ敗れてしまった」

「あの……人質は無事なのでしょうか？」

サラが心配そうに尋ねた。

「それについては問題ない。迷宮組合《ダンジョンユニオン》と十二騎士が監視をしているが、全員生きていると報告が入っている」

ユーサー学園長の言葉に、サラと俺はほっとした。

エリーが学園の生徒の命を奪っていたとしたら、これまで通りに接する自信はなかった。

「さて、スミレくん。ここでクイズだ。木魔法の弱点は何かな？」

「えっと、それは火魔法……はっ！」

学園長の言葉に、スミレの表情が変わる。

「その通り！　しかもスミレくんは炎の神人族《イフリート》。黒の森を焼き払うには最適だ！」

「待ってください、学園長。人質はどうするんですか？」

スミレの火魔法の威力はよく知っている。

が、制御に関しては素人に毛が生えた程度。

正直、人質ごと焼き払ってしまう未来しか見えない。

俺の結界魔法で守れればいいが、あいにく個人を守るのは得意だが大勢は難しい。

「そこでサラくんの出番だ。『慈悲《クルタナ》』の名を冠する宝剣。その剣は攻撃よりも守りに特化している。サラくん、キミは慈悲の剣を何本まで複製できるかな？」

「……二十本が限界です」

「私の知っているかつての使い手は九九九本の光の刃を自在に操っていた。現在の人質は二三人。残り三人は気合でなんとかしてほしい」

「九九九本の光の刃を操っていたのは、慈悲の剣《クルタナ》の初代の持ち主です！　まさかユーサー王は会ったことがあるのですか？」

「あぁ、それほど親しかった訳ではないが彼女も天頂の塔《バベル》を目指していた時期があったからな」

「そっ……」サラが絶句している。

カルディア聖国のことには詳しくないが、よっぽどの人物らしい。

「さて、ユージンの役割が一番大事だ。スミレくんとサラくんが人質を助ける間に、魔王エリーニュスの相手をしないといけない」

「……あの。俺の魔力《マナ》は誰に借りてるか、学園長はわかってますよね？」

スミレの魔力《マナ》を借りた魔法剣・炎剣。そして、魔、魔、魔、魔王の魔力を借りた魔法剣・闇刃《ダークブレイド》。力を借りた当人の魔力《マナ》で勝てるわけがない。

「考え違いをしているぞ、ユージン？」

ユーサー学園長は、不敵な笑みを浮かべた。

「いいか？　勇者として魔王と戦うわけじゃない。これは探索隊《パーティー》が『天頂の塔《バベル》』に与えられた神の試練《デウスディシプリン》。勝つ必要はない。力を認められればいいのだ」

「それはそうですけど」

しかし、どうやって？　その疑問に答えるように、ユーサー学園長は俺に小声で囁《ささや》いた。

「中継装置《サテライトシステム》で見たのだがな。スミレくんの魔力《マナ》を使った魔法剣は慣れているようだが、魔王の魔力《マナ》の扱いはまだまだなんじゃないのか？　一振りで息が切れていたぞ？」

「……」その通りだったので、何も言えなかった。

「せっかくの機会だ。胸を借りるつもりで戦ってこい。それに……」

「それに？」まだなにかあるのだろうか。

「明後日《あさって》の十二騎士たちが魔王エリーニュス相手に、試練を超えられるか怪しいと思っている」

「まさか」

迷宮都市《ダンジョン》の守護者。最強の十二騎士が無理なら、誰が勝てるというのか。

「ここ数百年は平和だったからな。南の大陸は魔王たちが住む魔大陸とは距離もある。どうしたって初めて魔王と戦うとなると気負うだろう。もしもの時は、私が出るしかないが迷宮《ダンジョン》都市の王自らが力を晒《さら》すとなるとどうしても帝国や聖国からの圧力は強まる。ここで学園の生徒が魔王の試練を突破したとなれば、迷宮都市《ダンジョン》も安泰だ」

ユーサー学園長は世間話のような口調だったが、俺はかすかな違和感を覚えた。

「学園長……もしかして困ってます？」

「あぁ、困っているよ」

肩をすくめるその仕草は、いつもの飄々《ひょうひょう》としたものだった。が、なにか引っかかった。

少しだけ……無理をしているような。よし。

「わかりました」

学園長には、大きな恩がある。

当初のリュケイオン魔法学園の入学試験では、白魔力《マナ》しかない俺は不合格になる所だった。その時「確か特別試験があったはずだ」と、古い制度があることを試験担当者に伝えてくれたのは学園長だ。

それからも何かと目をかけて……そのせいで贔屓《ひいき》だとやっかまれたこともあるが、色々と相談に乗ってもらえた。恩には恩で報いる。

「魔王エリーニュスとの『神の試練《デウスディシプリン》』。受けようと思います。……スミレとサラがよければ」

俺が仲間のほうを見る。

「……木を焼けばいいんだよね？」

「人質になっているのは、生徒会のメンバー。生徒会長の私が嫌とは言いません」

スミレは少し迷うように。サラは強い決意の顔で、頷《うなず》いた。

「おお！　やってくれるか！　さすがはユージンだ！」

バンバンと強い力で肩を叩《たた》かれた。

「よし、試練は明日だ。それまで私が稽古をつけてやろう！」

「「え？」」

ユーサー学園長の言葉に、俺たち三人が聞き返した。いま、なんつった？　この人。

「えー、でも一日くらいじゃ何も変わりませんよー」

「す、スミレちゃん!?　ユーサー王が直々に訓練してくれるなんて、とてつもないことなのよ!?」

さすがスミレだ……。学園長相手でも遠慮がない。

「私も魔法使いの端くれだ、わかっているさ。スミレくんには私が秘蔵する魔法道具を貸し出そう。どんな初心者でもあっという間に魔法の達人だ」

「えっ！　そんなのあるんですか!?　やったー!!」

スミレが無邪気に喜んでいる。

俺とサラは、青ざめた顔を見合わせた。迷宮《ダンジョン》都市のユーサー王の秘蔵の魔道具《マジックアイテム》。

多分、その辺の小国がまるごと買えるくらいの値段のやつだ。

「あー、でも壊しちゃったら弁償ですか？」

「はっはっは！　好きに使えば良い。壊れたらそれが魔道具《マジックアイテム》の寿命だ」

「はーい」

(サラ、値段は聞くなよ?)(わ、わかってるわよ)

小声で会話し、俺たちは頷いた。スミレに知られたら、きっと萎縮してしまうような金額だろう。つーか、俺も知るのが怖い。

「さて、サラくんとユージンの相手をするなら、私も久しぶりに剣を持つか」

そう言うや、聞いたことのない言葉を呟《つぶや》くユーサー学園長。

空中に黄金の魔法陣が現れ、その中からうっすらと七色に輝く魔法剣が現れた。次の瞬間。

(っ!?)

息を呑《の》んだ。思わず後ろへ下がってしまう。見ているだけで、鳥肌が止《や》まない。あの剣はまずい。ひと目で俺の結界では、絶対に防げないと確信した。

「し、神剣レーヴァテイン……」

サラの言葉にぎょっとする。あれが、神話に出てくる神剣?

「その複製《レプリカ》だ。本物は持っておらんよ」

ユーサー学園長がこともなげに言った。

「何でそんなもん持ってるんですか……」

「確か四〇〇階層あたりで獲得したんだったかな? 覚えてないな」

あっさりと言われた。駄目だ。この人は理解不能だ。なんで忘れるんだ、それを。

「さて、いくぞユージン、サラくん。スミレくんも遠慮なく乱入して良いからな。魔道具《マジックアイテム》はあとで渡そう」

そう言うや、ユーサー学園長の身体《からだ》の周囲から恐ろしい量の魔力《マナ》が渦巻く。

俺とサラは、慌てて剣を構えた。それから稽古は、その日の夕方まで続いた。

七章／ユージンは、魔王に挑む

「うー、緊張するー」

迷宮昇降機《ダンジョンエレベーター》の中。スミレは落ち着かない様子でうろうろしている。

「スミレちゃん、一〇〇階層まではしばらく時間がかかるわ。これでも飲んだら？」

サラがスミレに精神が安定する効果のある魔法飲料を渡している。

「ありがとう……サラちゃん……う、苦っ。でも少し気分が楽になったかも」

「そう、良かった。それにしてもユージンは落ち着いているわね」

「まぁ、な。サラは緊張してないのか？」

俺が尋ねると、サラはぎこちなく微笑《ほほえ》んだ。

「本国の聖女様たちには報告を入れたら、随分とプレッシャーをかけられたわ。何としても聖国の爪痕を残せとか……」

「無理するなよ。エ……魔王の相手は俺がするから。サラは人質の解放に集中してくれ」

「ねー、ユージンくんって魔王が怖くないの？」

スミレが上目遣いで聞いてきた。

「……ああ、俺は平気だよ」

「はぁ～、すっごいね～」

「相手は伝説の魔王よ？　どういう神経をしてるの、ユージンは」

スミレとサラに呆《あき》れた顔をされたが、俺が魔王を恐れない理由は二人の想像とは少し違う。きっとエリー以外の魔王なら、こんなに冷静じゃない。

――間もなく一〇〇階層に到着します。

迷宮昇降機《ダンジョンエレベーター》内に無機質な声が響く。

「「「…………」」」

自然と俺たちは無言になった。ゆっくりと迷宮昇降機《ダンジョンエレベーター》の扉が開く。

そこには以前のようなだだっ広い空間は無く、風がないにもかかわらず不気味に揺れる黒い森が広がっていた。俺が先頭となり、ゆっくりと森の中を進む。視界が悪い。

深い霧が十歩先を見えなくしている。息苦しいのは瘴気《しょうき》のせいだろう。

「スミレ。体調はどうだ？」

この前は魔王の瘴気に当てられスミレはまともに立つこともできなかった。

「少し気持ち悪いけど……大丈夫だよ。ユージンくん」

「スミレちゃんは私のそばを離れないで。いくらユーサー王から借りた魔法装備があっても、この瘴気は身体に毒だわ」

「……うん、ありがとう、サラちゃん……」

今回の作戦で、スミレとサラは二人一組《ツーマンセル》。

魔王エリーニュスが一〇〇階層全体に、生きた結界魔法『黒の森《シンガイ》』を広げている。

黒の森《シンガイ》を焼き払う担当のスミレ。

そして、囚《とら》われている人質を助け出すのはサラの役目だ。俺は二人の時間を稼ぐために、魔王の相手をする。だから、ここから森の奥へと進むのは俺だけ。

「じゃあ、俺が先に行って『神の試練《デウスディシプリン》』への挑戦を宣言してくるよ。天使の声《アナウンス》が聞こえたら、二人は作戦通りに頼む」

俺は二人に声をかけ、一人で奥へ進もうとした時、二人に腕を掴《つか》まれた。

「スミレ？　サラ？」

どうかしたのか、と聞く前にスミレが真剣な表情で俺に言った。

「ねぇ、ユージンくん」

「なんだ？」

「無事に『神の試練《デウスディシプリン》』を突破できたら、ユージンくんに言いたいことがあるの」

顔を赤らめ、目を潤ませるスミレの様子がただ事ではなかった。

「言いたいこと？　今言ってくれてもいいんだけど」

「ううん、無事に一〇〇階層を突破したら言うよ。一〇〇階層超えって探索者にとっての一つの目標なんだよね？　だからそれを成し遂げたら言うよ」

「？　わかった」

気にはなったが、それ以上追及はしなかった。

一〇〇階層を突破したら改めて聞こう。

「ユージン」

今度は、サラが俺の手をギュッと握る。すっと身体を寄せて、吐息がかかるくらいの距離で囁《ささや》いた。サラの長い髪が身体に触れ、ドキリとする。

「私も……、あなたに言いたいことがあるわ。本当はもっと早く言っておくべきだった。泥棒猫が現れる前に……」

「ちょっと、サラちゃん～？」

「スミレちゃん、邪魔しないでくれるかしら？　私はスミレちゃんが言い終わるのを待っていたでしょう？」

「泥棒猫って誰のことかなぁ？」

「あらあらあら。言わないとわからないなんて察しが悪い子猫ちゃん」

「悪いことを言うのはこの口かなぁ？　みんなの前だと清楚《せいそ》系生徒会長とか言われてるくせに、私に当たりがきつくない～？」

「素の性格はこっちですよ。聖女候補は素直なだけじゃ務まりませんから。スミレちゃんはそろそろ口の利き方を覚えましょうか？」

スミレとサラが、お互いの頬をつねっている。

「ふ、二人とも……仲良くな？」

今回の作戦は、スミレとサラにかかっている。

最近は親しくなったと思ったけど、やっぱり時々諍《いさか》いが起きる。

「任せといて！　ユージンくん。ばっちりサラちゃんと一緒にやっておくから」

「ええ、スミレちゃんのことは私が面倒をみておくから。ユージンは心配しないで」

「いくよー！　サラちゃん」

「あなたは後からついてきなさい！」

「いーじゃん、手をつないで行こうよ」

「スミレちゃんの手は、握る時に結界魔法を張らないと火傷《やけど》するから嫌なんです！」

二人は騒がしい会話をしながら、俺とは違う道へと消えていった。

人質が捕まっている地点は、あらかじめ確認してある。そっちへ向かっているはずだ。

俺は上空を見上げた。木々に隠れてわかりづらいが、ふわふわと丸い球状の魔道具《マジックアイテム》が浮いている。通称『迷宮《ダンジョン》の眼《め》』。

眼を通して、南の大陸全土の『中継装置《サテライトシステム》』に最終迷宮《ラストダンジョン》の様子が映し出される。

（親父《おやじ》や……、幼馴染《アイリ》は見てるかな？）

今は見ていなくても、いずれ目に留まることはあるだろう。相手は魔王だ。

(不甲斐《ふがい》ない姿は晒《さら》せないな……)

そんなことを思いながら、ゆっくりと黒い森を奥へと進んだ。

妨害があるかと思ったが、特に起きない。

開けた場所に出て、そこだけが明るくなっていた。

黒い森の中に、ぽつんとある小さな泉。

そして、泉の周辺には白い花が咲き誇り幻想的な光景を作り出していた。

白い花の中で眠っている美しい女性。

いつもの漆黒の翼は見当たらない。自由に出し入れができるらしい。

す～、す～、という寝息が聞こえる。

彼女は、俺には気づいているのだろうか。まぁ、いいさ。

『神の試練《デウスディシプリン》』に不意打ちはない。正々堂々自分の力を見せないといけない。

「ユージン・サンタフィールドは『神の試練《デウスディシプリン》』に挑戦する」

俺は探索者バッジに呟く。それに呼応して天使の声《アナウンス》が階層内に響く。

――挑戦者ユージン・サンタフィールドの『神の試練《デウスディシプリン》』への申請を受理しました。

――……あの、マジでなんとかしてください。お願いします。

（……ん？）

後半のアナウンスが少しおかしい。

が、気にする暇はなかった。ピリッと空気が変わった。

「ふわぁ～。やっと挑戦者がきたのね」

魔王エリーニュスが起き上がった。

そして俺の顔を見て、ぱちりと大きく瞬《まばた》きをした。

にぃ～となにか悪いことを思いついたかのように唇を歪《ゆが》める。

「迷宮《ダンジョン》の眼たち、ここから離れなさい」

「…………え？」

思わず間の抜けた声を上げた。俺を上空から見ている中継装置《サテライトシステム》の『眼』が遠くへ離れていった。何人たりも干渉ができないはずの最終迷宮《ラストダンジョン》の眼に。

じわりと、嫌な汗が出る。そんな俺の気も知らず、エリーは俺に満面の笑みを浮かべた。

「やっほー、ユージン！　私に逢《あ》いに来てくれたんでしょ？」

ぶんぶんと手を振る魔王エリーニュス。いつも通りの様子に気が抜けそうになるが、魔王が発する魔力《マナ》と瘴気は普段と比較にならない。

小柄な魔王《エリー》の身体が、今は竜よりも巨大に見えた。

「なぁ、エリー。そろそろ学園の地下に戻らないのか？」

俺は剣の柄《つか》に手をかけながら言った。炎の神人族《スミレ》の魔力《マナ》は、スミレにわけてもらっている。

今回は、さらに一個の仕掛けがある。

「んー、久しぶりの自由の身だもの。もう少し満喫したいかなぁ～。ところでユージンの彼女たちは一緒に居ないのね？」

「エリーが怖いから来ないってさ」

「うそつき」

俺の嘘《うそ》は、あっさりと看破された。

もともと騙《だま》せるとは思っていない。黒い森は、魔王《エリー》が作った結界だ。

その中にいる限り、俺たちの行動はつつぬけだろう。

「炎の神人族《イフリート》の女の子は……、妙な服を着ているわね。どうせあの学園長《おつさん》の趣味でしょ？　もう一人の聖女見習いの子は……、一応『聖剣』持ちだけどまったく使いこなせてないわね……あの感じだと『聖剣の声』も聞けてないんじゃないかしら……ふぅん」

まるで見ているかのように言う。いや、結界越しに見えているのだろう。

「エリー、神の試練《デウスディシプリン》の挑戦者は俺だ」

剣を引き抜き魔法剣を発動する。刀身が、赤く輝き……ジジジという音を発する。

「そんなせっかちな男には育ててないわよ？　ユージン」

ばさっと、大きな黒い翼がエリーの背中から出現する。

それと同時に、黒い風が大きく森全体を揺らした。

(なんて瘴気だ……)

学園の大地下牢《だいちかろう》の比ではない。魔力《マナ》に耐性がない者なら、一瞬で意識を失いそうな……。

(スミレ、サラ……)

俺が気を取られた時。

「集中してないわよ？」眼の前に魔王が現れた。

(空間転移《テレポート》!?)

意識よりも先に、身体《からだ》が動いていた。俺の首をつかもうとする魔王の手をギリギリかわす。

ヒュンヒュンヒュンヒュンヒュンヒュンヒュンヒュンヒュンヒュンヒュンヒュン！

黒い森から、百本以上の枝が槍《やり》のように俺に向かって飛んできた。

それを結界魔法と魔法剣・炎刃で防ぐ。

「あら、やるわね。じゃあ、これはどうかしら？　闇魔法・影の獣」

俺の周りに真っ黒な身体をした二足歩行に長い爪の獅子《しし》のような魔獣が現れる。

十数体の影の獣たちが、一斉に俺に飛びかかってきた。数が多い。

「弐天円鳴流・鎌鼬《かまいたち》!!」

鎌鼬によって増えた剣刃が、影の獣たちの首を落とす。それを見計らったように。

「闇魔法・黒風牙」

歌うような声が響く。息つく暇もなく、攻撃が襲ってくる。目の前に巨大な獣の爪のような魔法の斬撃が現れ、俺を襲った。

「くっ！」

結界魔法で身体を覆ってなお、ミシミシと身体中から嫌な音がする。

「弐天円鳴流・獅子斬!!」

俺は魔法剣で一点を突き破り、魔王の魔法から逃れた。それを見た魔王が「ぱちぱち」と拍手する。

「これくらいはやってもらわないとね」

魔王は満足気だが、俺の心境は焦燥感で溢《あふ》れていた。

俺はまだエリーに一太刀どころか、距離を詰めることすらできていない。

このままではいけない。

（まだか……？）

俺は昨日の学園長との稽古の会話について、思い出した。

◇

「スミレくん、これを着たまえ」

「これが魔法が上手《うま》くなる魔道具《マジックアイテム》なんですか？」

ユーサー学園長がスミレに手渡したのは、赤い魔法のローブだった。

見た目は少し古臭く、魔道具《マジックアイテム》自体から大きな魔力《マナ》は感じない。

学園長の秘蔵の品という割には、地味だった。俺よりも魔法に詳しいサラも同様の感想だったようだ。

が、スミレがローブに袖を通した瞬間、ぞわりと鳥肌がたった。チリッと空気が焼ける匂いがする。至る所で火花が舞っている。一体、何が起きている？

「こ、これって……？」

スミレ自身も戸惑っている。

「成功だな、スミレくん。この魔道具《マジックアイテム》の名前は『火の大精霊《サラマンダー》のローブ』という。これを着ると火の精霊たちが大量に集まってくるという効果があるのだが、普通の人間だと五分も経《た》たないうちに全身火傷を負ってしまう」

「ちょっと!!　学園長!?　なんてものを着せるんですか!?」

「心配いらんよ、スミレくんは炎の神人族《イフリート》。火の精霊よりも格上だ。火傷を負うことはない。結界魔法を使うと精霊が逃げてしまうから私も装備できなくてな。『普通に』火の大精霊のローブを着る必要があるものの、そんな者はいないと諦めていたのだが……」

「スミレが異世界からやってきたと」

「その通りだ！　まったく幸運だな」

はっはっは、と豪快に笑う学園長。

「ユーサー王、お言葉ですが精霊魔法は一般的な魔法よりもさらに扱いが難しいと言われています。人間よりも長寿なエルフ族やドワーフ族が長い年月をかけてやっと習得できるとか。スミレちゃんには難しいと思いますが……」

「えっ！　そうなのサラちゃん？」

「俺も聞いたことがあるな」

サラの言う通り、学園でそう教わった。が、学園長はニヤリと笑った。

「その通り。精霊魔法は数ある魔法の中でも、習得難易度が高過ぎることから敬遠されている。そもそも精霊魔法の扱いが大変なのはなぜか？　それは精霊たちが気まぐれだからだ。精霊を意のままに操るには、長い年月をかけて精霊と仲良くなる必要がある。だが、今回の相手は堕天使エリーニュス。精霊と天使が敵対している理由は知っているかな？スミレくん」

「えっとー、うっすら覚えてるような、ないような……」

「かつて精霊を従える神様と天使を従える神様で戦争があったんだよ」

「あー！　神界戦争ってやつだ！　思い出した！」

俺が助け舟をだすと、スミレがぽんと手を叩《たた》いた。

「そのため魔王エリーニュスに対しては、精霊魔法が非常に有効だ。そして、ひとつ精霊魔法のコツを教えよう。スミレくんは細かく指示を出す必要はない。かつての大天使長エリーニュスをやっつけたい、火の精霊の力を貸して欲しい、そういえば喜んで力を貸してくれるさ。本来は精霊語を覚える必要があるが、火の大精霊《サラマンダー》のローブの効果で勝手に伝わる」

「なるほど……。ただ、普段着にはできませんね。スミレが着ているだけで、これじゃあ火事になる」

俺は周りの火の粉を見渡して言った。

「その場合は、ローブを着ずに持ち歩くか結界魔法で精霊を寄せ付けないしかない。幸い、ユージンの探索隊《パーティー》だと二人とも結界魔法を扱える」

「俺かサラのそばに居ないと危険だな。今回ならサラとスミレがコンビで動く感じか」

「できるかな？」

「わ、わかりました！　やってみます」

緊張した面持ちでスミレが頷《うなず》く。こうしてスミレは、一日で精霊魔法使い（仮）となった。

◇

「さて、お次は……あら？」

魔王が異変に気づいた。黒い森中に、火の粉が舞っている。

スミレが、火の精霊たちに無事にお願いできたようだ。

黒い森全体が、苦しげに揺れている。

「ふうん、火の精霊かー。ちょっと、鬱陶しいわね」

少しだけ。ほんの少しだけ、さっきより余裕がなくなった声色になった気がした。

「まさか、ユージンはこれで有利になったなんて思ってないでしょ？」

魔王《エリー》が手を上に掲げる。すとん、と黒い一本の槍がその手に落ちてきた。

「ボロい世界樹の槍ね～。ま、ないよりはマシかな」

「っ!?」

魔王がその槍を構えると、喉元にその刃を突きつけられたかのような威圧感があった。

「まだまだ時間はあるから……たっぷりと殺し合《あい》いましょう？　ユージン」

魔王が赤い唇を舐《な》める。己の首元を汗が伝うのを感じた。

……かつて南の大陸を支配していた伝説の魔王が本気で相手をしてくれるらしい。

堕天の王《まおう》エリーニュスが、禍々《まがまが》しい黒槍《こくそう》をゆったりと構える。

俺は紅《あか》く燃える剣の柄を強く握った。

魔王《エリー》には隙がない。天使は生まれた時から、どんな武器も達人のように扱えるのだとか。

神様の使いとして生を受けたから。

俺と魔王は、十数秒見つめ合う。

「こないの？　ユージン。らしくないわね」

きょとんとした顔で、魔王が首をかしげた。

「……いや、いくよ」

いつかエリーが言っていた言葉を思い出した。

千年以上封印されているエリーは「たまには外で思いっきり身体を動かしてみたいのよねー」と言っていたことを。

「弐天円鳴……」

俺が技を放つ前。シュボッ！　と空気を切り裂く音が俺の頬と耳を切り裂いた。

身体を覆っている幾重もの結界魔法ごとぶち抜かれた。

「おっそーい☆　ユージンってば。あくびがでちゃうわよ？」

激痛が走る。

「っ!?」

左耳から音が聞こえない。どろりと熱い血が頬を伝うのを気にする余裕はなかった。

眼《め》の前に、黒槍を振り下ろそうとしている魔王がいた。

正確に左胸を狙う刃を、ギリギリで避《よ》ける。

「闇魔法・黒時雨」

黒い刃が雨のように降ってくる。それと同時に、俺に向かって音速の突きを放とうとする魔王の姿が目端に見えた。

（……駄目だ、避けられない）

死――その文字が脳裏に浮かんだ。その時、学園長の声がフラッシュバックした。

◇

「ユージンは、東の大陸に在った『剣聖』家の末裔《まつえい》だったな、確か」

修行の休憩中に、学園長はそんな言葉を口にした。

学園長の剣術に叩きのめされ、息も絶え絶えながら俺は答えた。

「祖父の代までは『聖原《サンタフィールド》』家は、確かに剣聖を名乗っていたらしいですけど、俺の親父《おやじ》はそれを引き継いでませんし、俺に至っては物心もついてませんよ」

「えっ!? そうなの、ユージン。私初めて聞いたんだけど！　どうして言ってくれなかったの!?」

「ユージンくん、『けんせい』ってなーに?」

「スミレちゃん、もう少し歴史の勉強をしなさい」

「まだ異世界に来て間もないんだよ!」

サラとスミレが口を挟んでくる。

「剣聖ってのは五百年前に東の大陸の戦乱を一時的に無くした英雄だよ。結局、その英雄がいなくなったあとに東の大陸は再び戦火に燃え上がるから仮初の平和だったんだけど」

「へぇー! じゃあ、ユージンくんはその剣聖の末裔なんだ?」

「どうかな。名字に『聖』の文字が入るのは剣聖の末裔の証拠らしいんだけど、それを名乗るのは東の大陸中に溢れかえってるから……。正直、怪しいと思ってるよ」

「そうなのね……、私も東の大陸には詳しくないから知らなかったわ」

俺はスミレとサラに説明した。

「ふーむ、どうかな? 私の記憶にある初代剣聖の剣技と、ユージンの使う円鳴流は似ているように思ったな。ただやつは二刀流であったから、その点は明確に違うか」

(ん?……まさかユーサー学園長は初代剣聖に会ったことがある……いやいや五百年前の人物だぞ)

ないない。流石《さすが》にそれはない。

「どうして急に、そんなことを言うんですか？」

俺が聞くと学園長は、あごヒゲを撫《な》でながら何かを思い出すように上を見ながら眉を寄せた。

「初代の使っていた剣は、決まった型はなかったと思うのだ。かの剣聖は毎回戦い方が違っていた。やつ曰《いわ》く『剣に決まりなどない。斬るべき相手に合わせて変えればよいだけだ』とか言いながら、大魔獣やら魔王とも平気で切り結んでいたな」

「型がない……？」

「ユージンが相手にするのは、千年前に南の大陸を支配していた魔王エリーニュス。かつて世界を救った大勇者アベルですら封印しかできなかった怪物だ。手持ちの技だけでなんとかしようとするな。相手を観察して、弱点を探せ。そして己を更新しろ。勝機は道なき所にある」

スミレには魔道具《マジックアイテム》を。サラには宝剣の使い道を伝えた学園長の言葉は、俺に対しては随分と基礎的なものだった。

「探索家の心得、ですか」

学園では口が酸っぱくなるほど教わっている、全九条の心得だ。

■探索家の心得

その一：常に冷静に
その二：逃げ道を用意せよ
その三：まずは観察
その四：敵の弱点を探せ
その五：敵を恐れよ
その六：己を知れ
その七：勝機は目に見えない
その八：己を更新せよ
その九：道を切り開け

以上をもって、最終迷宮《ラストダンジョン》に挑むべし。学園の生徒手帳の最初に、明記してある。

「私が言えることはそれくらいだな。ユージンなら自力でなんとかできるさ。さて、もう一戦、手合わせするか？」

「……お願いします」

その時の学園長の言葉の意味は、おそらく半分も理解できてなかった。

その後、学園長の持つ神剣《レーヴァテイン》の複製に叩きのめされ、地面に転がることになった。

◇

天より降り注ぐ無数の黒い刃。俺の心臓を狙う、魔王の槍《やり》。

左右上下、どこにも逃げ場はない。俺の結界魔法は、魔王の攻撃には通じない。

（…………詰み）

負けた、という言葉が脳裏をよぎった時。

――契約ニヨリ『魔王』ノチカラヲ借リ受ケル
瞬間、身体《からだ》を漆黒の瘴気《しょうき》が覆う。普段であれば、結界魔法で自分を保護しながら扱う。

が、俺はあえてそれをせず流れ込んでくるチカラに身を任せた。

「……ユージン？」

魔王がかすかに戸惑ったような声をあげる。黒い刃が俺の身体に次々に刺さる。

が、それを気にせず俺は正面の魔王の槍に集中した。天使は生まれた時から、神の手足として働けるよう十分な戦闘技術と知識が備わっている。

だが、そこまでだ。天使たちは不老であるが、不変。

天使は生まれた時から、能力を決められており決して成長できない。そんな不満を以前、
エリーから教えてもらった。

魔王の槍術《そうじゅつ》は達人級であり、身体能力は神話生物に劣らない。神の下僕として与えられた力は単調な動きだった。身体中から血が溢《あふ》れるのを無視して、俺は黒い槍の動きに合わせて『空歩』で踏み込み魔王の首を狙った。

「っ!?」

驚いた顔の魔王が一瞬止まり、そして慌てて距離を取った。ようやく一息つけた。

「……回復魔法・超回復」

黒い刃が身体から抜け、傷が癒えていく。血を流し過ぎたのか少し目が霞《かす》んだ。

が、俺は魔王の姿を見て唇を歪《ゆが》めた。エリーの首元から鮮血が流れている。

真っ白な肌と、漆黒の翼の中で一輪の薔薇《ばら》のように映えていた。

「やっと一太刀……だな」

「バカなの？　ユージン。死ぬわよ？」

エリーが小さくため息を吐《つ》く間に、傷は癒えてしまった。

死ぬ気で入れた一撃が、このザマか……。

「それにしてもユージンのその姿。ずいぶんと私の魔力《マナ》が馴染んだみたいね」

「姿？　馴染《なじ》んだ？」

「気づいてないの？　ほら、みなさい」

エリーがパチン、と指をはじくと目の間に大きな姿鏡が現れた。

その姿鏡の中では、見慣れた自分の姿が、浅黒い肌に変わっていた。

「これは……」

思わず腕を見ると、自分の腕ではないように感じた。

「ユージンは白魔力《マナ》しか持ってないから、他の色が混ざるとすぐ染まっちゃうのよ。他の魔力《マナ》に染まりやすいのは、白魔力《マナ》の特徴ね。……よくみると悪くないわね。ちょっと、チャラいけど」

「……ちゃらい？」

たまにエリーの使う言葉の意味がわからないことがある。

「まったくユージンの戦闘スタイルは危なっかしいわね。それじゃあ……」

魔王がなにか言いかけた時。

「ユージンくん!! 生きてる!?」

人影が森から飛び出してきた。

「スミレ!? ここには来ないはずだろ？」

「人質の子たちは全員、助け出したよ！ それに森にも火をつけたからもう大丈夫！ サラちゃんがユージンを助けに行ってって！ そろそろ私の魔力《マナ》が無くなっちゃうでしょ」

ひとまずエリーから距離を取るように、スミレのほうへ駆け寄る。そして目を丸くする。

「えええええっ！ ユージンくんがイメチェンしてる！ なんかチャラくなってる!!……で

も、悪くないね。ちょっとホストっぽいけど」

「ちゃらいって、どーいう意味だ？」

スミレも知らない言葉を使いこなしてる。スミレの世界の言葉なんだろうか？

「その前に、魔力《マナ》を注入～☆」

スミレが俺の首に腕を回し抱きつこうとした時。

「あ～あ、邪魔な子が来ちゃったなぁ」

聞き慣れたはずの声にぞっとした。

明確に殺気を含んだ声。目の前を、何かが横切った。

「…………え？」

音もなく、スミレの胸に黒い刃が刺さっていた。ゆっくりとスミレが膝から地面に倒れる。

「スミレ！！！」

俺は即座にその刃を引き抜き、回復魔法をかける。が、治りが遅い。

「…………ゆー……じん…………くん」

ひゅーひゅーと、かすれるような声でスミレが俺の名を呼ぶ。

「やっぱ、死なないかー。元天使の私の攻撃って神族にはめっぽう弱いのよねー。スミレちゃんって炎の神人族《イフリート》だし。残念」

「……………エリー、お前」

「どうしたの？　私は魔王よ？　加減してもらえると思った？　どうせ復活の雫《しずく》で生き返るんだから」

「……………」

俺はスミレに絶対にここへ来ないように、十分な念押しをしなかったことを悔いた。

魔王の追撃がくるかと思ったが、それはないようだ。

回復魔法をかけ続ける。けど傷の治りが遅い。

「スミレちゃんに刺さったのは毒の刃。しばらくは動けないわ。ユージンに魔力《マナ》を与えるのも無理ね」

「くそっ！」

俺はスミレを抱きかかえ、この場から離脱しようとした。

「駄目☆　逃げたら二人とも殺してあげる。試練は継続よ」

こちらへ向ける殺気は本物だった。逃げられない。

「スミレ、少しだけ待っててくれ……」

俺はゆっくりとスミレを地面に寝かせた。そして、魔王と決着をつけるために前へ進もうとした時。

「待……って、……ゆー……じん……くん」

腕を掴《つか》まれた。

「スミレ！　動いちゃ駄目だ」

俺の言葉を無視して、スミレは小さな声で呟《つぶや》く。

「ねぇ、火の……精霊……さん……ユージンくんに……力を貸して……ほしいな……」

その言葉が終わるか、終わらないかの時。

ドドドドドドドドドドドドドドドドドドドドドドドドドドド……

耳鳴りが聞こえた。そして、眼《め》の前が真っ赤になる。

気がつくと、俺とスミレの周囲は一瞬で燃え上がり巨大な火の渦に囲まれていた。

そして、俺の身体に赤色の魔力《マナ》が流れ込んでくる。エリーの黒魔力《マナ》が塗りつぶされていくのを感じた。再び刃が紅《あか》く染まろうとしている。その時。

――己を更新しろ。勝機は道なき所にある

――他の魔力《マナ》に染まりやすいのは、白魔力《マナ》の特徴ね

過去に会話した言葉が蘇《よみがえ》った。スミレと火の精霊の魔力《マナ》が膨大だ。

これを使えばきっと、魔王とでも戦える。

けど、それだけでいいのか？　型にとらわれず、道なき場所へ至るには……。

「魔法剣・炎の闇刃《ダークブレイド》」

黒い刃が真紅の炎を纏《まと》う。身体の中で黒魔力《マナ》と赤魔力《マナ》が暴れるのを感じた。

結界魔法でなんとかバランスをとる。長くはもたない。

が、今までとは違う力強さを感じた。

「闇魔法・黒時雨」

エリーが魔法を放った。無数の黒い刃の雨。俺は空に向かって刃を振るった。

ドン！！！！

と大きな爆発音がして、花火のように黒い刃が霧散した。魔法剣の効果範囲が、とんでもないことになっている。

「……はぁ～、やっかいね。精霊たちまで敵に回しちゃったか」

魔王がぽりぽりと頭をかく。

「じゃあ、決着をつけましょうか？　ユージン」

「…………あぁ」

俺はゆったりと剣を構えた。

「……がん……ばれー、ゆー……じん……くん」

掠《かす》れるようなスミレの声が届いた。俺は小さく視線を向け、頷《うなず》く。

同時に、大量の赤魔力《マナ》が身体に流れ込み身体が燃えるように熱かったが、俺はそれを無視して全てを賭ける一撃のために重心を落とした。

「ユージン・サンタフィールド。推して参る」

「エリーニュス・ケルブ・フレイア……もっとも天界の名前は棄《す》てたから、今はただの魔王エリーニュスよ。いらっしゃい、ユージン」

ざわめいている黒い森。

轟々《ごうごう》と燃え盛る真っ赤な炎。

その全てを無視し、俺を見下ろす魔王エリーニュスだけに集中する。

ピシリ、と聖銀混じりの剣にヒビが入る。

魔王と炎の神人族の魔力《イフリートマナ》に、刀身が耐えられていない。

(また、一撃に賭けるのか……)

思えば神獣ケルベロス相手の時もそうだった。つくづくギリギリな勝負に縁がある。

「反転魔法・黒天使」

魔王は、歌うように美しい旋律の呪文を口ずさむ。

踊るようにして、小さな子供のような天使たち——の影が現れた。

小さな黒い小天使の群れは、ケタケタと笑いながら俺とスミレを取り囲む。

真っ黒な身体や羽の中、歯だけが真っ白く不気味に映る。

「キャキャキャキャ♪」

一体の黒い小天使が、笑いながらこちらに近づいてきた。ぎりぎり剣の間合いに入るかどうか、という時。ゴウ！！！　と炎が黒い小天使を包み込んだ。

「ギャアアアア！！！」

甲高い悲鳴を上げ、小天使が炎に飲み込まれ煤《すす》となって消えた。

一瞬、炎の人影が見えた気がした。

……あれは？

「あらあら、火の大精霊《サラマンダー》かぁ～。やっかいなのを呼び寄せたわね」

まるで答え合わせのように、魔王がその言葉を口にした。

「火の大精霊……」

「ふふ、どうやらスミレちゃんを守っているみたいね。ユージンは安心して私を攻撃すればいいわ」

さあ来い、とばかりに両腕を広げる魔王。だが、その周囲には黒い小天使たちが取り囲み壁のように魔王を守っている。おそらくやつらは生きた結界であり、生きた剣だ。

俺が迂闊《うかつ》に近づけは、あっという間に袋叩《ふくろだた》きにあう。

……………ジジ……ジジジ……

俺の持つ魔法剣が、出番を求めるように震えている。

「こないの？」

魔王が挑発するように微笑《ほほえ》む。俺は小さく深呼吸して、腰を落とした。

（そろそろのはずだ……）

予定は狂ったが、俺が全力の一撃を見舞うタイミングは三人で話し合っている。
・俺が魔王の力を見極める。
・スミレとサラが、人質を救出し終える。
・炎の神人族《スミレ》から、新鮮な魔力《マナ》を受け取る。
・そして……
「降り注ぐ光の刃《レインオブライトセイバー》！！！」

サラの声が響く。俺のいる辺り一帯に、光の刃が降り注いだ。

しかし、慈悲の剣《クルタナ》で作られた光刃は、味方である俺とスミレを傷つけない。

百を超える光の刃。

それを扱うには長い溜《た》め時間が必要で、さらに今のサラの技量では光の刃を維持できるのはほんの数秒。だから、不意打ちで使うと決めていた。

「キャアアアアア！！！」「ギャアアアアア!!」「アアアアアアア！！！！」

黒い小天使たちの悲鳴が上がる。魔王が、少しだけ動揺したように見えた。

攻撃の機会は今しかない。俺は、光の雨が降り注ぐ中へ突っ込んだ。

魔王との距離はなくなり、間合いに入る。

構える魔法剣に纏うは、漆黒の瘴気《しょうき》と真紅の魔力《マナ》。

神獣ケルベロスの首を落とした俺の最高の技。それを放とうとして、嫌な予感がした。

（弐天円鳴流・奥義……）

（それは魔王に通じない……）

理屈でなく直感。だが、俺は剣士の直感は疑わない。俺は先の奥義構えをフェイントにし、ただの突きに変化させた。

ただ、前へ。よりも速く。刃を相手に届かせる。しかし……

（見られている!!）

魔王の眼は、しっかりと俺の剣筋を追っていた。だが、もう俺の攻撃は止められない。

（結界魔法・風の鎧《よろい》）

おそらく魔王相手に意味はないが、それでもないよりはマシだ。俺は相打ち覚悟で、魔王へ特攻した。魔王の持つ、魔槍《まそう》の一撃に備える。が、衝撃は何もなかった。

……トン、という柔らかいものに刃を入れる感触だけが返ってきた。

「……え？」

俺の魔法剣がエリーの身体を貫いている。

「……っ」

魔王が小さくうめき、ゆっくりと地面へ落ちた。そんな……ばかな。間違いなく避《よ》けられたはずなのに……。

……キイイイン
と音を立てて、俺の魔法剣の刀身が砕け散る。俺は地面に倒れている魔王へ、ゆっくりと近づいた。死んでしまったのか、心配になったが呼吸音が聞こえる。

「………エリー」

「はぁ……やられ……ちゃったわね」

苦しげに、エリーが口を開いた。

「さっき、俺の攻撃を防げたんじゃないのか？」

「そう……かも……ね」魔王はあっさりと言った。

「じゃあ、どうして？」

手心を加えられ、お情けで俺は試練を突破したのか？　そう思うと素直に喜べない。

「んー……」

胸から血を流す魔王が、辛《つら》そうに何かを考える仕草をした。

「悪い、無理に喋《しゃべ》らなくても」

「一〇〇階層の『神の試練《デウスディシプリン》』で出せる力には上、限があるの……」

「……なんだって？」

「むかし、天界で邪神の手下たちと戦ってた時の癖で未来を視《み》ながら、時間を止めて戦っちゃうのよねー。でも、『天頂の塔《バベル》』の一〇〇階層くらいの相手じゃ、それは使えないから」

魔王がとんでもないことを言っている。

「勝てるわけないだろ。それは」

俺は呻《うめ》いた。めちゃくちゃ言うな。

「そんなことないわよ？　天頂《バベル》の塔の上層にいけば、それくらいは当然のように対処できなきゃ」

「……うそだろ？」

天頂《バベル》の塔には、そんな化け物がひしめいてるのか？

「こほっ」その時、魔王が咳《せ》き込み大量の血を吐いた。

「だ、大丈夫か？」

自分で斬っておいて大丈夫も何もない気がしたが。

「あんたが斬ったんでしょ？　ユージン」

「そ、そうなんだけど……死なないよな……？」

心配になって思わず尋ねた。

「これくらいで死んじゃ、魔王を名乗れないわよ。……でも、随分と魔力《マナ》を失ったわね。しばらくは眠っていようかしら」

ほっと息を吐いた。そうだよな。伝説の魔王が、俺ごときにやられて死ぬはずがない。

「……じゃあね、ユージン。神の試練《デウスディシプリン》の突破、おめでとう」

ぶわっ！　と大量の黒い羽が舞った。一瞬、視界を遮られる。

再び目の前を見た時、魔王の姿は消えていた。

きっと封印の大地下牢《だいちかろう》へ戻ったのだろう。あとで見舞いに行こう。

どんな我《わ》が儘《まま》も聞くようにしようと思った。

（っと、そうだ！）俺は慌てて、スミレのもとに戻った。

「………………ｚｚｚ」

スミレはあどけない表情で眠っていた。サラが、スミレを介抱している。

「サラ！　スミレは⁉」

「やったわね、ユージン。スミレちゃんは寝ているだけ。ユージンの回復魔法で傷は癒えてるわ。少し血を流し過ぎたみたい」

「そうか……よかった」

「それより、ユージンこそ平気なの？　魔王の攻撃を正面から受けていたのでしょう？」

「ああ、それは……」

手加減されたからな、とは言えず。どう説明するか、言葉を選んでいた時。

「挑戦者の勝利ですー☆　おめでとうございまーす!!」

天使の声《アナウンス》が響く。随分と明るい口調だ。喜びを抑えきれない、ような。

ついで黄金の魔法陣が空中に現れ、その中から人影が飛び出してきた。

純白の翼。太陽のように輝く金髪。空のように青い瞳。

「いやー、どうなることかと思いましたよー☆」

透き通るような声で。

えらく軽い口調とともに俺たちの前に現れたのは、一人の美しい天使だった。

八章／ユージンは、戸惑う

天頂の塔《バベル》の管理者である天使。

透き通るような白い肌。星のようにきらめく金髪。

一点の汚れもない純白の翼の羽ばたきと共に、柔らかな風が頬にあたった。

「いやぁ～、凄《すご》いっすねー少年☆　あのエリー先輩を倒すだなんて。……おっと、迷宮《ダンジョン》の眼《め》ちゃんが近くにいるとフランクに話しづらいんでちょっと離れててねー☆」

その天使は可憐《かれん》な見た目に似合わず、気さくな口調で語りかけてきた。

魔王《エリー》を倒した後にこちらへ近づいてきていた中継装置《サテライトシステム》へ映像を送る『迷宮《ダンジョン》の眼』が、再び離れていった。どうやら天使の言葉には従うらしい。

だからって堕天使のエリーにまで従うのは、どうなんだろう？

「て、天使様!?」

カルディア聖国において、天使はとてつもなく神聖な存在だ。サラが慌てて跪《ひざまず》く。

俺もそれに倣った。スミレは眠ったままだ。

「ふふふ……畏《かしこ》まらなくってもいいっすよ～。今日の主役は君たちですから。あと、そっちの異世界からやってきた女の子も起こしてあげましょうか。……てい☆」

　天使が手に持っている小さな杖《つえ》を振るうと、きらきらした光がスミレを包んだ。

「………ん、……あれ？」

　スミレが目を覚ました。

「やっほー、スミレちゃん☆　ご機嫌いかが？　エリー先輩に八つ当たりされて災難だったっすねー」

「……え、誰？って、わぁ！　天使だ！　天使がいるよ、ユージンくん！」

「お、おい、スミレ」「スミレちゃん⁉」

　全然動じないスミレに、俺とサラが焦る。

「お、いい反応っすねー。こっちの世界の子たちはみんな遠慮し過ぎなんすよー。もっとフレンドリーでいいのに。こんにちは、スミレちゃん。私は天頂の塔《バベル》の一〇〇階までの担当をしてるリータっす。気軽にリータちゃんとか呼んでもらっていいっすよ」

「リータちゃん？　よろしくお願いしますー、私はスミレです」

「さ、サラ・イグレシア・ローディスです」

「ユージン・サンタフィールドです」

　スミレに続いて、サラと俺も挨拶をする。

　俺たちの言葉を聞き天使リータは、優しく微笑《ほほえ》んだ。

「さて……よくぞ神の試練《デウスディシプリン》を突破しました。貴方《あなた》たちの活躍に運命の女神様《イリア》はお喜びです」

天使の口調が変わった。声色も変わる。

天使の体を、黄金の魔力《マナ》が覆い、神聖な空気を放っている。

神妙な空気を感じ、スミレもそれに合わせて静かになった。サラはさっきから畏まっている。俺も緊張しているのだが、天使である彼女に何か奇妙な違和感を持った。

彼女の纏《まと》う魔力《マナ》に、覚えがあるような……。

「天頂《バベル》の塔の設計を命じた偉大なる太陽の大女神様《アルテナ》はおっしゃいました。天を目指す勤勉なる地上の民が試練を超えた時、それに報う褒美が与えられるべきだと」

天使の言葉とともに、一〇〇階層の景色が一変する。

黒い森は枯れ、黄金の木々や花々が凄《すさ》まじい勢いで生えてくる。

黄金の木には、色とりどりの宝石の実が生《な》っている。

「す、凄い……」

スミレが感嘆の声を上げる。サラが息を呑《の》むのが聞こえた。

俺も眼の前の光景に、言葉を失う。中継装置《サテライトシステム》で見たことはあったが、実際に目の当たりにすると圧巻だった。

あっという間に俺たちのいる場所は、至る所が金色に輝いている幻想的な空間となった。

「ここにある黄金や宝石、魔石は好きに持って帰って構いません。それを持ち帰れば一生食べるのには困らないでしょう」

天使リータは優しく語る。これが一〇〇階層、神の試練《デウスディシプリン》を突破した探索者への褒美。

南の大陸中の探索者が天頂の塔《バベル》の上層を目指す理由の一つ。

――そして、もう一つの試練と呼ばれている理由でもある。

「ユージンくん！　これ貰《もら》えるの!?」

スミレが俺の服の袖を引っ張る。

「あぁ、そういうことになってる」

俺は端的に答えた。

「スミレちゃん。落ち着きなさい」

「でもでも！　サラちゃん！　好きなだけ持っていっていいんだよ!?」

この先のことは、俺とサラは知っている。だから単純に浮かれてはいない。

「ですが」

ここで、天使リータが意地悪い表情を向ける。

「一〇一階層より上は『復活の雫《しずく》』が使えません。そして、魔物たちはより狡猾《こうかつ》で獰猛《どうもう》になる……。貴方たちにはより多くの苦難が降りかかるでしょう。ですから一〇〇階層の『神の試練《デウスディシプリン》』を突破した者へ、『恩恵の神器《ギフト》』を用意しています」

そう言って天使が指さした先には、小さな石の台座が現れた。

そして、そこには三本の剣が刺さっていた。

「ねぇねぇ、ユージンくん。あれは？　あれは？」

「あれは……」

「ふっふっふ、スミレちゃん！　あれは一〇一階層より上を目指す探索者の助けになる『武器』もしくは『防具』を得る権利になりますよー☆　ちなみに、『恩恵の神器《ギフト》』は貴方専用になるので売っても価値はありません。他の人にとってはガラクタっす」

天使さんの口調が戻った。こっちが素なのかな。

「えっと、じゃあ黄金と武器を両方貰えるってことですか？」

ここで天使の目がきらりと光る。その質問を待っていたんだろう。

「では、問います。貴方たちはどちらを選びますか？　生涯を保証する富か、高みを目指す武器か」

「…………え？」スミレが、きょとんとする。

「そーいうことだ。スミレ」

「どっちかしか貰えないのよ、スミレちゃん」

「えええええっ！」

意地の悪いことだ。現在の南の大陸では、天頂の塔《バベル》の一〇〇階層記録保持者であればどこの国に行っても高官として迎えてもらえる。

しかも、一生食うに困らない富まで与えられる。

もっとも脱落者が多いポイントである。だが……。

「武器をください、天使様」

俺は迷わず答えた。

五〇〇階層を目指す俺に必要なのは、黄金ではなく使える武器だ。

これでようやく魔法剣を使うたびに武器が壊れる生活とさよならできる……はずだ。

「私には防具を、天使様」サラが答えた。武器は宝剣があるからだろう。

「サラ、いいのか？　一〇〇階層を突破したら迷宮《ダンジョン》探索は終える予定だったんだろ？」

昔教えてもらったことがある。

サラは、カルディア聖国から二つの命題を与えられている。

一つはリュケイオン魔法学園で優秀な実績を残すこと。それは生徒会長となることで果たしている。

もう一つは、天頂の塔《バベル》で一〇〇階層を突破し『A級』探索者になること。

その二つが、聖女になる条件なのだとか。

つまり、一〇一階層以上を目指すのはサラにとって余計なことでしかない。

それどころか、学園を卒業してカルディア聖国の最高指導者『八人の聖女』を目指すなら資金はあって困ることはない。だからてっきり黄金を希望すると思っていた。

「ここで黄金を望んだ探索者は、その後の探索でろくな成績を残せていない。学園の生徒なら誰だって知ってるわ、ユージン。私たちは五〇〇階層を目指すんでしょう？」

「あぁ、俺たちはそうだけど……」

「だったら私も一緒に行くから」

どうやらサラも、覚悟は決まっているようだ。

最後にスミレは……なにやら考えこんでいる様子だった。

「スミレ？」「スミレちゃん？」

一番迷わないと思っていた、スミレが唇に手をあて、難しい顔をしている。

「ふふふ、悩んでいるようですね、異世界から転生してきたスミレちゃん」

「い、いいえ、そういうわけじゃ……」

考えているスミレに、ぱたぱたと翼をはためかせながら天使《リータ》さんが近づく。

「隠しても無駄ですよー☆　なり立てとはいえ、私も大天使《アークエンジェル》の端くれですからねー。迷っているんでしょう？　本当は前の世界に戻りたいのか？　それともこっちの世界で生きて行くのか……」

「ち、違います！　私は前の世界に戻りたくてっ……それで、ここまで！」

スミレの声に動揺が混じる。

「でも、それはこの世界にやってきた直後の話じゃないすか？　あれから色々あったじゃない？　友達ができて、好きな人ができて、楽しいこともいっぱいあって……」

「そ、それは……そう……ですけど」

天使《リータ》さんがニマニマとスミレを問い詰める。

なんかその様子に既視感があるな、と思ったら魔王《エリー》と似ていた。

天使って、こーいう性格が多いのだろうか？　なにより。

「あの、天使様《リータ》？」

「お、なんだい。ユージンくん」

「天使様は、一〇一階層を目指す探索者が多いほうがいいんじゃないですか？　スミレがこっちの世界に定住するなら五〇〇階層を目指す意味がなくなりますよ？」

「はっ!?」

俺が指摘すると、天使さんが「しまった！」という顔になった。

……気づいてなかったのか。天然か。

「す、スミレちゃん。やっぱり一〇一階層を目指す方向で……」

「…………」

スミレは腕組みをして考え込んでいる。

「スミレ」「……ユージンくん」

俺は考え込んでいるスミレの背中を軽く叩《たた》いた。

「スミレの好きなほうを選べばいい。一〇一階層以上にいけばさっきの魔王みたいなのがしょっちゅう……は出ないと思うけど、危険な目にはあうと思う。もし、怖くなったらやめればいい。こっちの世界にも慣れてきただろ？」

「ユージンくん……」

「ねぇねぇ、ユージン」

俺がスミレに言うと、サラが俺の背中を指でつついてきた。

「スミレちゃんが探索を止《や》める場合、私ってどーすればいいの？」

サラが唇を尖《とが》らせる。

「俺はさらに上を目指すよ。一人でもさ」

「そうなの？　じゃあ、私もユージンと行こうっと♡　二人チーム復活ね☆」

そうか、そうなるのか。

「私も武器を選びます！」

スミレが声高らかに宣言した。

「あーあ、やっぱり来たわね。スミレちゃん」

「これからもよろしくねー、サラちゃん」

鼻がくっつくような距離で微笑み合うスミレとサラ。

結局は、いつもの面子《メンツ》に戻った。

見ると天使さんが、ほっと息を吐いている。安心したらしい。

「では、『恩恵の神器《ギフト》』となる武器や防具は受注後の生産《オーダーメイド》になります。三人の魔力《マナ》や体質をチェックしますねー☆　本日より十日以内に迷宮組合《ダンジョンユニオン》経由で連絡しますね～」

天使さんが、スミレ、サラの順番に手を握りながら説明した。

握手しながら、当人の魔力《マナ》をチェックしているらしい。

三番目に、俺の手を握った時に天使さんの表情が変わった。

「……ん？」

「どうしました？」

「きみ…………もしかして、エ、リ、ー、先、輩、と、契、約、してます？」

（げっ！）バレた!?　よく考えると当然だった。

相手は天使様だ。契約が隠し通せるはずがない。

「??」「……え？」

スミレはよく意味がわかってないのか首をかしげ、サラは怪訝《けげん》な顔をしている。

「んんー……、『神の試練《デウスディシプリン》』の相手が契約者……、これは……ありなんですかね？　ちょっと前例がなくて……、一度女神様に確認を……。いや、女神様の時間をとるならもう少し調査をしないと……」

ぶつぶつと天使さんが呟《つぶや》く。天使さんが眉間に皺《しわ》をよせ、視線をきょろきょろしている。

　そして何かを思いついたように、ぽんと手を叩いた。

「よし！　ちょっと先輩に話を直接聞いてみますかー？　エリー先輩ー！　召喚しますよー！」

「「え？」」

　天使さんの言葉に、俺たちは驚いた。召喚する？　魔王《エリー》を!?

（え？……ちょ！　ちょっと待っ！　いま!?）

　ついで、焦ったような声が脳内に響いた。魔王《エリー》も予想外だったらしい。

　ぱー！っと黄金の魔法陣が現れる。

　そして、その中から神々しく現れたのは……さっきまでの威厳のある姿とは違い。普段よくみる、だらしない部屋着に着替えた魔王《エリー》の姿だった。

「「…………」」

　再び現れた魔王を前に、スミレとサラは固まっている。

「……………え？」

　魔王《エリー》もぽかんと大口を開いている。短パンに、着崩したシャツ。

　見慣れた普段着だ。所々に雑に巻いた包帯が見える。エリーの顔色は悪くない。

　俺が斬った怪我《けが》で弱っている、ということはなさそうでほっとした。

「エリーセンパイ～！　お久しぶりっすー。新人研修でお世話になったリータっす！　いやぁ、センパイが一〇〇階層の試練の相手に選ばれた時は、ビビりましたよー。しかも全然帰らないしー、駄目っすよ。天頂の塔《バベル》のシステムに勝手に干渉しちゃー、私が誤魔化しときましたから、褒めてくださいねー。ところでさっきの試練の時の話を少し伺いたく……あれ？　エリーセンパイ。どーしたんすか？　目が怖」

「迷宮の眼《カメラ》を止めなさい」

ドスの利いた声が聞こえた。

「へ？」「聞こえなかった？」

「は、はい！　ただいま！　眼《め》ちゃん、スリープモード！」

天使さんの声に、迷宮《ダンジョン》の眼が「……ヴン」と低い音を立てて地面に転がった。

「え、エリーセンパイ～？　どーしたんすか？」

「あんたねぇ!!」

「ぎゃあああああ！　痛い痛いいたい！　頭が割れるっす！」

魔王が両手を拳のまま、天使さんの頭をぐりぐりしている。

「ねぇ……ユージンくん」

「ユージン、私たちは何を見せられてるの？」

「魔王と天使ちゃんって仲良しなの!?」

「う、うーん……、知り合いみたいだな」

俺も頷《うなず》くしかない。以前、エリーから天使の新人教育係だったと聞いたことがある。

その時は「ふーん」くらいの気持ちで聞いていたが、本当に先輩なんだな。

それもかなり、上下関係は厳しそうだ。

「おーい、少年！　見てないで助けてくださいよー、エリー先輩の相棒なんすよね？」

「「え？」」「げ」

天使《リータ》さんの言葉に、俺より先にスミレとサラが反応する。

「ユージンくんが……魔王と相棒？」

「て、天使サマ？　一体、なにを……？」

「あ、あの！　ちょっと、待ってくださ」

俺は慌てて天使《リータ》さんがこれ以上変なことを口走る前に、止めようと駆け寄った。

「お、少年。近くでよく見るとなかなか精悍《せいかん》な顔ですねー。私の好みじゃないっすけど、エリー先輩がいかにも好きそうなタイプっすね」

気がつくとするりと魔王のヘッドロックを抜け出した、天使《リータ》さんが目の前にいた。

「それって、どーいうことですか!?　ユージンくんと怖い魔王が相棒って!!」

「天使様！　言っていいことと悪いことがあります！　あのような汚らわしい魔王がユージンと契約しているはずがないでしょう！　魔王は封印の地下牢《ちかろう》で眠っていたのですよ！」

　スミレとサラがすごい剣幕でまくしたてる。

「汚らわしい」というサラの言葉に、魔王《エリー》の眉が少しぴくりとなった。

「ありゃ？　同じ部隊のお二人は知らなかったんですか？　駄目っすよー、パーティーメンバーは家族も同然なんすから隠し事はー。私には、ばっちりエリー先輩と少年が『身体の契約』で結ばれてるって視《み》えてますからねー」

「ちょっ!!」

　このクソ天使！　全部言いやがった！

「「…………」」

　空気が凍った。背中がゾクゾクする。スミレとサラの顔を見るのが怖い。

「あははー、身体《からだ》の契約ってあれでしょー？　別名『恋の契約』っていう私と結んでるやつ。天使《リータ》ちゃんってば、おかしー。魔王さんなんて大昔からいるおばさんなんだから、ユージンくんとそんなわけないじゃないですかー」

「ええ、スミレちゃんの言うとおりだわ。うっかり信じてしまう所でした。天使様でも冗談をおっしゃるのですね」

　スミレとサラがケラケラと笑っている。

　……スミレの『おばさん』という言葉に、魔王の表情が変わった。

　魔王の姿が掻《か》き消える。音もなく俺の真後ろに空間転移《テレポート》していた。

そして、後ろから抱きしめられる。

「ねぇ、ユージン♡　ねぇ、さっき貴方《あなた》に斬られた傷がまだ痛むの……、いつもみたいに慰めてくれないの？」

「え、エリー!?」

さっきまでの魔王モードとは違う。封印の地下牢にいる時のエリーの猫撫《ねこな》で声《ごえ》。艶《なま》めかしい流し目をおくり、俺の首元を指が這《は》う。

（おい、いいのか？　こんな人前で！）

俺は小声でエリーに話しかける。お前は南の大陸で恐れられている伝説の魔王だろ！

「どうしたのユージン、照れちゃって。ねぇー、私たちの仲でしょ♡」

エリーはますます強く抱きしめてくる。柔らかい胸が背中を圧迫する。

「魔王！　ユージンくんから離れろ！」

「ユージンから手を離しなさい！　この堕天使！」

スミレの右手が真っ赤に燃える。サラが再び宝剣を鞘《さや》から引き抜き、刀身が輝き出した。

「あら、怖い。ユージン助けてー」

「スミレ、サラ落ち着け。神の試練《デウスディシプリン》は終わったんだから」

俺は二人を宥《なだ》めるが、エリーが頬を擦り寄せてくるとますます二人の顔が険しくなった。

「ユージンくん、どいて！　そいつ燃やすから！」

「ふしだらな魔王！　切り刻んでやるわ！」

「ふふふ、あなたたちのお遊びみたいな攻撃が私に届くかしら」

なぜか二人を挑発する魔王。力ずくでエリーを止めたい所だが、さっき俺が魔法剣で斬った手前強引な手段は憚《はばか》られた。その間にも、魔王とスミレ&サラ間の空気は剣呑《けんのん》さを増していく。なんか……もう一戦始まりそうなんだけど。

「どーするんですか、これ？」

俺が諸悪の根源である天使さんへ話しかけた。

「ありゃ……、困りましたねー」

「そんな他人事《ひとごと》な！」

「まま、お任せを。おーい、迷宮主《ダンジョンマスター》ちゃんー！　エリー先輩を止めてくださいー！」

天使さんが、上に向かって叫ぶ。

(迷宮主《ダンジョンマスター》……天頂の塔《バベル》にダンジョンマスター？)

学園ではそういう話は聞いたことがなかった。最終迷宮《ラストダンジョン》にも居たのか。

天使たちが、管理者じゃなかったのか？

「だいたいさぁ、年増《としま》のおばさんが若い男の子に本気になるなんてダサいよねー☆　サラちゃん」

「ほんとよねー、スミレちゃん。魔王って言っても、淫魔《サキュバス》の王だったのかしら」

「……言ってくれるわね、二人にはお仕置きが必要みたいねー」

魔王のこめかみに青筋が浮いている。……おいおい、エリーのやつまで本気で怒ってないか？　これはいよいよ、間に入らなければと覚悟を決めた時。

ドン！！！　と、魔王とスミレ、サラの間に巨大な壁が現れた。

「おっと」「きゃっ！」「くっ!!」

エリーは慌てず。スミレとサラは、驚きつつ後ろに下がる。

そこに天使さんが割って入った。

「駄目っすよー、エリー先輩。若い子たちをからかっちゃ。それに二人も試練の相手には敬意を払わないといけないっすよー」

「「…………」」

エリーとスミレとサラが、何か言いたげだったが一応静かになった。壁がゆっくりと消える。

しばし、三人がにらみ合う。

「で？　リータ。私に聞きたいことってなによ？」

面倒そうに口を開いたのは魔王《エリー》だった。

「んー、この少年がエリー先輩と契約関係だったのでもしかしたら贔屓《ひいき》してないかなーという調査です。勿論《もちろん》、鬼教官と呼ばれたエリー先輩が手を抜くとは思ってないっすよ？」

天使さんの言葉に、魔王がため息を吐《つ》く。

「あのねぇ、リータ。ユージンはそもそも二〇階層でも冥府の番犬《ケルベロス》ちゃんと戦って、その力を認められてるのよ？　今回の一〇〇階層の試練だってユージンはフリーパスでもいいくらいなんだから。まさか、それを把握してない、なんてことはないわよね？」

ジロリとエリーが天使さんを睨《にら》むと、彼女はギクリとした表情になった。

……え？　知らなかったの？

「ち、違うんすよ！　二〇階層に冥府の番犬《ケルベロス》ちゃんが間違って召喚された件で、前任の子が飛ばされたんですよ！　だから私はろくに引き継ぎも受けてなくて……えーと、ちょっと待ってくださいね……、履歴を見ますから……。あー!!　たしかに少年は冥府の番犬《ケルベロス》ちゃんと戦ってますね！　じゃあ、試練は問題なくクリアっすね！」

あはは！　と明るく笑う天使さん。どうやら、大雑把な性格らしい。

「まったく、じゃあ私は帰るわね。ユージンに斬られた傷がまだ痛むんだから……」

エリーがお腹《なか》をおさえている。

「大丈夫か？　エリー」思わず声をかけた。

「心配してくれるの？」

「あ、当たり前だろ」

ニヤニヤした表情になったエリーが、俺の頬に手を当てた。

後ろにいるスミレとサラの発する魔力《マナ》やら闘気《オーラ》が恐ろしいが、いったん気にしないことにした。が、「がし!」と両側から腕を掴《つか》まれては流石《さすが》に無視できない。

「ねぇ、ユージンくん？　そちらの魔王さんと随分と仲良しみたいだね？」

「ユージン☆　詳しく説明してもらえるかしら？」

スミレとサラの声が、これまで聞いたなかでもっとも低い。

「先輩、怪我《けが》の治療しますねー」

「……あんた、一応私は魔王なんだけど、わかってるの？」

「大丈夫っすよー、一〇〇階層までは私しか見てないんで」

「相変わらずワンオペなのね……」

天使さんとエリーが会話している。どうやらエリーの怪我は天使さんが治してくれるようで少し安心した。そして俺の両脇には、スミレとサラ。絶対に逃さないと、両腕をしっかりと掴まれた。……言い逃れは無理だ。

——俺は全てを白状した。

「…………うそよ。そんなのうそ」

サラが宝剣を抜き身のまま、ふらふらと俺とエリーの間をいったりきたりしている。

あの……、急に斬りかかってきたりしないよな？

「えぇ……、じゃあ、魔王さんとユージンくんは……その……えっちな関係って……こと？」

スミレは赤い顔をして、俺とエリーを見比べている。

「ふふふ、そーいうことなの☆　残念だったわねー、スミレちゃん、サラちゃん。ユージンくんの初めてはいただいちゃった」

エリーが満面の笑みで答える。

「……エリー。もうこれ以上言うな」やめろ、やめてください。

「くっ……、生徒会会長権限で生物部を廃部にしてやるわ！　ユージンを魔王から解放しなきゃ！」

サラがとんでもないことを言い出した。

「生物部は、ユーサー学園長が作った部だから無理だぞ」

冷静さを失っているサラに、一応言っておく。

「じゃあ、学園長に直談判《じかだんぱん》するよ！　そもそも、何でユージンくんだけがそんなことしなきゃいけないの!?」

スミレが叫んだ。

「俺と学園長しか入れないんだよ。第七封印の地下牢は。昔は他の部員も入れたらしいんだけど」

「えぇ……なんでそんなことに……」

「主な原因は、あの研究バカの学園長が何でもかんでも地下牢《ちかろう》に神話生物を放り込むから、地上の民だと息もできないくらい濃い瘴気《しょうき》が蔓延《まんえん》してるせいね。実際、ユージン以外の担当者がいないから仕方ないのよねー」

エリーがやれやれと、肩をすくめる。

「うぐぐ……、そんなぁ」

「あれ？　でも、スミレちゃんは神人族だからいけるんじゃないっすか？」

「え？」

天使さんの言葉に、スミレがぱっと振り向く。

「それに、サラちゃんも宝剣の効果で多分、学園の地下牢に入っても大丈夫っすよ」

「そ、そうなんですか⁉　天使様」

「本当ですか？　天使《リータ》さん」

「間違いないっすよー。これでも私の眼《め》は女神様に褒められるくらい良いですからねー」

驚いた。勇者職のクロードですら近づくだけで、精一杯なのだが。

スミレとサラは、入れるらしい。

「あーんーたーはー!!　何で余計なことを言うのよ!!」

「えっ！　言ったらまずかったんすか⁉」

「当たり前でしょ！　私とユージンだけの場所なのに！」

あっちでは天使さんがエリーに詰められている。

「魔王さーん。今度、遊びに行くねー☆」

「来なくていいわよ！」スミレが魔王を煽《あお》っている。

……っ、強いな、スミレ。その時、魔王の身体《からだ》が黄金の光に包まれた。

「エリー先輩ー、話は聞けましたのでもう大丈夫すー。今度、挨拶に行きますねー」

「あんたも来なくていいわよ……。じゃあ、またねユージン」

俺にウインクをして、エリーは光の中に消えた。

空間転移で地下牢に戻ったのだろう。

「じゃあ、私も仕事に戻るっすねー。私に用事があれば一〇〇階層で呼んでくださいねー。お茶くらいだしますからー。ではではー☆」

天使さんも空間転移で去った。と同時に黄金の森は消え去り、もとの殺風景な一〇〇階層の姿に戻る。俺とスミレとサラは、一〇〇階層にぽつんと突っ立ったままだ。

ウィン、と小さな機械音が聞こえた。迷宮《ダンジョン》の眼が、起動したようだ。

ふわふわと、宙を旋回している。

「じゃあ、下に戻ろうか」どっと疲れが襲ってきた。

一〇〇階層の試練は突破した。迷宮組合《ダンジョンユニオン》に報告したほうがいいだろう。

中継装置《サテライトシステム》で結果は既にわかっていると思うが。

さて、帰ろうと迷宮昇降機《ダンジョンエレベーター》のほうへ足を向けた時。

「ユージンくん、話があるの」

がしっと、スミレが俺の腕をつかんだ。

「あとで話はゆっくり聞けるけど……」と言いかけて止《や》める。

スミレの表情が、あまりに真剣だったから。

「い、今言うの⁉　スミレちゃん」

サラが少し慌てている。

「むしろ、今じゃなきゃ駄目だよ！　サラちゃんは、さっきの魔王《おんな》とユージンくんの関係を聞いてたでしょ‼　このままでいいの⁉」

「いいわけないでしょ！　最悪よ！　本国にどう報告すればいいの⁉」

スミレとサラが大声で叫ぶ。

「あの……二人とも話って……」

俺がおそるおそる尋ねると「きっ！」とスミレとサラが俺を睨んだ。

（これは……怒られるやつだ）まぁ、そうだよな。

魔王と契約してたのを、二人には隠していたのだ。

迷宮探索隊《ダンジョンパーティー》は、一蓮托生《いちれんたくしょう》。隠し事は極力しないのが常識だ。もしかしたら、探索隊《パーティー》を解消という話になるかもしれない。そう言い渡されても、俺が文句を言える立場ではない。

「ユージンくん！」「ユージン！」

名前を呼ばれる。

「は、はい」

俺は緊張した面持ちで返事をした。ごくりと、つばを飲み込む。

「「…………」」

スミレとサラは、何かを迷っているように次の言葉を続けない。二人との探索隊《パーティー》を解消したら、俺はまた単独《ソロ》に逆戻りだ。一〇一階層以上を単独は、厳しいだろう。

そもそもスミレの魔力《マナ》がないと、俺はろくに戦えないし。

厳しい探索になる。が、俺は覚悟を決めた。

「言いたいことは、はっきり言ってくれていいよ。俺は何でも受け入れるから」

俺はなるべく穏やかな声で答えた。

たとえ、二人に捨てられても一〇〇階層まで来られたのは二人のおかげ。

その恩は決して忘れない。

一〇階層もクリアできなかったのが、遠い昔のようだ。最近の探索は、大変だったが充実していた。二人には感謝しかない。そう思っての言葉だった。

ただ、俺の言葉にスミレとサラは、キョトンとしていた。

「ん？　何でも？」「いま、何でもって言ったわね」

スミレとサラがつぶやく。

「……ああ」

たとえ魔王と契約をしていた俺なんかとはもう迷宮《ダンジョン》探索ができない、と言われても受け入れるつもりだ。が、何かズレているような気がした。

得も知れぬ『やってしまった感』に襲われた。けど、言った言葉は取り消さない。

『男に二言はない』というのは親父《おやじ》から教わった東の大陸の言葉だ。

（あんたさぁ……）（なんだよ？）（……バカ）

魔王の呆《あき》れたような声が脳内に響く。契約のため会話はつつぬけだ。

そして、なぜか罵倒された。

「ユージンくん……」「ユージン……」

スミレとサラが、俺の腕をギュッと握り言った。二人の顔はもう怒っていなかった。

……隊を解消する話じゃない？　俺は言葉を待った。

しばらくの沈黙を破り、スミレとサラが口を開いた。

「ユージンくんが好きです。付き合ってください」

「ユージンを愛してる。私の恋人になって」

——二人同時の愛の告白だった。

◇迷宮都市《ダンジョン》　円卓評議会《ラウンドカウンシル》◇

——挑戦者の勝利ですー☆

最終迷宮《ラストダンジョン》の中継装置《サテライトシステム》より送られる映像と音声から、いつもより陽気な天使の声《アナウンス》が響く。

円卓を囲む迷宮都市《ダンジョン》の十二騎士たちは、それを黙って聞いていた。

そして、画面内のユージンたちの前にキラキラと光が舞い降りる。

神聖な天使の御姿《みすがた》は、中継装置《サテライトシステム》の映像には映らない。

その姿を目にしてよいのは、神の試練《デウスディシプリン》を突破した者だけだ。

もっとも円卓評議会《ラウンドカウンシル》にいるのは全員が百層突破の記録保持者《レコードホルダー》。

それを羨むものはいない。しかし……。

「魔王に……勝っちゃいましたね……ユージンくん」

第七騎士イゾルデが、やや呆然《ぼうぜん》としながら言った。

「なんだあいつは？　何であんなやつが、まだB級なんだ？」

「グランフレア帝国の帝の剣《インペリアルソード》の子息ですよ。知ってるでしょ？」

「何であれが普通科なんだよ！　おかしいだろ!!」

「私に言われても」

第六騎士ブラッドと第五騎士シャーロットが大きな声で会話している。

「……流石《さすが》にクラスを見直しですかね」

「というより帝国から召集命令がかかるんじゃないかな？　魔王を退けたとあっては」

「彼は士官学校を退学しているので、身分は平民ですから命令はできないと思いますよ」

「彼を退学にするなんて、帝国軍の目も案外節穴ですね～」

第九騎士コリンと第八騎士パイロンは、興味深そうに画面を見ている。

「だが放っておくと間違いなく神聖同盟や蒼海《そうかい》連邦から勧誘がくるだろうな」

「まあ、そうでしょうねー。決めるのは彼なので別にいいのでは？」

「迷宮都市《うち》も十二騎士候補に推挙するか？」

「囲い込みですか？……優秀な学生ならありですけど」

円卓評議会《ラウンドカウンシル》は、いつになくざわついている。

ユーサー王は何も言わず、中継装置《サテライトシステム》の画面を面白そうに頬杖《ほおづえ》をついて眺めている。その時。

「円卓の騎士団《ナイツオブラウンド》様！　間もなく第一騎士クレア様がご到着されます!!」

迷宮職員《ダンジョンスタッフ》が、息を切らして会議室へ飛び込んできた。

円卓の騎士団《ナイツオブラウンド》は、十二騎士の別名である。騎士たちが顔を見合わせた。

「もう？　随分早いな」

「まだ半日以上かかるはずでは？」

「それが、単独で空間転移を使って戻ってこられたようです」

「それは……無理をされたな」

「クレアさんは、私が迎えに行きますね」

第七騎士イゾルデが迷宮職員《ダンジョンスタッフ》と一緒に会議室を出ていった。

「そういえば明日、帝国と聖国から勇者がやってくるんでしたね」

「「「あー……」」」

そういえば、という面倒そうな声が会議室中に漏れる。

「くくく……、さっさと帰っていただこう。もう魔王はいないんだから」

第三騎士アリスターが、笑いながら言った。

「そうはいかぬ……。仮にも帝国と聖国が迷宮《ダンジョン》都市救援の名目で遣わしたのだ。相応のもてなしをしなければ。ここは私と第一騎士クレア殿で対応するしか……」

十二騎士最年長のエイブラムがそう言った時。

「心配いらんよ。そっちは私に任せておけ」

ここでユーサー王が口を開いた。

「よいのですか？」

第五騎士シャーロットが驚いたように言った。王がそういった面倒事に首を突っ込むのは珍しい。自分の興味がないことには、一切関心を払わない人物だからだ。

「遠路はるばる魔王と戦うためにやってきたのに『もう魔王が倒されててどんな気持ち？』と聞いてみよう」

「あはははははっ！　それはいいですな！」

王の発言に笑ったのは第三騎士のアリスターだけだった。

「「「「やめてください！！！！」」」」

他の騎士は慌ててとめた。

「冗談だ。どうせ、迷宮《ダンジョン》都市の防衛状況や戦力や運営について聞き出そうとしてくるだろう。彼らも皇帝や女神の巫女《みこ》に命令されてきているからな。手ぶらでは帰れまい。王が自ら対応したなら、納得するだろうからな」

「恐れ入ります、ユーサー王」

第四騎士エイブラムが頭を下げた。

「そうと決まれば宴《うたげ》の準備だ！　ユージンの魔王撃退を盛大に祝うぞ！　そこに外国からの賓客をまとめて招待してしまおう」

「承知しました。その場には件《くだん》の学生探索隊《パーティー》は呼びますか？　間違いなく取り囲まれて質問攻めやら、勧誘にあうと思いますが」

「そうだな……。本人たちが希望すれば参加させてやればいいだろう？」

「わかりました。では学園生徒が魔王に打ち勝った祝宴という名目にしましょう」

「委細は任せる」ユーサー王は顎鬚《あごひげ》を撫《な》でながら答えた。

「「「「はっ！」」」」

十二騎士たちは、会議室を出ていった。

こうしてユーサー王の号令で盛大なパーティーの開催が決定した。

◇ユージンの視点◇

魔王との戦いから一夜が明けた。

魔王に囚《とら》われていた人たちについて。

S級探索者のミシェル先輩と生徒会のメンバーは入院中らしい。

第二騎士ロイド様は、既に通常業務に戻っているとか。タフだな。

スミレは学園の保健室で身体検査中。どうやら慣れていない魔道具《マジックアイテム》を着込んで、魔王と戦うという緊張感でかなり体力と精神を消耗したらしい。

「……なんか身体《からだ》が怠《だる》い」と言っていたので、検査後はしばらく保健室で横になっていると言っていた。サラは生徒会メンバーの見舞いに行っている。

そのあとは、なんでもカルディア聖国から偉い人たちが来ているとかで、挨拶回りに行く必要があるそうだ。生徒会長兼、聖女見習いはいつも忙《せわ》しない。

最後に俺だが。

「ユージン。かすり傷一つねーんだが？」

「自分で治しました」

「気分が悪いとかは？」

「まったく」

「……お前、本当に魔王と戦ったのか？　いや、中継装置《サテライトシステム》は見てたんだがよ」

「結構大変でしたよ」

「ユージン・サンタフィールド、異常なしだ。もう行っていいぞ」

口の悪い保健室の女医先生に呆れられた。

というわけで、健康体で予定もない俺は一人訓練場で剣を振るっている。

リュケイオン魔法学園は臨時休校。なんでも、本日は迷宮《ダンジョン》都市へ国外から賓客が大勢訪れ、その対応に迷宮職員《ダンジョンスタッフ》や学園教師陣も駆り出されているらしい。

そのためかリュケイオン魔法学園全体、いや迷宮《ダンジョン》都市全体がざわついている。

「…………」

俺は訓練場から、空を見上げた。いつもは広がっている青い空が、今日は狭い。

天頂の塔《バベル》をぐるりと取り囲むように浮遊停泊している、飛空船団のせいだ。

その中でも見慣れたデザインの十数隻の飛空船を眺める。

その船体は血のように赤い。そして描かれているのは、『黒い剣』の紋章。

グレンフレア帝国の皇章だ。

これらに乗り込んでいるのは、帝国が誇る『黄金騎士団《ゴールデンナイツ》』とそれを率いる『天騎士』。

さらには帝国最高戦力の一人『剣の勇者』までやってきているのだとか。

『天騎士』と聞いて、幼馴染《アイリ》のことを思い出したが、やってきていたのは別の人物だった。

名前は知っているが面識のない人物だ。そして、帝国の船団から少し離れた位置。

全体を白くカラーリングしているその飛空船には『緑の弓』の紋章が描かれている。

神聖同盟の誇る神聖騎士団《ホーリーナイツ》の飛空船団である。その数は約二十隻。帝国よりもわずかに勝っている。なんとなくその数には、意図的なものを感じた。

なんでも今回の同盟からの使者には、カルディア聖国に所属する『弓の勇者』までいるとか。サラは、その勇者に挨拶に行っているらしい。

最後に、帝国でも同盟でもない船団に目を向けた。

ほかの船団と違い、その飛空船群は形状に統一感がない。

だが、その船体には青いラインが入っており『黄色の盾』の紋章が描かれていた。

『蒼海連邦』の飛空船だ。
なんでも連邦の所属国近くに現れた『大魔獣』を討伐するために組まれた船団らしいの
だが、魔王復活により慌ててこちらへやってきたらしい。
『大魔獣』の討伐には、迷宮《ダンジョン》都市の第一騎士にして『王の剣』と呼ばれるクレア・ランス
ロット様も参加していたのだが、彼女も戻ってきている。
南の大陸の三大勢力――『グレンフレア帝国』『神聖同盟』『蒼海連邦』。
その軍が、これほどの規模で揃《そろ》うのはいつぶりかわからない。
少なくとも、俺は聞いたことがなかった。彼らの目的は……。
（へぇ～、私のために随分と集まったものね～）
魔王《エリー》ののんびりした声が脳内に響いた。
（えらく大事になってたんだな）
（ま、南の大陸はたまに目を覚ます大魔獣の被害を除けば平和な地だもの。魔王復活は大
ニュースなんでしょ）
（復活したわけじゃないだろ？）
（対外的には魔王《わたし》は封印されて眠っていることになってるから、目を覚ましたってだけで
ビックリなのよ）
（そーいうもんか……）

いつもエリーと会話をしているので、その辺はピンとこない。

ちなみに今日の夕方には、リュケイオン魔法学園のとある生徒たちが『神の試練《デウスディシプリン》』で魔王に打ち勝ったということで祝宴パーティーが開かれるらしい。

とある生徒というか俺たちの探索部隊なわけだが。


「キミは参加しないのかい？　ユージンくん」

さっき第七騎士イゾルデさんに聞かれた。ちなみに、サラは参加。

スミレは、疲れたので不参加だそうだ。

「俺は止《や》めておきます」

「いいのか？　各国の上層部に顔を売る貴重な機会だと思うが……」

「当面は天頂の塔《バベル》に籠もりますから」

「……そうか。キミの目標は五〇〇階層だったな」

イゾルデさんはかすかに微笑《ほほえ》み去っていった。

そんなことを思い出しながら、新調した剣を振っていると。

「おーい、ユージン。主役がこんな所で何やってるんだよ」

「ん？」クロードに声をかけられた。

「主役？　俺が？」

「おいおい……街中で噂《うわさ》されてるぞ。魔王を倒した剣士のこと」

「倒したんじゃなくて、胸を借りたんだよ。それに魔王は本気じゃなかったしな」

「……あれでか？」

「みたいだぞ」

――一〇〇階層程度の『神の試練《デウスディシプリン》』じゃ、時間停止は使えないからね☆

エリーの言葉が蘇《よみがえ》る。どうやら天頂《バベル》の塔をさらに登ると、そんな連中まで出てくるようだ。

（どうするかな……？）

魔法剣だけで最終迷宮《ラストダンジョン》を攻略する！　と息巻いていたがあまり現実的ではなさそうだ。

そんなことをぼんやりと考えた。

「あとはあれだな。やっぱり例の告白だな。学園中の噂になってるぞ。特に生徒会の連中がお前を血眼で探してる」

「……あれか」

――好きです、付き合ってください
――愛してる、私の恋人になって
俺はスミレとサラに告白された。よりによって中継装置《サテライトシステム》の前で、だ。

そのためその様子は、大陸中に知れ渡っている。

（…………あー）

あの時のことを思い出すと、なんとも言えない感情が湧き起こる。

決して、選択を後悔しているわけじゃないのだが……。

「よし！　じゃあ、これでお前も俺と同じだな！」

「…………」

俺は何も言えなかった。

つい先日、俺はレオナとテレシアを二股しているクロードに呆《あき》れていた。

が、今は俺は二人と付き合っている。クロードのことを言えた義理ではない。

（私もいれると三股ね☆）

魔王がからかうように告げる。……そうなのだろうか？

「別にそんな気にすることないだろ？　帝国じゃ、一夫多妻は認められてるんだし」

「そういうことじゃないんだ……」

帝国が……、ではなく俺が一番気にしているのは……。

「おーい、ユージンくーん！」

「ここにいたんですね。探しました」

俺とクロードの所に二人の女子生徒がやってきた。レオナとテレシアだ。

「よ！　レオナ、テレシアちゃん。俺に会いに来……痛た」

クロードが二人を抱きしめようとして、レオナに蹴られ、テレシアに頬をつねられていた。

(……すげぇな、クロード)

よく人前であんなことができる。

……俺も見習ったほうがいいのだろうか。

(やめなさい)

エリーに止められた。

「クロードはあと。ユージンさんに伝言があるの」

「私は手紙を預かっているわ」

レオナとテレシアは、俺に用事があるらしい。

「帝国の偉い人が、ユージンくんに話があるから夕方の祝賀会に来てほしいって」

「……わかった」

呼び出しか。まぁ、仕方がない。俺は応じることにした。

「次は私ね。はい、これを渡すように言われたの」

「ありがとう、テレシアさん」

俺はお礼を言って、手紙を受け取った。

封筒には空間転移《テレポート》の魔法陣跡と『聖原《サンタフィールド》』の文字。この筆跡は……。

「親父《おやじ》か……」

「へぇ！　ユージンの親父って帝の剣《インペリアルソード》だろ！　なんて書いてあるんだ？」

「クロード、詮索はやめなさいよ」

「機密情報かもしれませんよ。相手は皇帝の片腕と呼ばれる人なんですから……」

興味深そうに覗《のぞ》き込むクロードと反対に、レオナとテレシアは遠慮している。

俺はその場で、封を破いた。そして、手紙を開く。

たまに手紙はくるが、たいてい大した内容ではない。

いつも「金は足りてるか？」とか「風邪引いてないか？」みたいなとりとめのない内容だ。

俺は特に気にすることなく文面に視線を落とした。手紙の内容はシンプルだった。

――ユージンへ
一〇〇階層の突破おめでとう。見事だった。腕を上げたな。
さて、そろそろ母さんの命日だ。
昨年は戻ってこなかったのだから、今年は帰ってこい。
追伸：可能なら恋人であるスミレさんとサラさんと一緒に

――父より

「…………」

目眩《めまい》がした。

簡単な文章なのに、なぜか有無を言わさぬ圧力を感じた。

どうやら、俺はスミレとサラと一緒に帰省しなければならないようだ。

エピローグ／魔王とユージン

「ねぇー、そこのグラスとって、ユージン」

「マッサージして、ユージン」

「なんか面白い話してよ、ユージン」

「あのさ……エリー」

一〇〇階層の試練を終えて第七の封印牢《ふういんろう》へやってきた俺は、さきほどから魔王《エリー》にいいように使われている。俺が文句の一つも言おうとすると。

「あー、ユージンに斬られた傷が痛むなぁ〜。辛《つら》いなぁ〜」

「………何でも言ってくれ」

それを言われると心苦しい。しばらく言う通りにしていると。

「ねぇ、これから帝国に行くのよね？」

何気なく、何でもない風に魔王《エリー》が聞いてきた。

「ああ、一週間後くらいかな。今期が終わって長期休暇に入るから、迷宮都市《ダンジョン》から帝都への定期便で向かおうと思ってる」

「ふぅん、しばらくユージンはお預けかぁ」

魔王はつまらなそうにコテンとベッドに寝そべった。

「そんなに長くは帰らないよ。親父と会って母さんの墓参りするだけだから」

俺の言葉にエリーが、じぃっとこちらを見つめてきた。

「なんだエリー？」

「ねぇ、ユージンの母親ってどんな女？」

妙なことを聞かれた。

「俺が生まれてすぐに亡くなったから覚えてないよ。一応肖像画ならあるけど、今度持ってこようか？」

「ん〜、別にいいわ。ふーん、ユージンを産んですぐ……か」

魔王《エリー》は何か気になるのか、腕を組んで首を傾《かし》げている。しばらくして「ま、いいわ。そのうちわかるでしょ」とよくわからないことを言った。

そして、ニヤリと意味ありげに微笑んだ。

「ところで……久しぶりに例の幼馴染《おさななじみ》ちゃんと会うんでしょ？」

「……………別にその予定はないって」

「またまた〜。本当は楽しみにしてるくせに〜」

エリーが俺の頬をしつこくツンツンとつつくのを無視する。俺にはスミレとサラがいる。

今更、幼馴染と会っても動揺したりはしない……はずだ。

しばらくエリーにからかわれていたのだが、それに飽きたのか突然俺をベッドに押し倒してきた。

「え、エリー？」

「ほら、しばらく会えないんだから今日は寝かせないわよ」

いつの間にかエリーが服を脱ぎ捨てている。

魔王がぞっとするほど美しい裸体を晒《さら》して、俺の上に跨《またが》る。

既に俺が剣でつけた傷はまったく無くなっていた。傷が痛むってのは嘘《うそ》か！

そんなツッコミを入れるまもなく、エリーに唇を奪われる。

エリーの長い指が俺の背中を這《は》う。

「ユージン……♡」

妖艶に見つめる魔王の色香に、俺は気がつくとエリーを強く抱きしめていた。

◇

「～♪」

魔王が上機嫌だ。鼻歌を歌いながら、ベッドで寝転がっている。

俺はぼんやりと天井を眺めていた。

変だな。つい昨日魔王とは死闘を繰り広げたはずなのに、今は同じベッドで寝ている。

天使さんに不正を疑われたが、無理からぬことな気がしてきた。

そんな俺の視線に気づいたのか、エリーが俺の額をトン、と押す。

「まーた、生真面目なこと考えてるでしょ。もっと楽に生きなさい」

優しく笑うエリーの顔を見た。

思えばリュケイオン魔法学園に来て、魔王の笑顔に随分救われた。

「ありがとう、エリー」

自然と俺はお礼を言った。

「じゃあ、もう一回ね～☆」

「いや、もう少し休ませ……」

「ダメ～☆」

この日、俺は魔王に寝かせてもらえなかった。

閑話／帝国より

――堕天の王《まおう》エリーニュスが目覚めた。

グレンフレア帝国内では、その報告に小さくない混乱が生じた。すぐに軍を差し向けるべきだという者。恐怖のあまり倒れる者。そして、密《ひそ》かに崇拝する者。反応は様々だった。

皇帝陛下御前会議は、大いに荒れた。

「天騎士と黄金騎士を集結させよ！　目覚めたばかりの魔王をすぐに討つのだ！」

「落ち着け、そんなことをすれば帝都の守りが薄くなる」

「迷宮都市《ダンジョン》には大陸一の魔法使いであるユーサー王と、王を守る最強の十二騎士がいる。彼らがなんとかするのではないか？」

「それが……第二騎士のロイド・ガウェインが魔王に囚《とら》われたらしい」

「なんだと！」

話し合いの結果、帝国から援軍を送ることとなり、その指揮官として『天騎士』アイリ・アレウス・グレンフレア皇女殿下が立候補したが、皇帝陛下によって却下された。

最終的に『剣の勇者』と別の天騎士が派遣されることになった。

――翌日。

「魔王が倒されたぞ！」

その知らせによって、帝国内は再びざわついた。

「一体、誰が？　第一騎士のクレア・ランスロットか？　もしや、ユーサー王自らが？」

「いや……どうやら魔王を倒したのは学園の生徒らしい」

「が、学園の生徒だと!?……一体誰が……？」

「それが驚け。例の帝の剣殿《インペリアルソード》のご子息だ」

「なんだと!?　つい先日、神獣を倒したあの男か！」

「大したものだな。帝国の外へ出してしまったのは損失では？」

「実は近々、帝国への帰還命令が下るという噂《うわさ》があるぞ」

帝国軍の将校たちの間ですぐに噂は広まった。

その知らせがアイリ皇女殿下の耳に届くのに、ほとんど時間はかからなかった。

番外編／生物部の先輩

今日は魔王《エリー》との戦いの疲れを癒やすため、迷宮《ダンジョン》探索は休みとした。

俺は生物部の仕事のため、それぞれの封印牢に向かった。

いつも時間がかかる第七の封印牢の様子を最初に見に行ったのだが、あいにく魔王《エリー》は昼寝中だったのでほとんど時間がかからなかった。

第七～第二の封印牢を見て回り最後の第一の封印牢『牧場』を見終えたら、訓練場にでも顔を出そうと思っていたらスミレとサラがやってきた。

「ユージンくん☆　遊ぼう～」

「ユージン！　このあと時間あるかしら？」

「ねぇ、サラちゃん。私が先に声をかけたんだけど」

「私は忙しい生徒会の合間を縫ってユージンとの時間を作ってるの。譲ってもらえる？」

二人がまた睨《にら》み合う。

「嫌だよー」「二人っきりになろうたってそうはいかないわよ」

「さっ、ユージンくん、行こっか☆」「ちょっと、待ちなさい」

「落ち着け、二人とも。まだ仕事が終わってないから」

いがみ合うスミレとサラの間に入る。

先日の魔王との戦闘で少し仲良くなったように思ったが、まだまだだなぁ。

「「え～」」

二人が声を揃《そろ》え、不満そうな顔をする。

「あと一個の牢屋《ろうや》で見回りが終わりなんだ。一緒にくるか？」

俺が言うとスミレとサラが顔を見合わせた。

「生物部で飼ってる魔物がいるんだよね？　危なくないなら行くよー」

「そういえば生物部って学園長が顧問なせいで、一種の治外法権なのよね。生徒会でも視察不要って言われてて。興味あるわ」

「第一の封印牢は通称『牧場』って言って、おとなしい魔物しかいないよ。酪農部や畜産部と共同管理をしてるんだ」

俺は巨大な天幕のような円状の建物の中に、スミレとサラと一緒に入った。

「え……？　これが建物の中？」「ひ、広くない？　ユージン」

スミレだけでなくサラまでも呆然《ぼうぜん》としている。第一の封印牢『牧場』は広大だ。緑の草原と天井には魔法で透過した青空が広がっている。建物自体も大きいのだが、更に学園長自慢の『空間魔法』によって本来の千倍くらいの規模であり、建物の壁は見えない。

その中を大黒牛の群れや、赤馬やら栗豚《くりぶた》の集団が、ゆったりと牧草を食べている。その中を俺とスミレとサラはのんびり歩く。すると何やら作業中の生徒に声をかけられた。

「お、ユージンくん！　見回りかい？」

家畜の様子を見ている畜産部の顔見知りの生徒だった。確か名前はダリルだったはずだ。

「ああ、いつもの生物部の仕事。何か変わったことはない？」

「牧場はいつも平和だよ。学園長の結界魔法もあるからさ。あー、でも第十九区画の畑が巨栗豚に荒らされたって、園芸部がぼやいてたね。食い意地がはっている栗豚は、柵を破っちゃうから」

「そっか。じゃあ、ちょっと様子を見に行くよ」

「いつも悪いね。ところでそちらのお二人は生物部の新人さん？」

「はい！　指扇《さしおうぎ》スミレです。はじめまして」

「私は生物部ではないのだけど……サラよ。はじめまして」

「はじめまして、僕の名前はダリル。えっと、スミレさんとサラ……　えっ⁉　サラ生徒会長⁉　どうしてこんな場所に⁉」

ここで生徒会長のサラの存在に気づいたようだ。

「ユージンくん！　どうして生徒会長が⁉　抜き打ちの視察なんて聞いてないよ！」

「落ちついてくれ。今日は俺の付き添いで来ただけだから、視察じゃない」

「会長が付き添い？」

ダリルが首をかしげる。

「ええ、私はユージンの恋人になったの。中継装置《サテライトシステム》は見てなかったのかしら」

ふぁさっと、髪を掻《か》き上げながらサラが一歩前に出て俺の手を握った。

「なんだって!?」

ダリルが眼《め》を丸くして、こっちを見た。

「まぁ……そういうことなんだ」

「いやー、おめでとう！　それは知らなかったよ。一年前は死んだ魚のような目をしていたユージンくんがねー」ダリルがニコニコと祝ってくれた。

そして何気なくスミレのほうを見る。するとぱっとスミレが俺の腕にしがみついてきた。

「ちなみに、私もユージンくんの彼女ですから！」

「…………え？」

ダリルが、再び目を丸くして俺のほうを見る。

「……実はスミレも俺の恋人なんだ」

「へ、へぇ～！　お盛んだね！」

すすっと、一歩距離をとられた。……引かれてしまった。

「じゃあ、十九区画に行ってくるよ」

微妙な空気の中、俺はダリルに告げて先へと進んだ。

「やはり強いオスには、多くのメスが群がるのか……」

というダリルの呟《つぶや》きは聞こえないふりをした。


「……これかな？　十九区画の壊された柵ってのは」

到着した畑は、葡萄《ぶどう》や林檎《りんご》がなっている果樹園であったが、柵を壊されすっかり荒れ果てていた。畑の中では人の数倍はある巨大な栗豚が、ふてぶてしく眠っている。

「柵を治す前にこの魔物を追い出さないといけないわね」

そう言うやサラがスラリと聖剣を腰から抜いた。って、それはまずい。

「待ってくれ、サラ。その聖剣でどうするつもりだ!?」

「どうって畑を荒らす害獣を処分すればいいんでしょ？」

真顔でいうサラに俺は慌てて注意した。

「牧場の魔物は、全て草食か雑食で人間は襲わない。それに全て畜産部の持ち物だから勝手に屠殺《とさつ》しちゃいけないんだよ」

「えー、じゃあ。どうするの？　こんな巨体は運べないわよ」

「ふふふ、じゃあ、私に任せてもらえるかな？」

スミレが待ってましたというふうに、ゆっくりと巨大な栗豚に近づく。うっすらと赤い魔力《マナ》がスミレの周囲を覆っている。パチパチ、という音とともに空中を火花が舞っている。

炎の神人族《イフリート》の魔力《マナ》に気づいたのだろう。眠っていた巨栗豚がぎょっとしたように目を覚ました。そして、「ブフー！」と荒い鼻息を立てる。

「スミレ！　寝起きの巨栗豚は気性が荒い。気をつけてくれ！」俺が言うと。

「はーい、大丈夫だよ。ユージンくん」スミレの軽い返事があった。

「ブフッ!!」巨栗豚が大きな唸《うな》り声《ごえ》を上げ、スミレのほうに突進する構えを見せた時。

「ブタさん？　焼き豚にしちゃうよ？」とスミレが言った。

言葉が通じたわけではないだろう。しかし、何かを感じ取ったのか「ブヒイイイイ!!」と巨栗豚は情けない悲鳴を上げて逃げていった。

「追っ払ったよ、ユージンくん」ぶいっ！　と言ってスミレが指を二本立てる。

「ありがとう、スミレ」

無事に魔物を追っ払えたので、俺とサラは魔法を使って壊れた柵をもとに戻した。

「ありがとう、サラ」「これくらいたいしたことないわ」

サラにお礼を言う。これで俺にできることは終わりだ。

「ユージンくん、じゃあ、戻る？」

「でも、畑はボロボロよ」

「そうだよな……」

この荒れ果てた畑をそのままにするには忍びない。でも、広範囲で荒らされた畑は俺やサラの魔法では対応できない。さて、どうしたものかと悩んでいた時。

「あれ？ ユージンちゃんだ～。何してるの～？」

歌うような高い声で名前を呼ばれた。ぱっと振り向くと、そこにはスタイルの良い長身に長髪、制服のスカートを短く改造した美人な女子生徒が立っていた。顔見知りだ。

「フラン先輩。お久しぶりです」

「久しぶり～ユージンちゃん☆ 元気してた～？ 何か雰囲気変わったね～」

「むぐっ」

ふらりとこちらに近づいてきたフラン先輩は、そのまま俺を抱きしめた。へ？

「なっ!?」「ちょっと！」

それを見たスミレとサラが反応する。二人に両腕を引っ張られた。

「ありゃ？ そっちのお二人は彼女さん？」

「そうです！ 彼女のスミレです！」「ユージンの恋人のサラです！」

二人が力強く答える。フラン先輩の反応が怖かったが、目をパチパチしたあとニコッ、と笑って「おめでとう！ ユージンちゃん。彼女が二人もできたんだね～☆ 偉い偉い」と褒めてくれた。……よかった、フラン先輩が普通の価値観じゃなくて。

「ねぇ、ユージン」「こちらの人はだれー？」

サラとスミレに聞かれて、俺はフラン先輩を紹介してないことに気づいた。

「こちらはフランソワーズ・リム先輩。生物部の先輩だよ」

「はーい☆　気軽にフランちゃんって呼んでね☆」

「はい、フラン先輩」「よろしくおねがいします、フラン先輩」

当然、二人ともちゃんづけなどしない。ちなみに若く見えるフラン先輩だが、長寿のエルフ族のため年齢不詳だ。一回、年齢を尋ねて怒られた。

「ところでフラン先輩は何か用事ですか？」

「そうなんだよ～、学園長がさー、荒らされた畑を直せってさ。人使い荒いよね～」

「そっか！　フラン先輩の能力ならできますね。お願いします」

「ねぇ、ユージンくん？　先輩の能力って……」

スミレが聞いてきたが、答えたのは先輩だった。

「ほら、これだよ。スミレちゃん」

ひょいっとフラン先輩が何かを二人に投げた。

「え？……えっと、これって…………きゃあああああ！」

「スミレちゃん？　一体どうし……きゃあああ！」

スミレとサラが悲鳴を上げた。

さっきフラン先輩が投げたものがこっちに飛んでくる。

俺はそれを優しく受け止めた。手の中でうにょうにょ動いているそれは。

「あれ～、二人ともスライムは嫌い？」

「いきなり魔物を投げたら誰だってびっくりしますよ」

俺は先輩に言った。そう、フラン先輩はスライム使いだ。

「さー、可愛《かわい》いスライムちゃんたち！　この畑を綺麗《きれい》にしてね～☆」

「「ひぃぃぃぃぃぃぃぃぃぃぃぃぃぃ！」」

スミレとサラが、抱き合ったまま悲鳴を上げる。

フラン先輩の声に、土の中から数千匹の緑色のスライムが姿を現した。

一匹、一匹は弱い魔物だがこれほどの数が集まると圧巻だ。

無数のスライムたちは食い荒らされた畑の土を耕している。

「フラン先輩、これで畑は復活するんですか？」

「そうだよー。森スライムは、土を耕して自身は最後に土と同化して消えていくんだ。その時、土に栄養が行き渡って……ほら、さっそく」

フラン先輩が指差すと、ゆっくりゆっくりと荒らされた葡萄や林檎の木が再生していく。

広大な畑がゆっくりと元に戻っていく姿は雄大で美しい。とはいえ。

「数時間はかかりそうですね」

「ま、のんびりやるさー」フラン先輩は、自分が呼び出した大きなスライムの上にぽよんと寝転ぶ。ソファのようで寝心地が良さそうだ。

「あの……このスライムは襲ってこないんですね」

「スライム専門の魔物使い《テイマー》ですか……」

ようやくスライムに慣れたのか、スミレとサラも会話に加わった。しかし、まだスライムの群れは怖いようで二人で身を寄せ合っている。

「うーん、二人はスライムが苦手なのかな？」

フラン先輩がしょんぼりする。

「い、いえ、そんなことは！」「ちょっと、驚いただけです！」

「残念だねー、スライムってとっても美容にいいのに」

「「えっ!?」」

フラン先輩の言葉に、サラとスミレの目の色が変わった。

「おや、興味ある？　実は前にユージンちゃんにもやってあげたよね？」

その言葉に、一年ほど前のことを思い出す。

「全身マッサージしてくれるスライムでしたっけ？　あれはびっくりしましたよ」

久しぶりの生物部の新入生を歓迎するよ～☆　と言いながら巨大なスライムが俺を飲み込んできた時は、襲われたのと勘違いして随分驚いた。

「ユージンくんもやったんだ」「それなら安全よね」

スミレとサラは、興味を持ったようだ。

「じゃあ、おいでー☆　巨大スライムちゃん。僕もついでにマッサージしてもらおうっと」

「「きゃああああああああ！」」

どしん、とオレンジ色のスライムがスミレとサラを飲み込んだ。もっとも、俺も体験したが身体《からだ》に害はないはずだ。それどころか全身の疲労が抜け、効果は抜群だった。

「ユージンくんもする？」「いえ、俺は大丈夫です」

じゃあ、二人を待っていようかなと思っていたら。

「あ、あれ？　待って！」「えっ！　ちょっと、これって」

スミレとサラの戸惑った声が聞こえたので「どうした？」とそっちへ声をかけると。

「待って、ユージンくん見ちゃダメ！！！」

「ユージン！　あっち向いてて！」

「…………え？」

俺の目に飛び込んできたのは、眩《まばゆ》い肌色だった。

――スミレとサラがなぜか、スライムに服を脱がされていた。

言われた通り、俺は慌てて二人から視線をそらす。そして、先輩に尋ねた。

「あの……フラン先輩？　これは一体……俺の時は服を着たままでしたよね？」

「何を言ってるんだよ。全身マッサージに服なんて着てたら邪魔じゃないか。ユージンちゃんの時は、新入生の男の子の服を女の先輩の僕が脱がしたら変態だろ？」

「はぁ、なるほど……って、なんで当然のように先輩も脱いでるんですか!?」

フラン先輩も全裸だった。

俺は慌てて三人から視線をそらす。この先輩は常識が欠如し過ぎてる！

「あうぅぅ……」「くすぐったいわ」「うわっ！　そんな所まで」「先輩、そこはマッサージしなくて大丈夫です！」「いいからいいから☆　エステスライムに身を任せておけばいいからー」

非常に気になる会話が聞こえてきたが、俺は一度もそちらを振り返らなかった。

◇

二時間後。

「うわ……サラちゃんの肌すべすべ……」

「わー、スミレちゃんの髪が輝いてる。肌もつやつやしているし」

スミレとサラがお互いの身体をチェックし合っている。もちろん、服は着ている。

「おおー☆　二人とも綺麗になったねー」

同じく肌がつやつやしているフラン先輩がニコニコしている。

「先輩、ありがとうございました！」

「このスライムって凄《すご》いんですね……」

マッサージの最中は騒いでいた二人だけど、スミレとサラはすっかり気に入ったらしい。

「満足してもらったようでなによりだよ☆　畑も元通りになったし、じゃあまたねー☆」

フラン先輩は大きなスライムに乗って去っていった。そのあとを何百匹ものスライムの大軍がついていく様子が、面白くもあり不気味でもあった。

「ねぇ、ユージンくん」「ユージン」

フラン先輩が十分遠くに行ってから、スミレとサラがぼそっと言った。

まぁ、言いたいことはわかるよ。

「生物部の先輩って」「変わった人が多いの？」

初めて会った人は、みんな言う。俺だってそう思った。もっとも。

「フラン先輩は、生物部の先輩の中ではかなりの常識人だからな」

「えっ!?」「……そうなの？」

スミレは大きく口を開き、サラが訝《いぶか》しげな顔をする。実際、フラン先輩は美容好きで自分のスタイルに自信があって露出が高いことを除けば常識人だ。

「うぅ……、うまくやっていけるかなぁ」

「楽しそうね、スミレちゃん」

「あー、今の嫌みだったー。嫌みな女だー」

「そんなことないわよ。生物部が不安なら生徒会にくれれば？　私がこき使ってあげるから」

「絶対に行かない」

スミレとサラは相変わらずだ。

まぁ、スミレにはそのうち生物部の他の先輩も紹介しよう。

もっとも、ほとんど学校に来ていないため出会う可能性が非常に低いのだが。

こうして、やはり生物部の仕事にはイレギュラーがつきものだと思いつつ、今日の仕事を終えることができた。

あとがき

大崎アイルです。『攻撃力ゼロから始める剣聖譚《けんせいたん》』の二巻をお読みいただき、ありがとうございます。今回は本格的な迷宮《ダンジョン》攻略回でした。最終迷宮《ラストダンジョン》・天頂《バベル》の塔は全一〇〇〇階層の非常に長い迷宮《ダンジョン》なので、各階層の特徴を描くのが非常に楽しくも大変でした。二巻のボスは、タイトルにもいる彼女です。実は彼女と戦うのはもっとあとの予定だったのですが、Web版で「ヒロイン同士の絡みが見たい」という感想があり、確かに作者《わたし》も興味あるなと思って今回の展開にしました。結果的にはよい感じになったかなと満足しています。

次回はいよいよ帝国帰省編です。タイトルにもなっている『幼馴染《おさななじみ》の皇女殿下』との再会で、ユージンはどんな反応をするのか。楽しみにお待ちください。

最後に、いつも素晴らしいイラストを描いてくださるkodamazon先生、ありがとうございます。別作品と一緒に担当してくださっている担当のS様、今回もありがとうございました。そして、最後まで読んでくださった読者様。これからも『攻撃力ゼロから始める剣聖譚』をよろしくお願いいたします。

OVERLAP

攻撃力ゼロから始める剣聖譚 2
～幼馴染の皇女に捨てられ魔法学園に入学したら、魔王と契約することになった～

発　行　2023年10月25日　初版第一刷発行

著　者　大崎アイル
発行者　永田勝治
発行所　株式会社オーバーラップ
〒141-0031　東京都品川区西五反田 8-1-5
校正・DTP　株式会社鷗来堂
印刷・製本　大日本印刷株式会社

Printed in Japan ISBN 978-4-8240-0629-5 C0193

[授けられたのは――最強の“裏技”]

ゲーム中毒者《ジャンキー》の高校生・高月《たかつき》マコト。合宿帰りの遭難事故でクラスメイトと共に異世界へ転移し、神々にチート能力が付与された――はずが、なぜか平凡以下で最弱の魔法使い見習いに!? そんなマコトは夢の中で信者ゼロのマイナー女神ノアと出会い、彼女の信者になると決めた。そして神器と加護を手にした彼に早速下された神託は――人類未到達ダンジョンに囚われたノアの救出で!?

著 大崎アイル　イラスト Tam-U

シリーズ好評発売中!!